新 潮 文 庫

ブラックライダー

上 巻

東山彰良著

新 潮 社 版

10407

目次

ブラックライダー　上巻

通達

ローマ・カトリック教皇庁により権限を賜りしブエノスアイレス列聖審問十五人委員会はジョアン・ブスカドール殿の列聖を満場一致で否決するものとする。

当通達により、関係者各位は今後中南米における当該人物にかかわるいかなる慶賀祝典も教皇庁とはいっさい無関係であることを周知徹底されたし。

二二四一年二月二十四日

議長トンマーゾ・ベチェルリオ

I

荒野で
一糸まとわぬ獣じみた生き物を見た
それは地面にうずくまり
両手で己の心をつかみ
喰らっていた
わたしは尋ねた「おい、それはうまいのか?」
「苦いよ――苦いんだ」それはこたえた
「でも、これが好きなんだよ
だって苦いし
それにぼくの心だから」

Stephen Crane "The Black Riders and Other Lines"

I

フィッシュ葬儀社の三男坊が人を殺してその肉を食べたこと自体は、まあ、目くじらを立てるほどのことでもない。ヘイレン法が施行されてからのこの三年というもの、国じゅうでその類《たぐい》のことは起こるべくして起こってきたわけだし、カンザスシティ・フリープレスによれば先だってもリトルロックでT・V・マントルという男が逮捕された。マントルは会員制の美食クラブをつくり、そこで本物の肉を出していたのだが、言い渡されたのはたった一年半の禁錮《きんこ》刑だった。

「いくら法律ができたからって、すぐに『はいそうですか、じゃあみんなでクロウ・フィッシュを捕まえましょう』てなことにはならんよ」バード・ケイジは噛《か》んで含めるように言い聞かせた。「いまもむかしのままさ。建前では人を食ったら法の裁きを受けることになっているが、だれかが懸賞金でも出さないかぎり、わざわざ悪党どもをひっ捕らえようなんて酔狂なやつはいない」

「それじゃあ……」老ゴールド・フィッシュは酒で濁った目をしばたたき、長下着《ロング・ジョン》の袖《そで》で額の汗をぬぐった。「クロウの首に懸賞金がかかったのか？」

「あんたが思っているのとはぜんぜんちがう理由でな」もう一度念を押す。「本当にクロウの居場所を知らないんだな？」

「知ってたって教えるわけねえだろ」

聞こえよがしにそう言ったのは、棺桶《かんおけ》に背をあずけて立っている次男のキャット・フィッシュ――インディゴのジーンズに拍車のついたぴかぴかの煙突《ストーブパイプ》型ブーツを履き、家族の仇《かたき》を見るような目でこちらをにらみつけている。

「どうなんだ、ゴールド？」バードは辛抱強く葬儀屋に語りかけた。「ほかの賞金稼ぎに捕まるより、おれに捕まったほうがいいだろうが」

老ゴールド・フィッシュは悲しそうにかぶりをふり、ふるえる手で安ウィスキーのにおいがぷんぷんするマグカップを口に持っていった。この国のいたるところで目にする旧世界のロゴが入ったカップ、髪の長い女が緑色の輪っかのなかに描かれているやつだ。

まだ半分ほどシャッターの下りているドアから射《さ》しこむ朝陽が、木屑《きくず》と土塊《つちくれ》だらけの床に白く落ちている。そのそばで、擦り切れたオーバーオールを着た長男のソード・フィッシュが黙々と木材を削っていた。どこかで、だれかが車のエンジンを調整している。馬の嘶《いなな》きも聞こえた。鉄槌《てっつい》をふるう音は、老チャールズ・シズニーが馬に蹄鉄《ていてつ》を打ちつけているのだろう。

バードは話の運び方を考えながら、かつてはコーヒーショップだったと思《おぼ》しき葬儀屋を見渡した。

大きな暖炉が店の真ん中にでんと居座っている。もっと薪《まき》をくべればいいのにと思うが、それも致し方がない。景気よく火を焚《た》けば、お客さんが溶けてしまう。ずいぶん塗料が剝《は》げ落ちてはいるが、壁一面に描かれた原始的《プリミティヴ》な絵はおそらく旧世界のものだろう。ご先祖様たちの熱帯に対する憧《あこが》れが見て取れる。店の奥にはロープが渡してあって、靴下とシャツが数枚干してある。洗濯物の下にはぺしゃんこのソファを組みあわせたベッド。汚れたフライパンや食器やウィスキーの空瓶が散らばっているカウンターのむこうが材木置き場になっている。表に面した大窓は木の板や鉄のシャッターで完全にふさがれ、そこにつくりかけの棺桶がいくつか立てかけてあった。

「このミセス・ドレイファスのミートパイを食ったことあるかい?」と、話をふった。

パイン材の棺桶に収まった蒼白《あおじろ》い老婦人は、オーガンザのチュニックを着ていた。

「この三年ですっかり味が落ちちまったな」

「むかしのレシピでつくったら、たちまちうしろに手がまわっちまうからな」老ゴールド・フィッシュは床に唾《つば》を吐き、「それもこれも、あのろくでもないヘイレン法のせいさ」

「昨日まであたりまえに食ってきたものを、いきなり今日から食うなと言われたって、そりゃ無理な相談さ」バードは話をあわせた。「そこんところはヘイレン法をつくった東部のエリートたちだってわかっている。あいつらだって六・一六を生きのびた人間の子孫なんだから」

遠くで汽笛が鳴る。

ベストのポケットから懐中時計を取り出して見てみると、午前八時半をすこしまわったところだった。ヒューストンへむかうサザン・パシフィック鉄道の発車時刻だ。時計をしまい、木を削っているソード・フィッシュのほうへぶらぶら歩いて行く。調子は?と尋ねると、手を止めずに目だけでうなずきかえしてきた。こいつは子供の時分から口数がすくなかったな、図体《ずうたい》ばかりでかいが、まるで東洋人のようになにを考えているかわかりゃしない。

「そいつはなんて言うんだい、ソード？」

ソード・フィッシュが手を止めて腰をのばす。「そいつって？」

「おまえさんが木を削るのに使っているその箱型のナイフみたいなやつ」

「これは……」

「待て、当ててやる。まえとうしろににぎりがついてるな……」バードは指先で額をこつこつたたいた。「ダブル・グリップ・ブレイド？」

ソードがかぶりをふる。

「ウッド・スムーザー？」

「いや、そうじゃないです」

「ボックス・ナイフ？」

「これはかんなですよ、保安官《マーシャル》」

「かんな《プレーン》？」

「綴《つづ》りは訊《き》かないでください。こいつはおれが生まれたときからかんなだし、いまもかんなだし、たぶんおれが死んでからもかんなだと思います」

「クロウはまだ十四なんだ、バード」老ゴールド・フィッシュはウィスキーで喉《のど》を湿らせ、思いつめた顔で話を戻した。「まだほんの子供じゃないか」

「おれは十一のときにはもういっぱしの牛追い人《ドローヴァー》だったよ」

「それって何十年まえの話なんだい、保安官？」ここぞとばかりにキャット・フィッシュが口を出す。「三十年？　四十年？」

「なにが言いたいんだ、キャット？」

「べつに。ただ、当時の牛はいまみたいにでかくなかったんじゃないかと思ってね。ずる賢くもなかったし」

「だから楽だったとでも言いたいのか？」

「ロングホーンを追うよりは楽だったんじゃないかってことさ」

「おい、坊主《ぼうず》、おまえに牛追いのなにがわかる？」バード・ケイジは相手を指さした。

「おれたちはたったの十一人で二千頭からの牛を運んだんだぞ。一度なんか五千頭を追って二千五百マイル（一マイルは約一・六キロ）旅したこともある。いまみたいに鉄道なんて復旧しちゃいなかったし、当時の牛泥棒はいまみたいにのんびりしちゃいなかった。人間だろうが牛だろうがおかまいなしだ。とにかく拳銃《けんじゅう》をぶっぱなして、倒れたやつをその場でかっさばいて食ったもんだ。牧童頭《ぼくどうがしら》のビリー・シーンは牛をたすけようとして自分が食われちまった。たしかにショートホーンのほうが図体は小さい。東のやつらが遺伝子をいじくってロングホーンを創《つく》り出したのはたかだか十五年ほどまえだからな。だから、おれのようなガキでもドローヴァーがつとまった。でもな、キャット、いまどきの企業カウボーイなんざヒーターの利《き》いたキャデラックに乗って犬を散歩させてるようなもんさ」

「そいつはいまのカウボーイに不公平だぜ、保安官。野生化したロングホーンに毎年どれだけ食われてるか知らないのかい？」

「命を落とす確率の話がしたいんなら、いまはおれがカウボーイをやっていたころの十分の一以下さ」

「ハッ！　年寄りはいっつも話を盛りやがるんだ」

バードはキャット・フィッシュをじっと見つめ、「そのイカすブーツ、いくらした？」

相手が抜き差しならない目をむけてくる。

「そのブーツ、好きか？」

「寝るときだって脱がないぜ」

「もっと好きになりたいか？」

キャット・フィッシュが目をすがめた。

「そのくるぶしのところの銀飾りの名前を知ってるか?」

「銀飾りは銀飾りさ」

「コンチャと言うんだ」

「へぇえ」

「ブーツを履くときにひっぱる革の耳はラバの耳《ミュール・イア》だ」

「さっきからなんの話をしてんだい?」

「おれの若いころには新しいブーツを買ったらまず水につけて何日も脱がなかったもんさ。そうしてやると乾いたときに革が足の形になって、やたらと脱げなくなるんだ。デブ女のストッキングみたいにぴったりさ」

キャット・フィッシュが黄色い歯を全部見せて笑った。

「ついでに言えば、おまえが踵《かかと》につけているその歯車は拍車と言うんだぞ。歩くときにチンチン鳴るのは、拍車に鳴り振子《ジングルボッブ》がついてるからだ」

「おい、保安官」怒気含みのキャット・フィッシュがまえに出る。「おれを馬鹿《ばか》にしてんのか?」

「見たところ、おまえの拍車はメキシコ風だな」バードは頓着《とんちゃく》せずにつづけた。「教えてくれよ。拍車ってのは馬を制御するためのもんだ。なんで葬儀屋のおまえがそんなものをつけている?」

キャット・フィッシュのこめかみに青筋が立つ。

「どうだ、キャット?」

「なにがだよ?」

「これでそのブーツがもっと好きになっただろ? 名前を知れば、それがおまえの一部になるんだ」

「なにが言いたいんだよ、保安官?」

「荒野に出たら、おまえなんぞが知らないものがいくらでもあるってことさ」バードは言った。「だから、知ったかぶりするな。おまえは黙っていればただの可愛《かわい》げのある馬鹿だが、口を開けば縛り首級の大馬鹿だ」

ソード・フィッシュが鼻で笑い、キャット・フィッシュが地面に唾を吐く。

「クロウのやつはずっとあんたのようなドローヴァーに憧れていた」老ゴールド・フィッシュが言った。「むかしながらのな」

「クロウのことは生まれたときから知っている」バードは老ゴールド・フィッシュにむきなおった。「洗礼にだって立ち会った。忘れたのか? やつがホーキー・サンダーといっしょに町をぬけ出して野生化した牛に食われかけたとき、たすけてやったのはこのおれなんだぞ。あのふたりはリオ・グランデを越えてメキシコへ渡ろうとしていた」

「リオ・グランデ！　ナマズどもがナマズに生まれたことを後悔するほど凍っちまった偉大なるリオ川！」

「凍ってようが凍ってまいが、アラモの戦いからこっち、リオ・グランデのむこうはずっとメキシコさ。で、メキシコってのはいつだっておれたちの手からこぼれ落ちた夢をすくい取ってくれる」

「あんな地震だらけのところなんざ呪《のろ》われちまえばいいんだ」

「一長一短さ。南シエラマドレ山脈の北には火山帯が走っている。シトラルテペトル山、ポポカテペトル山……くそ、舌を嚙みそうだ。そのおかげで、いくつかの州では地熱が上がってきているらしい。竜舌蘭《アガベ》の栽培を復活させたところもある」

「アガベ？」

「アガベ・ロホと言ったかな。なんとかって学者が遺伝子をいじって創り出した新種さ。グリーザー《メキシコ人》の心の酒を造るための原料だよ」

「おれの聞いた話じゃ」と、また性懲りもなくキャット・フィッシュが口をはさむ。

「グリーザーどもの酒には水銀が入ってるって言うぜ」

「入っているのはサッカリンさ。おれはグリーザーがおれたちのバーボンについてまったくおなじことを言っているのを聞いたことがあるぞ」

「グリーザーはどいつもこいつも大嘘《おおうそ》つきのこんこんちきだ！」

「それに関しちゃグリンゴ《アメリカ人》もグリーザーもない。とにかくクロウがメキシコへ行こうとしたときは保安官補《デピューティ》がふたりも牛に咬《か》み殺されたんだ。トム・ウォーカーも腕を折ったんだぞ」バードは腰のホルスターをぽんっとたたいた。「あの性悪のロングホーンを仕留めたピースメーカーⅨ《ナイン》はいまも健在さ。もし六・一六が聖書《グッドブック》の言う最後の審判だとしたら、コルトは間違いなく天国のドアで門前払いを食ったもののひとつだよ」

「あれからしばらく、クロウのやつも大きくなったら連邦保安官になると言ってたな」老ゴールド・フィッシュはウィスキーをすすり、理由はわからないが顔をしかめてかんな屑だらけの床に吐き飛ばした。「馬と拳銃、とにかくそういう生活がしたかったんだ」

「クロウは善きカンザス人さ。もし五十年まえに生まれていたら、の話だがね」

「カンザスシティはむかしミズーリ州だったんだぜ」キャット・フィッシュがすかさず揚げ足をとる。「厳密に言えばおれたちはカンザス人じゃねえや」

「それがどうした？　おまえを女漁《キャット》り野郎と呼ぼうと、哀《フィッシュ》れなやつと呼ぼうとなにかちがいがあるのか？　そんなことをだれが気にする？　それに南北戦争のとき、ミズーリはカンザスといっしょに北軍に残ったんだ。このへん一帯をカンザスと呼ぶことになんの抵抗があるんだ？　脳みそがあるふりはよそでしろ、この馬鹿」

「くそ、年はとりたくないもんだ」と、老ゴールド・フィッシュがこぼす。

「おれは五十六だが、年をとるのもそう悪いことばかりじゃないさ。こいつらを見ろ」そう言って、バードはフィッシュ家のふたりの息子にむかって顎《あご》をしゃくった。

「こいつらはあんたの商売を継ぐだろうが、おれたちの若いころに葬儀屋なんて商売があったか？」

老ゴールド・フィッシュはやるせなさそうに首をふった。

「親父《おやじ》がよく言ってたよ、むかしは人を食ってもだれにもとがめられやしなかったって。六・一六のあと川は涸《か》れ、土は腐っちまった。死はそこらじゅうにあたりまえにあった。そんな時代にだれが葬式なんかやる？　時代は着実に人間らしくなってきているよ」

「人間らしい？」ソード・フィッシュが待ったをかけた。「そんならあんたも東部の連中の言うように人を食うのは罪だと思ってるんですか、ケイジ保安官」

「おれたちがいま食っている牛だって半分は人間だしな。すくなくとも、むかしの牛は二本足で歩いたりしなかった。それが罪かどうかと訊かれりゃ……」バードはすこし考えてから口を開いた。「いや、おれは罪だとは思わんね」

「そんなら、なんでヘイレン法なんて人間らしい法律ができたんですかね？」

「たぶん、だれかがだれかの足をひっぱろうとしてるんじゃないのかな。さあね、おれにもそんなことはわからんよ。それが政治ってもんなんじゃないのかな。個人的には、法律で取り締らなくてはならないもののなかには神に存在を許されたものもあるんじゃないかと思っているがね。おまえさんは罪だと思うのかい、ソード？」

「いえ、おれも思いません。もし罪なら、おれたちが生き残ってるはずがないですから」

「こんな世界に生き残ってしまったのがおれたちの罪の証拠なのかもしれんがね」

「てこたあ、バード」と、老ゴールド・フィッシュ。「あんたはいまでもクロウの味方なんだな？」

「クロウが町を出たのは……」

「もうかれこれ三カ月になる」

「三カ月まえに、おたくの三男坊はローランド・デュカキスから馬を盗んだ。そのときに牛舎番のスキップ・ジョンソンを殴り殺して、腿《もも》の肉をちょいとばかり削いで持っていった」

キャット・フィッシュがせせら笑った。「じゃなきゃ、旅の途中でなにを食えってんだ？」

「クロウはべつにスキップを食おうと思って殺したわけじゃないと思います」

ソード・フィッシュがそう言うと、老ゴールド・フィッシュがうなずいた。

「そうだろうな」バードも否定しない。「たぶん、スキップのやつが言うことを聞かなかったんだ。あの頑固な黒人め。馬を盗むためにはスキップを殺すしかなかった。そして、死んじまった人間をただ腐らせておくのはもったいない。まあ、そんなところだろうな。デュカキスもそんなことは問題にしちゃいない」

「だったらなにが問題なんだい、バード？」老ゴールド・フィッシュが両手を広げた。

「馬はうちが弁償する。デュカキスもそれで納得したはずだろ？　なんでいまさらクロウに懸賞金なんぞかけるんだ？」

「馬一頭なら弁償もできるさ」

「どういう意味だい？」

「チョコレート・ウィンターってやつを知ってるかい？」

「巡回法廷のボディガードの？」

「ああ。そのチョコレート・ウィンターが昨日の夜、デュカキスのところに顔を出して言うことには、四日まえにアマリロのあたりでレイン兄弟がサンタフェ鉄道を襲ったそうだ。その列車にはデュカキスの馬が四十頭積んであった。いま、馬の相場がどれほどか知ってるか？」

口を開く者はいない。

「すこしまえなら五エーカーぶんの土地の価値があった。そりゃそうだ。町を一歩出ればガソリンスタンドなんかどこにもない。いずれまたフォードの車がこの大地を走りまわるようになるだろうが、それはまだまだ先の話さ」

「やったぜ、レイン兄弟！」キャット・フィッシュが手をたたいた。「ひと財産だな」

「ああ、たしかにひと財産だ。で、そのひと財産をおまえとおまえの兄貴が孫の孫の孫の代までかかってローランド・デュカキスにかえすことになる」

愚か者の笑顔が凍りつく。

「おれはこれからデュカキスのところへ行くことになっている」バード・ケイジはベストの胸に留めた銀バッジ――円のなかに星がはめこんである――を指先でたたき、「そのまえにここに寄ったのは、レイン一味のなかにクロウもいたってことを報《しら》せるためだ」

「そんな……まさか」老ゴールド・フィッシュは目をしばたたき、腕で額の汗をぬぐった。玉の汗がつぎからつぎに老人の頬を流れ落ちた。「クロウのやつが……本当か、バード?」

「明日になったら、おれは法廷からの執行命令を持ってここにやってこなきゃならん。でも、それは明日のことだ。言ってること、わかるな?」

よろよろとあとずさる葬儀屋を長男が抱き止める。「恩に着ます、保安官」

「あんたとは古いつきあいだ、ゴールド・フィッシュ」バードはすっかり打ちのめされた老人の肩に手をおいた。「それに、若者はいつだってこういうことをやらかす。ちがうかね?」

PLANE

葬儀屋を出ると、傾《かし》いだ信号機につながれているリトルドットが頭をもたげた。

「待たせたな、ドット」

首筋をたたいてやると、馬は鼻から白い息を吐きながら頭をすり寄せてきた。

「かんな！」信号機に巻きつけたロープをはずしてやる。「発音はおなじでも飛行機《プレーン》とぜんぜんちがうじゃないか！」

灰色の空を見上げる。雲が重い。ひと雪きそうだ。それから鐙《あぶみ》に足をかけ、分厚いウールコートの裾《すそ》をうしろに払い、鞍角《ホーン》を摑《つか》んで百九十二センチ、百八キロの巨体を軽々と馬上に引き上げた。

リトルドットは蹄《ひづめ》でひび割れたアスファルトをたたきながら、並足で高層ビル群のあいだをいった。さすがに心得たもので、アイスバーンの上も難なくひょいひょい歩いていく。

この六歳のクオーターホースはなにもかもが完璧《かんぺき》だ。もともとクオーターホースはイギリス馬とスペイン馬を掛け合わせた最初のアメリカ種だと言われている。体のバランスのよさ、敏捷性《びんしょうせい》、力強さならどの馬にもひけをとらない。おまけにリトルドットは頭もいい。なにより、バードと相性がよかった。

この馬との最初の出会いは、忘れようにも忘れられない。バードの腕を見こんだデュカキス畜産が、カンザスシティ連邦保安官本部に調教を依頼した二十頭のうちの一頭だったのだ。野生馬を馴《な》らすにはいろんな方法があるが、近頃ではとにかくカウボーイが乗って何日も何日も獣柵《パウンド》のなかを走りまわらせる。たいていの馬はなしくずしに背中に人間を乗せることを受け入れていく。

が、リトルドットはちがった。人間が近づいただけで大暴れした。前肢《まえあし》を撥《は》ね上げ、後肢を蹴《け》り上げた。どうにか押さえつけて跨《また》がっても、ロデオ馬ばりにカウボーイをふり落としてしまう。ローランド・デュカキス子飼いのマット・ジョーンズはそのせいで半身不随になった。カウボーイたちはすっかり白旗を揚げた。こんな性悪な牝馬は見たことがない。だからといって、食ってしまうわけにもいかない。馬は貴重な労働力なのだ。いまのカンザスでは人間を殺してもせいぜい禁錮刑か追放刑だが、馬を殺せば間違いなく裁判所のまえの絞首台《こうしゅだい》にぶら下がることになる。だれもがこのじゃじゃ馬を持て余していた。

で、バード・ケイジがむかしながらの荒っぽいやり方を試したというわけだ。メキシコ式の調教法を。数人でリトルドットを押さえつけ、目隠しをし、バードが騎乗して壁にむかって全速力で突進させる。リトルドットは跳ねまわり、火がついたように駆け、壁に激突して倒れた。カウボーイたちは恐れおののいた。あの老保安官はいかれちまったぞ。それでも、バードはやめなかった。連日、リトルドットを壁にぶつけては顔を血まみれにした。ローランド・デュカキスはあのイカレた連邦保安官を吊《つ》るしてやると息巻いたが、バードには自信があった。このバード・ケイジ様に乗りこなせない馬などいるはずがない。手綱を覚えるか、死ぬか、ふたつにひとつだぜ。おれを甘く見るなよ、リトルドットが倒れるたびにバードは馬の耳にそうささやきかけた。

根負けしたのは馬のほうだった。その朝、バードが近づいてもリトルドットは暴れなかった。そこでバードは塩をひとすくいあたえた。馬はバードの掌《てのひら》に鼻面《はなづら》を押しつけて貪《むさぼ》り食った。よしよし。バードはリトルドットの体を撫《な》でた。おれたちは上手《うま》くやっていけるぜ、お嬢さん。それから、鞍《くら》をつけた。腹帯を締めるとき、リトルドットはわざと胸をふくらませた。そういう馬はままいる。革帯で締めつけられるのをいやがるやつが。が、はじめて鞍をつけるときにそんな自己主張をする馬などいやしない。

おまえは頭がいいな、相棒。バードはリトルドットの脇腹《わきばら》を撫でた。けど、こいつをちゃんと締めなきゃ、おれたちはチームになれないんだぜ。すると馬がうれしそうに断き、腹帯を締めさせた。獣柵のまわりにはカウボーイたちがあつまってきていた。バードは鐙に足をかけ、リトルドットの背に跨がった。軽く走らせてから手綱を引き絞り、鼻面を壁にむける。拍車を入れると、リトルドットは弾丸のように突進した。馬の頭が壁にぶつかる寸前、バードは手綱をぐいっと引いた。リトルドットが棹立《さおだ》ちになって止まる。カウボーイたちから拍手喝采《かっさい》が飛んだ。リトルドットは鼻息を荒らげ、前肢で凍土を蹴った。ああ、ちゃんとわかってるぜ、相棒。バードは馬の首をたたいた。今日からおまえはおれの売女《ビッチ》さ、体に花みたいなきれいな斑点《はんてん》があるから、名前はリトルドットにするぜ。

バードがデュカキス畜産のために働くようになったのには、そんないきさつがあったのだ。リトルドットをもらい受けるかわりに、むこう五年間、荒くれ馬の調教をする。馬一頭の値段にすれば破格だが、ローランド・デュカキスにしても悪い取引ではなかった。なんと言っても、リトルドットはバード・ケイジその人しか背中に乗せようとしないのだから。

蹄の音を聞きつけて、道路の端にどけられた廃車のなかから男たちが出てくる。しかし相手が連邦保安官だとわかると、またぞろザリガニのように車のなかへ戻っていった。

おいらはカンザスシティへ行くぜ
カンザスシティ、待ってなよ
おいらはカンザスシティへ行くぜ

カンザスシティ、待ってなよ
あそこにゃイカレた女たちがいて
おいらもひとり手に入れるつもりさ

気分よくひとくさり歌いながら、馬上から崩壊した街並みを眺めやる。見棄《みす》てられた高層ビル群は一度巨人にひっこぬかれ、力まかせにアスファルトに突き立てられたニンジンのようだ。鉄筋の骨格はヘルニア病みのように傾ぎ、いつ倒れてもおかしくない。実際、ドミノ倒しになったビルが右手をふさいでいた。昼間は廃車のなかで息をひそめている連中が、夜になると廃ビルのなかをうろつきまわる。酒や女や音楽や東部から流れてきた合成麻薬を求めて。で、夜が明けるまでには何人かが殺され、食われてしまうのだ。

バード自身、若いころは国じゅうの廃ビルでトラブルに巻きこまれてきた。西へ行けば行くほど状況は悪くなる。合成麻薬の純度はどうしたって東のほうが高い。それが西海岸へたどり着くころにはもう混ぜ物だらけだ。服《の》めば二回に一回は意識を失うし、静脈にでも入れようものなら廃ビルでは英雄扱いだ。どっちにしろ、二度とお天《てん》道様《とうさま》を拝めなくなる。無聊《ぶりょう》にまかせたそんな思索が呼び水となって、ルイ・ヴィトン・ルイーズが殺された夜のことが脳裏をよぎった。ロサンゼルスのサンセット・ストリップにあるシャトー・マーモントという廃ホテルでルイ・ヴィトン・ルイーズは殺された。いまでも夢に見る。けっして麻薬に手を出さなかった彼女は、よくこう言っていたものだ。麻薬は性病持ちの男とおなじさ、体に入れたが最後、死をぶちまけて逃げていくんだよ。

牛を追って西海岸までいったときには、たいていルイ・ヴィトンに会いにいった。たとえ金がなくても、いつでも会ってくれたからだ。あんたとは商売ぬきだよ、とルイ・ヴィトンは朗《ほが》らかに笑ったものだ。肉だって持ってきてくれなくてもいい、あたいは自分を好きになりたくて、あんたのことが好きなんだから。

ほんのちょっと部屋を離れた隙《すき》に、彼女は殺された。外につないだポニーの様子を見にいったほんの十分足らずのうちに。合成麻薬でぶっ飛んだ男に銀の燭台《しょくだい》で目を刺し貫かれてしまったのだ。バードが部屋に戻ったとき、その男は血の滴《したた》る燭台を持ったまま壁にむかってぶつぶつしゃべっていた。もうひとりの男が蛮刀でルイ・ヴィトンの体を細切れにしていた。ふりかえったそいつが警告した。太腿以外なら好きなところを持っていきな。バードは部屋を横切り、ベッドのそばに脱ぎ散らかしたシャツを着、ボタンをかけ、ベストを着けた。それからガンベルトを締め、拳銃をぬき、ふたりの頭に二発ずつ撃ちこんだ。

「あれが岡惚《おかぼ》れというやつだったのかもしれんな」バードはいつもそうするように馬に話しかけた。「あのふたりはすきっ腹を満たすためにルイ・ヴィトン・ルイーズを殺した。そんなやつらを、おれは食いもしないのに撃ち殺したんだからな。あの蛮刀の男は親切にも肉を分けてやるとまで言ってくれたのに」

落下してきたガラスに切り裂かれた黒っぽい死体が、もう何カ月もおなじところに倒れている。

亀裂《きれつ》の走る廃ビルに棲《す》みついた鴉《からす》が啼《な》くと、どこか遠くにいる仲間がそれに応《こた》えた。空っぽのビルの谷間に鴉の啼き声が谺《こだま》した。

断層だらけの道路は、ほとんどが凍土におおわれてしまっている。風がアスファルトに散乱した骨や人糞《じんぷん》に砂を吹きつけた。

「ずいぶんいい世のなかになったじゃないか、ドット。おれのガキの時分はこんなふうにのんきに馬になんて乗れやしなかった。ひとりで表をうろつこうもんなら、たちまちとっ捕まって食われちまったもんさ」

六・一六の直後は誰も彼も見境がなかったと聞く。世界は分厚い塵芥《じんかい》にすっぽりとおおわれ、気温がマイナス二十度にまで一気に下がった。ほとんどの者が神に召された。天国に迎え入れてもらえなかったやつらには、そんなやつらにふさわしい人生が待っていた。共喰い、強奪、家畜人の飼育。

「でもな、それも二世代もまえの話さ。おれが生まれたときには、すでに東部の利口な連中が牛を創り出していたんだ」

彼らは六・一六で絶滅した牛と、絶滅しそびれた人間の遺伝子をかけあわせ、核酸を操作して角の短いショートホーンを培養した。人間の遺伝子のおかげでひっきりなしにつがうショートホーンは、わずか十年で東部の食卓を席巻《せっけん》した。それと並行して、地熱を利用した完全屋内栽培の野菜もできた。食卓革命を起こした連中はつぎにショートホーンの大型化を図った。そうして創り出されたのが赤身の多い、気性の荒いロングホーンだった。

「しかし、まあ、あのキャット・フィッシュの言うことにも一理あるな。だいたい牛ってやつは馬とちがって、天地開闢《かいびゃく》のむかしから馬鹿だと相場が決まってるんだ。ちょっとの物音で集団暴走《スタンピード》しやがる。ロングホーンは図体がでかいぶん厄介なんだ。ありゃセントルイスからカンザスシティまでロングホーンを運んだときだったな、たった三百マイルほどの旅なのに五回も暴走しやがった。癖が悪いったらありゃしない。百頭ほどの群がカンザスシティに着くころにゃ半分以上逃げられてたっけ……おい！

フランクリン!」腰の拳銃をぬき、空にむけて一発撃った。「何度言ったらわかるんだ、そんなところで糞《くそ》をするんじゃない!」

ボンネットのない廃車のそばにしゃがんでいた男が銃声に腰をぬかし、自分が出したばかりのものの上に尻餅《しりもち》をついた。

「くそったれ!」

「カンザス人らしくできないなら、テキサスにでも行っちまえ」亀《かめ》みたいにまごついている男にバードは銃口をむけた。「つぎはそいつを食わせるからな」

リトルドットはこうべを垂れ、我関せずといった風情《ふぜい》でぽっくりぽっくり歩いた。

「どこまで話したっけ、ドット?」背中に投げつけられる罵声《ばせい》を聞き流しながら、拳銃をホルスターに収める。「そうそう、ロングホーンに逃げられた話だったな。で、ロン・チザムが激怒して牛を弁償しろとわめいたんだ。だから、おれは言ってやったね。『ねえ、チザムさん、ロングホーンがあんなふうに高い知能を持ってることをあんたは教えてくれなかった。そのせいでおれの仲間がひとり死んだ。こっちこそ弁償してもらいたいね』けっきょく裁判沙汰《ざた》になって、ガスリー判事がロン・チザムに賠償命令を出した。その判決に国じゅうが騒然となったよ。だって、人ひとりの命が牛五十頭よりも価値があると宣言したようなもんだからな」

馬を歩かせ、二十分後にはデュカキス畜産に着いたが、そのころにはもう雪が降りだしていた。

リトルドットを街灯につなぎ、短い階段を上がると、バードは重厚な木の扉を押し開けた。とたん、馬と干草のにおいに包まれる。リノリウムの床は藁屑《わらくず》や土塊で汚れ、カウボーイたちの拍車にひっかかれ、ところどころめくれていた。そのカウボーイたちが暗い廊下の先で煙草《たばこ》を吸っている。バードがとおりかかると、ある者はうなずきかけ、ある者は帽子のつばに軽く触れた。

「保安官、今日はレイン兄弟の件で？」

「察しがいいな」バードは足を止め、オリジナル・ロリンズと握手をした。「調子はどうだい、オリジナル？」

「これからこいつらと……」そう言って、親指で仲間たちを指す。「アビリーンまで三百頭とどけるんです」

「かっこいいウーリーズ《オーバーズボン》を穿《は》いてるじゃないか」

「クローンですが、アンゴラ山羊《やぎ》です。でも、保安官のブーツもいつ見てもかっこいいなあ！」

「いくらした？」

「キングスネーク・ホリデイの店で百九十ドルです」

「おれをからかってるのか？」

「給料の半年分ですよ」得意げにそう言ってから、眉間《みけん》にしわを寄せた。「どうかしましたか、保安官？」

「いや、なんでもない……それよりおまえ、ひょっとしてまだあのピントーに乗ってるのか？」

「ええ、まあ」

「あの馬は小ずるいぞ。いつも力を出し惜しみしやがる」

ロリンズが肩をすくめた。

「馬は毛色で選ぶもんじゃない。乗り手との相性ってもんがあるんだ。ポーカーとおなじさ。エースはエースとペア、2は2とペアだ」

「どういう意味です？」

「おまえとあのピントーが組んだらもう負けは決まりってことさ」

オリジナル・ロリンズは口をぽかんと開け、それから顔を紅潮させた。「聞き捨てなりませんね。それって、おれとおれの馬が2のペアだって言いたいんですか？」

「おまえたちが2のペアならまだましさ」

「……」

「幸運を祈ってるよ」バードは肩越しに手をふった。「おまえがその百九十ドルのウーリーズを穿いてあのイカした斑馬《まだらうま》に乗っているかぎり、おれには祈ってやることくらいしかできないからな」

カウボーイたちが笑った。

むかしのカウボーイにも斑紋のあるピントーや、斑点がたくさん入ったアパルーサのような目立つ毛色の馬を好む者が多かったと聞く。たぶん、むかしのカウボーイもいまのカウボーイのように有名無実の存在になってしまった時代があるのだ。畜産業者のただの使いっ走りに成り下がった時代が。そんな時代には実力よりも見た目大事の浮ついたやつらがはびこる。そう、いまのオリジナル・ロリンズやあの大馬鹿者のキャット・フィッシュのように。

階段を三階ぶんのぼる。等間隔にならんだ窓から射しこむ薄い光のなかを、バードはゆったりと拍車を鳴らしながら渡った。会社の部署名が書かれたドアがいくつも流れていく。中庭を見下ろすと、黒々としたコークスの山が望めた。そのまわりでカウボーイたちが大きな金盥《かなだらい》に湯を沸かしている。ゴムエプロンをつけた男が木の解体台のそばで包丁を研いでいた。のんびりとバイオリンを弾く男。明るい色の服を着た楽団が音合わせしているのを見て、今日が復活祭《イースター》（十字架に磔になったイエスが三日後に復活したことを祝うキリスト教の行事。春分のあと最初にくる満月のつぎの日曜日）だということに思いあたった。

名前を呼ばれて顔をむけると、角を矯《た》めたユダの牛が一頭、ローランド・デュカキスの部屋から出てくるところだった。その巨体のむこうに、こちらを呼ぶ部屋の主《あるじ》が見え隠れしている。

「よう、エド」バードは牛のたくましい肩をたたいた。「元気にやってるか？」

「は、はい」牛はドアを支え、バードのために体を開いた。「元気です——オレ——元気」

「今日は祭りだな」

「祭り——は、はい——肉を食べる日です」

「むかしはこの時期になるとよく女子供がさらわれたもんさ」

「さあ、入ってくれ」ローランド・デュカキスがマホガニーのデスクをまわって出てくる。バックスキンのベストからでかい腹を突き出して。「なにを飲む？　マリオン郡からオールド・グラン・ダッドがとどいたばかりだぞ」

「ハッピー・イースター、ローランド」

「ああ、ハッピー・どこかでだれかが解体《ばら》されてその肉でだれかがハッピーになる日」

「ヘイレン法をコケにしたジョークさ」ローランド・デュカキスを親指で指しながら、バードは悪戯《いたずら》っぽくエドに片目をつぶってみせた。ドアを開けてくれたことに礼を言い、部屋に足を踏みこむ。「この部屋は暖かいな」

「ここはむかし小学校だったからな、ダクトを整備する必要はなかったよ」

中庭にあったコークスをボイラー室で燃やし、その熱気をダクトにとおして建物を暖める。いわゆるセントラルヒーティングというやつだ。

背後でドアの閉まる音がした。

「あいつはもう長いな」

「だれだ？」デュカキスはふたつのグラスにバーボンを注ぎ分けた。「ああ、エドのことか？　もうかれこれ三、四年になるな。近頃じゃユダの牛だけを扱う業者もいるぞ」

牛というのは馬鹿なくせに臆病《おくびょう》だ。なかなか解体場《スローターハウス》に入ろうとしない。そこで、エドのような人と牛の雑交種《ミクスト》に先導させる。そうすれば、牛たちも安心してスローターハウスに入ってくれるという寸法だ。

それにしても、とバードは思う。人間の精子をロングホーンの子宮が受けつけるなんて、さすがに東部の連中も読めなかったにちがいない。はじめのうちは不吉だからと撃ち殺していたユダの牛だが、まれに知性を持った個体も生まれることが判明してからは、アメリカ人らしく有効利用するようになったってわけだ。

「裏切者《ユダ》の牛か、なまじ頭がいいのも考えもんだな」バードは酒をひとすすりした。「肉以外でおれが東部の連中に感謝していることがあるとすれば、トウモロコシを復活させてくれたことさ」

「まったくだ」

「天国には禁酒法があるんだ。だからおれたちがこの命の水にありつけるってわけさ」

ふたりはむかいあってソファに腰を下ろした。まずは中部の男らしくセンターテーブルにどっかりと足をのせ、おたがいのブーツを褒めあう。ブーツというものは縫い目が多くなればなるほど値が張る。縫い目がブーツを頑丈にし、くるぶしのまわりにしわが寄るのを防いでくれるからだ。のみならず、ローランド・デュカキスの黒いブーツにはロングホーンをデザインした色つき革がまえとうしろにはめこまれていた。

「おれはあんたのそのブーツが好きだよ、バード。なんと言うか……本物って感じがするからな。とくにその大きなニッケルの拍車がいい」

それから本題に入った。

「フィッシュ葬儀社の連中は寝耳に水だったな」バードはセンターテーブルのシガレットケースから一本いただいて火をつけた。「末っ子がレイン兄弟の一味になったことは本当に知らないみたいだぞ」

「テキサスのムスタングが四十頭だぞ」ローランド・デュカキスもそうした。「知らなかったじゃすまされんだろ。やっぱりあのガイ・レインとイジー・レインか？」

「ガイはいくつもの州の欠席裁判ですでに死刑判決を受けているから、アメリカにはいないだろうな。生きてりゃもうすぐ四十に手がとどく。イジーのやつはもうずいぶんまえにくたばったよ」

「死んだのか？」

「ああ、テディ・ザ・ゾンビベアーってお尋ね者に撃たれたらしい。レインは五人兄弟だ。今回鉄道を襲ったのはガイの弟たちと見るべきだろうな」

「どんなやつらなんだ？」

「さあね、名前も知らんよ」

「あのガイ・レインはおっかなかったな」デュカキスがぶるっと身震いした。「仲間がやられりゃ、やったやつの家族はおろか、村じゅうを皆殺しにしたって言うじゃないか」

「そいつは嘘じゃない」バードは紫煙をくゆらせた。「おれはガイ・レインに燃やされた村を見たことがある。樹《き》に村人が何人も吊るされていた。ガイがどうやって人を吊るすか知ってるか？　ロープなんか使わないんだ。針金さ。針金を両肩の鎖骨の下にとおして、それを樹の枝に縛りつけるんだ。だから、吊るされていた村人はみんな操り人形《パペット》みたいに肩が上がってたよ。だけど、ガイがすごいのはそこじゃない」

「なんだ？」

「あいつは字が読めるんだ。母親からもらった詩集をいつも持ってる」

「そいつはたいしたもんだ」

「レイン兄弟の母親ってのはマリア・レインって性悪売春婦でな」バードは言った。

「五人兄弟はみんな父親がちがうって話だ。だが、マリアがすごいのはそこじゃない。気に入った男の子種を宿したら、その男を殺《ばら》して食いやがるんだ。レイン兄弟はそうやって育てられたんだ」

「金玉が縮み上がる話だな」

「ユマのあたりじゃ後家蜘蛛《ごけぐも》のマリアを知らない者はいないぜ。長男のガイはガキのころからマリアを手伝って弟たちの父親をかっさばいてたそうだ」

「そこまでいくと眉唾《まゆつば》っぽいな」

「まあな」

「おまえさん、そのガイ・レインと若いころになにかあったのかい？」

「レイン一味はおれが捕まえそこねた唯一《ゆいいつ》の悪党だ。いいところまで追いつめたことはある。ニューオリンズで撃ちあいになったんだ。夜中にやつらの寝こみを襲った。ありゃ、なんて宿屋だったかな……とにかく、こっちはトム・ウォーカーとふたりだ。トムがやつらを催涙弾でいぶり出して、おれがむかいの建物からライフルで狙撃《そげき》した。何人かは斃《たお》した。おれが大ビートルズってやつを撃ったんだが、トム・ウォーカーは自分が撃ったと言って譲らなかったな。あのころのレイン一味は大所帯だった。弾を撃ち尽くしたおれとトムはほうほうの体《てい》で撤退したよ。ずいぶんむかしのことさ」

「やつらは報復に出なかったのか？」

「ガイはお上《かみ》を敵にまわすほど馬鹿じゃないよ。あいつが殺すのは悪党と、その悪党の家族と、その友達と、友達の友達くらいまでだ」

「なんだか懐《なつ》かしそうだな」

「ずっと追いかけているとな、ガイのような極悪人に対しても絆《きずな》のようなものを感じるんだ。ヘラジカ狩りをしたことは？」

「ああ、わかるよ。ずっとその鹿のことばかり考えて、いろんなことを空想しちまうんだろ?」

「世界が自分と鹿だけになっちまったような感じなんだ。いまなら、おれは愛情をこめてガイ・レインを殺せるよ」

「その気持ちをなんと言うか知ってるか、バード?」

「なんだ?」

「老化さ」

「くそ」

「おたがい年をとっちまったな」

「年寄りってのはふた言めにはそれだ。とにかく、馬はもうあきらめたほうがいいかもしれんぞ」

「そうなのか?」

「馬ってのは金とおなじさ。ひろったやつのものになるんだ」

「焼印はもう押してあるぞ」

「そこが問題だな。おれは口を酸《す》っぱくして言ってきたはずだぜ、ローランド、あんたは焼印を変えるべきだって」

「もう三代にもわたって使ってきたデュカキスの家紋なんだぞ」

「あの『D』の焼印は簡単にごまかせちまう。たとえば……そうだな、横むきに矢をつがえたら弓矢に見えるし、弾丸に見せかけるのもわけない。縦棒をちょいとのばせば『P』に早がわりさ」

「しかし、あとから焼いたものだとひと目でわかるじゃないか」

「盗まれた馬だと承知の上で買うようなやつらにそう言うつもりかい？」

ローランド・デュカキスは苦しげにうなり、「馬一頭につき千五百出すぞ」

「まあ、最善を尽くすよ」

「馬だ、とにかく馬を取りかえしてくれ！」

「アマリロの連邦保安官からの情報では、やつらは馬といっしょに金も奪ったそうだ」

「本当か？　だれから聞いた？」

「ルースター・ボーンズ」

「ボーンズ！」話にならん、と言わんばかりにデュカキスは片手をふり上げた。「知らんのか、バード？　あの男は、もとはミシシッピあたりで追い剝《は》ぎをやってたんだぞ」

「追い剝ぎならおれだってやったことあるさ」バードは煙草を吸い、紫煙を吐き出す。

「にっちもさっちもいかない時代ってのは、だれにでもあるもんだ」

「それは食うためじゃないか」

「たしかにな」

「いまの若いやつらはちがう。食うにしろ、売り飛ばすにしろ、四十頭も馬なんかいらないはずだぜ」

「その理由はあんたのほうがよく知ってるだろ、ローランド。商売人はあんただ」

「ああ、よく知っているとも。ジョークをひとつ聞かせてやろう。テキサスを視察にやって来た東部《ヤンキー》の男が案内人のカウボーイに尋ねたとさ。『なにか心配なことはあるのかね？』するとカウボーイはこう答えた。『おいら、心配なことなんかねえよ。だって、おいら……』」

「『肉をどっさり持っとるもん』」バードは先回りをした。「そのジョークなら聞いたことがある」

「笑えるじゃないか！　テキサスのいなかっぺが東部の紳士にむかって『おいら、肉をどっさり持っとるもん』だって？」デュカキスはセンターテーブルから足を下ろして身を乗り出す。「だけど、五十年まえにはこんなのジョークでもなんでもなかった。

なにが可笑《おか》しい？　肉さえあればなんの心配もない。あたりまえのことじゃないか」

「あんたの言いたいことはよくわかるよ」

「不思議だと思わないか、バード？　食えなかった時代には不安なんてなかった。すくなくとも、いまみたいに先の先を見越して不安になるやつなんていやしなかった。腹が減ればうろたえたが、腹がふくれたらみんな仔犬《こいぬ》のように幸せになれたもんさ。それがいまじゃどうだ。クローン技術のおかげで腹いっぱい食えてるのに、絶えず不安につきまとわれている。その不安から逃れるために商売をどんどん広げていかなきゃならない。いったいなんのために？　おれはもうガキのころみたいにぐっすり眠れないんだ。ナサニエル・ヘイレンはおれたちの英雄だった。何百人も殺して、みんなに気前よく肉をふるまったからな。たとえそれがただの伝説だとしても、やっぱりブラックライダーはおれたちの英雄だったんだ。しっかり食うこと。しっかりその日を生きのびること。それができたら、奪った命にちゃんと感謝の気持ちを持つこと。そうやっておれたちはここまで生きてきた。だけど……ああ、あんたの言うとおりだよ、バード、きっと強盗どももおれとおなじなんだ」

「めずらしく弱気じゃないか、ローランド」

「おれのなかにふたりのおれがいる」デュカキスが言った。「むかしのおれならフィッシュ家のやつらを笑って許してやることができたはずさ。あのゴールド・フィッシュの爺《じい》さんがおれをコケにしたわけじゃない。馬四十頭？　それがどうした？　でも、いまのおれは、はらわたが煮えくりかえっているんだ。クロウ・フィッシュのかわりにあの一家を八つ裂きにしてやりたい気分だよ」

ふたりはしばらく黙りこくって煙草を吸った。

中庭のほうから歓声があがり、銃声が祝砲のように何発か鳴った。バイオリンのテンポが速くなり、地面を陽気に踏み鳴らす音が響いてくる。

バードは煙草を灰皿に捨て、「ナサニエル・ヘイレンのナイフに刻まれている言葉を知ってるかい？」

「THE RIDE OF SIN《馬上の罪》？」

「旅をしていると、いろんなやつがいろんなことを言う。おれが聞いたなかでいちばん多かったのは、TEARS OF THE ROOD《十字架の涙》だ」

ローランド・デュカキスがうなずく。

「あの伝説のボウイナイフで肉を切り分けながら、ブラックライダーは子供たちに言ったそうだ」バードはウィスキーで喉《のど》を湿らせた。「『しっかり食え。しっかり食って、力をつけて、そして明日のことを考えろ』」

「明日のこと……か」

「だから、あんたもくよくよせずに明日のことを考えたほうがいい」

ローランド・デュカキスは酒を飲み、ソファに背を沈め、また酒をひとすすりしてから切り出した。「で、どうするつもりだ？」

「今日の午後にガスリー判事と会うことになってる」

「レイン兄弟の令状をとるのか？」

「やつらの令状はもういくつもの州で出ているはずだ」バードは言った。「クロウ・フィッシュのだ」

「これであの小僧もお尋ね者だな」

「明後日《あさって》の列車でアマリロへいってルースター・ボーンズに詳しく話を聞く。列車の手配をたのめるか？」

「リトルドットのぶんも手配しておこう。やつらは金も盗《と》ったと言ってたな？」

「ああ。鉄道会社に問いあわせたら、襲撃された列車に積んであった金は深南部《ディープ・サウス》一帯で流通しているものだった。もしレイン一味がその金を使うつもりなら、簡単に足取りを追えるはずだ」

「馬を四十頭も引き連れてやがるしな」

「もちろん水場も見張らせる。もしやつらが馬を売るつもりなら、しめたもんさ。譲渡証明のない馬を買ってくれるところはそうないからな」

「心当たりがあるんだな？」

「チョクトー族の畜産業者に知りあいがいる」

「もしあのならず者一味がおれの馬をどうにかしたら、一頭につき一回ナイフで刺してやる」

「なにも保証できんが、もしあんたが本気でそう思っているんなら、おれはやつらを生け捕りにしなきゃならん」

「わかっている」

ローランド・デュカキスは膝《ひざ》に両手をついてその肥満体を押し上げ、デスクの抽斗《ひきだし》から革袋を取ってきた。

「とりあえず半金だ。レイン兄弟を連れ帰ってきたら、残りの五百を払う。一味の首にはひとりにつき三百出そう」

「三百？　それってクロウ・フィッシュの首にもそんなに出すってことかい？　あいつはまだ子供だぜ」

「だれであれ一味にはちがいあるまい？」

「ずいぶん気前がいいんだな」バードは肩をすくめ、「クロウのやつとなんかあったのか?」

ローランド・デュカキスは曖昧《あいまい》に言葉を濁し、かわりに革袋の水筒にウィスキーを入れて持たせてくれた。

「おまえさんとゴールド・フィッシュのつきあいは知っとるが……」

「ああ、仕事は仕事さ」

ふたりは握手を交わし、バードは立ち上がって部屋をあとにした。

「たのんだぞ、保安官。このローランド・デュカキスはコケにされっぱなしじゃないってことをやつらに思い知らせてやってくれ」

「そうそう」ドアを押し開けたところで、バードはふりかえった。「クロウのやつはスキップ・ジョンソンの肉を削いでいったんだろ?」

「ああ」

「だとしたら解《げ》せないな」

「なんだ?」

「スキップは牛の世話係だろ?」

「もう二十年もおれについてるよ」

「あんたのところは牛舎と厩《うまや》がうんと離れている。馬を盗んだクロウはなんでわざわざ牛舎へいったのかな？」

ローランド・デュカキスの目が泳ぐ。

「ローランド？」

返事はない。

「なあ、ローランド」バードは雇い主にむきなおった。「なにか隠してるんなら、さっさと吐いちまったほうがいいぞ」

2

血管のなかに砂がまざっているような感じ、とでも言えばいいのか。気が重い。しかし、それが仲間を失ったせいなのか、それともこれからかたづけなければならない用事のせいなのか、ロミオ・レインにはなんとも言えなかった。散乱したタイルを踏み砕き、汚物を跨ぎ越す。ふりかえると、スノーがまだビルの入口でもたついていた。

「スノー！　なにをやってるんだ、さっさと来い！」

その声が吹き抜けのホールに谺し、階上《うえ》の鴉たちを驚かせた。

スノーは顔をおおっているドクロメンガタスズメ——髑髏《どくろ》を背負った蛾《が》——のバンダナを引き下げた。

「アイザイアひとりで大丈夫かな？」

「なにを心配してるんだ、おまえは？」ロミオは唾を吐き、「アイザイアにはショットガンを持たせてあるんだぞ」

「だって、あの火夫に撃たれたんだぜ」スノーは頭をひとつふって、顔にかかった長い髪を払いのける。「馬だっておれが手を貸してやってやっと乗れたんだ」

「さあ、早く来い」ロミオは握りしめたスミス＆ウェッソンで帽子を押し上げた。

「アイザイアなら大丈夫だ」

スノーは外で馬番をしているアイザイア・ケンプに親指を立ててから、倒れている女神の石像を乗り越えてビルに入ってきた。

「べつにおれが馬を見ててもいいんだけどな」

「おまえはおれと来い」ロミオは先に立って歩きだす。「つべこべ言うな」

「けど、アイザイアは右手が使えないんだぜ」

「その使えないはずの右手でさっき股座《またぐら》をごそごそやってるのを見たぞ」

スノーが笑った。

「まったく、クロウがいてくれてよかったよ」溜息《ためいき》が出た。「じゃなきゃ、おまえひとりで四十頭の面倒を見なきゃならなかったんだぞ」

「そんなのはごめんだね」

「大ビートルズは死んじまった。クロウはまだガキだ。アイザイア以外にだれがおれたちの乗ってきた馬を見張るんだ？　おまえはおれに怪我人《けが》といっしょにあのこすっからいドクター・ペッパーに会いに行けと言うのか？」

「なんでそんなふうに言うんだ？　おれがそんなこともわからないと思ってるのか？」

「あのなぁ……」ロミオは天を仰いだ。ぬけてしまった丸天井から射《さ》しこむ黄昏《たそがれ》の光が、舞い落ちる細雪《ささめゆき》を赤く染めている。「さあ、行こうぜ」

「兄さんはアイザイアに厳しすぎるよ。おれが言いたいのはそこさ。あいつが黒人だからか？」

「白も黒も赤も黄色も食っちまえばみんなおなじ味だ」

「白がいちばん美味《うま》いってみんな言ってるぜ」

「そんなものはなんの根拠もない戯言《たわごと》だ」視線を感じて、ロミオは横目で弟を見やる。

「なんだ？」

「いや、べつに」

「いまこっちをじっと見てただろ? なんなんだ?」

「みんながいつも兄さんのことをなんて言ってるか知ってるか？　ガイ兄さんはいつもこう言ってたな。『ロミオのやつは石頭でなんの面白味もねえ、それだけじゃねえ、あいつは偽善者だぜ、金を払って売女《ばいた》とおしゃべりだけするような気障《きざ》な野郎さ』」

「イジー兄さんに言わせりゃおれは廃車のなかに捨てられていたそうだ」

「おれたち兄弟のなかで母さんの子じゃないやつがいるとしたら、それはレスター・レインだけだぜ」

「うちじゃその場にいなかったやつがいつも捨て子ってことになるんだ」

「とにかく、レスターみたいな腰抜けは見たことがない。逃げ足だけやたらと速いときてやがる。あんなやつ兄貴でもなんでもねえや」

「さあ、いつでも撃てるようにしておけ」

ふたりは瓦礫《がれき》とガラス片と汚物の散乱する螺旋《らせん》階段をのぼった。ひとつ上の階へ着くたびに、息を殺して物音に耳を澄ませる。それから、またのぼった。階段が崩れているところにさしかかると、順番に跳び越えた。

七階に到達したところで、ロミオは弟にむきなおった。「ドクター・ペッパーにはおれが会いに行く。五分経《た》って戻ってこなかったら踏みこんでこい」

「わかった」

「金はちゃんと持ってるな？」

スノーはフードつきアノラック——イヌイットの男と馬一頭で交換した最高の防寒着だ——のポケットをぽんっとたたいた。

「兄さん」

「なんだ？」

「母さんがよく詠《よ》んでくれた詩を憶《おぼ》えてるか？」

「どれだ？」

「『人はふたつの永遠にはさまれて、種族の永遠と魂の永遠にはさまれて、何度でも生き、何度でも死ぬ』」スノーは諳《そら》んじた。「イェーツってやつの詩だよ」

「母さんは詩をたくさん詠んでくれたな」

「おれたち、これが上手くいったら母さん連れてメキシコへ行くんだよな？」

「ベニート・レオーネに金をかえしたら、おまえは晴れて自由の身だ」

「悪かったと思ってるんだ」

「それはガイ兄さんに言え」

「ドクター・ペッパーはおれたちをペテンにかけるかな?」

「そのときはそのときさ」ロミオは拳銃《けんじゅう》の回転弾倉《シリンダー》をふり開け、一発ぶんだけ空になっている穴に弾丸をこめた。「かのイェーツ先生も言ってるじゃないか、『生も死も冷たく見ながせ』ってな」

「『行け』」スノーがにやりと笑い、胸にかけた十字架を指でたたいた。「『騎馬の男よ』」

骨一本、塵《ちり》ひとつ落ちてない廊下を、ロミオは拍車の音を響かせて歩いた。まえに来たときはこんなふうじゃなかったはずだが。角を曲がるまえにふりかえると、階段を守っているスノーがうなずいた。

「おい、カウボーイ」廊下の突きあたりで巨体の黒人が野太い声で呼ばわった。身の丈百八十センチちょうどのロミオより頭ひとつ高い。「レイン兄弟か?」

「そうだ」ロミオはゆったりと黒人に近づき、しばらくそいつを見つめてから、顔をそむけて唾を吐いた。「約束のものを取りに来た」

「ボスはきれい好きだ」黒人の門番は壁にかかった唾を見やった。「こんなことは気に入らないだろう」

「いつから？」

「ボスはきれい好きだよ」

「気に入らなきゃどうするってんだ？」

「自分の唾は自分で拭《ふ》いたほうがいい」

ロミオは肩をすくめ、「ナサニエル・ヘイレンが吐いたと言っとけ」

「ナサニエル・ヘイレン？」門番が目をすがめた。「あんたが？」

「ああ、生ける伝説さ」

「子供をテキーラの樽《たる》に漬けて飲むってのは本当かい？」

「長生きの秘訣《ひけつ》さ」

「ナサニエル・ヘイレンが生きていたら、もうとっくに百歳は超えてるはずだぜ」

「ニューヨークで整形手術を受けたんだ。知ってるだろ、ニューヨークのことは？」

「本当かい？」

「おまえはいいやつだ」ロミオに胸をはたかれると、門番がウホウホ笑った。「さあ、ロミオ・レインが来たと伝えてくれ」

　門番に取り次いでもらって、ロミオは部屋にとおされた。

五人の黒人が夕食のテーブルを囲んでいた。脂《あぶら》っぽい肉のにおいが部屋に充満している。酸味もある。かすかな糞臭も。五つの皿には血の滴るようなステーキと蛙《かえる》のフライが気前よく盛られていた。

全員がしゃべるのをやめてこちらに視線をそそいだ。手前の黒人は頭に馬鹿《ばか》みたいな兎《うさぎ》の耳をつけている。それを見て、ロミオは今日が復活祭だということを思い出した。奥にも部屋が三つある。だれも隠れていなければいいが。うん、物音は聞こえないようだな。まあ、このせまい部屋なら撃ち損じることもないと思うが。台所は対面式になっていて、天井から垂れ下がったフックに大きな生肉の塊が吊《つ》るしてある。胸を切り開かれた胴体のなかはがらんどうで、肩口になにかの刺青《いれずみ》があった。

「馬四十頭ぶんの譲渡証明をたのんだんだが」ロミオは黒人たちを見渡し、人工皮革のコートをはだけ、手榴弾《しゅりゅうだん》がよく見えるようにガンベルトのバックルに両手の親指をかけた。「ドクター・ペッパーはいないのか？」

黒人たちはじっとロミオを見つめ、それからいっぺんに破顔した。こんな気の利《き》いたことを言うやつはついぞ見たことがない、とでもいうように。脂でべとついた唇を吊り上げ、声をたてて笑った。

「ハッピー・イースター！」いちばん奥の黒人が愛想よく空いている席を指し示した。

「あんた、ディナーは？　いっしょにどうだい？」

「バーボンもあるぜ」別の男が酒瓶をかざす。「さあ、すわりな。クソ救世主の復活をみんなで祝おうじゃねえか」

「腹は減ってない」

ロミオがそう言うと、全員の顔から笑いが消えた。まるで時間が止まってしまったかのように黒人たちが固まった。

「そりゃどういう意味だ？」兎の耳をつけた男が立ち上がる。手にステーキナイフを握りしめたままで。「黒人の肉は食えねえってのか？」

ロミオはその男を見据え、頭のなかで戦闘をシミュレートした。まずこいつの頭に一発撃ちこむ。テーブルの上に拳銃は出てない。こいつらの当座の武器はいま手に持っているステーキナイフだけだ。ほかの四人が動くまえに一発ずつ胸にくれてやる。全員を一発で仕留められれば、弾はあと一発残る。奥の部屋に動きがあっても、こっちには手榴弾が二個ある。それに、スノーがあの人の善い門番を殺して入ってくるはずだ。

底光りのする半眼をこちらにむけたまま、男がぐいっと出張《でば》る。が、実際にまえに出たのは男の上半身だけで、ロミオがコートを翻《ひるがえ》して拳銃をぬくと、さっと身を引いて降参のポーズをとった。おっと、あんたの肩のゴミを取ってやろうとしただけだぜ。

黒人たちがはじけたように笑った。見たかい、いまのこいつの顔？　まったく、白んぼってやつは！　首をふり、グラスをぶつけあい、肉をフォークに刺してふりまわし、口に運んでは幸せそうな音をたてて咀嚼《そしゃく》した。ハッピー・イースター！

「殺されると思っただろ？」肉滓のはさまった白い歯を見せて兎耳の男が笑った。

「え？　マジでビビったろ？」

血管に沈殿していた砂が無遠慮に蹴《け》り上げられ、ゆっくりとなにかを麻痺《まひ》させていく。そんな感じだった。ロミオは溜めていた呼気を吐き、つられてすこし笑い、それから拳銃を持ち上げて黒いイースター・バニーの頭を吹き飛ばした。

銃声がはじけ、テーブルといわず、壁にまで血が飛び散る。イースター・バニーが数本の酒瓶を道連れにして倒れた。

黒人たちは席にすわったまま、動じたふうもなくロミオを見つめた。だれも、なにも言わない。ひとりが頰についた灰色の肉を手の甲でぬぐい取る。死んだ男の顔にはまだ笑みが残っていたが、兎耳はなくなっていた。

廊下で銃声が谺し、スノーがドアを蹴破って飛びこんでくる。

「大丈夫か、ロミオ兄さん⁉」

「撃つな」ロミオは弟を制した。「まだもらうものをもらってない」

「ドクター・ペッパーってのはどいつだ？」

「たぶん、こいつらの皿にのっているのがそうだ」

「こんなふうにしなくてもよかったのに」いちばん奥の黒人がそう言って、真新しい血のかかったステーキを切って口に入れた。「みんなドクター・ペッパーのやり方にうんざりして、ちょっとふざけただけじゃないか」

ほかの三人はただ黙っていた。

「どうやら、あんたがきれい好きの新しいボスのようだな」ロミオは言った。「ドクター・ペッパーの仕事を引き継ぐのかい？」

「殺さなくてもよかったんだ。復活祭をあんたといっしょに祝いたかっただけなのに。おたがいを知るのに必要なことだったんだ」

「必要なことならいくらでもある」

男は肉を切る手を止め、上目遣いにロミオを見上げた。銃を構えなおすスノーがつぶやく。くそ、帽子を落としてきちまった。

「あんたらにとって必要なことを教えてくれ」ロミオは顎をしゃくり、弟に奥の部屋をあらためさせた。「それがなくてもやっていける方法をおれが教えてやる」

「譲渡証明はちゃんと用意していたんだ」

「だったらおれたちは握手をしなきゃな」

「あんたとはいい関係が築けると思ったんだ」

「築けるさ」ロミオは拳銃をホルスターに戻した。「ハッピー・イースター」


真っ向から吹きつけてくる雪を防ぐために、三人とも目から下をバンダナでおおっていた。

夜の帳《とばり》が雪といっしょに降りてくる。雪は道路の上を走り、アスファルトの破れ目に吹き溜まっていく。すっかり錆《さ》びつき、なかば砂にうずもれた廃車が点々と落ちている。高架橋に押しつぶされたタンクローリーをやりすごす。道路がジグソーパズルのように割れて折り重なっているところでは、馬を牽《ひ》いて歩かなければならなかった。

「大丈夫か、アイザイア?」スノーはニットキャップの上に帽子をかぶり、顎紐《ひも》をしっかりと結んでいた。「傷口はしっかり焼いたつもりだけど」

「ああ」ゴーグルをつけたアイザイアはショットガンを鞍《くら》のまえに横たえ、ポンチョをかきあわせた。「おまえの兄貴がもうすこし丁寧に弾をぬいてくれてりゃ、ナイン・ボールだってやれるぜ」

ロミオは上体を横に傾けて唾を吐く。

「見たか？」アイザイアはスノーに言った。「いまのロミオの態度、あれは黒人なんざみんなくたばっちまえって言ってるんだぞ」

「もしおれがおまえに文句があるとすれば」と、鞍角《ホーン》に手綱を巻きつけながらロミオ。「それはおまえのケツが黒いからじゃなく、アイザイア・ケンプという人間がだめだからだ」

「おれのどこがだめなんだ？」

「おまえはだめじゃないよ」

「いまおれという人間がだめだって言ったじゃねえか」

「もしおまえに文句があるとすれば、とことわっただろ」

「じゃあ、おれに文句があるのか？」

「あれば言うよ」

「言えよ」

「だから、なにもないって」

「さあ、聞いてやる」

「じゃあ言うが、なんでクロウをいびる？」

「おまえこそなんであのガキを仲間にした？」

ロミオはしばらく黙って馬の背に揺られた。「おれはあいつを殺すこともできた」

アイザイアとスノーが顔を見あわせた。

「サンタフェ鉄道の下見の帰りに、大ビートルズがクロウの姉さんに目をつけた。あいつらはふたりっきりで荒地をさまよっていた。で、クロウに姉さんと馬をおいて消えろと言ったんだ。クロウは姉さんの手を放さなかった。あのとき、おれたちはやつを殺すこともできた」

「あの女が本当にやつの姉ちゃんだと思ってんのか、ロミオ？」

「やつがそうだと言うならそれでいいだろ」

「なんで殺さなかった？」

「大ビートルズがちょっとした気まぐれを起こした」ロミオはつづけた。「馬から降りて、クロウの姉さんを捕まえたんだ」

「大ビートルズならそうするだろうな」と、スノー。「あの男は理由もなしに人を殺したりしない」

「で、クロウが大ビートルズをぶん殴り、殴りあいの喧嘩《けんか》がはじまった。大ビートルズはクロウをこてんぱんにノシたあとで、おれにこう言った。『こいつはなかなかのもんだ』それはおれも見ていてわかった。喧嘩を見てわかることってあるだろ？」

アイザイアがうなずいた。

「クロウが目を覚ますと、大ビートルズがおれたちといっしょに来るかと訊《き》いた。それだけさ。だから、あのガキはいまおれたちといっしょにいる」

「いや、だけどよ……」

「うるせえぞ、アイザイア」スノーがさえぎる。「大ビートルズはガイ兄さんの義兄弟《ブラッド・ブラザー》だ。おれとおまえが洟《はな》を垂らしてたころからつるんでたみたいに、あのふたりもガキのときからずっといっしょだったんだ。その大ビートルズがクロウを連れて行くって決めたんだから、つべこべ言うな、この馬鹿」

むっつり黙りこんで馬を歩かせたあとで、アイザイアがぽつりと言った。「べつに文句を言ったつもりはねえんだ」

スノーが体をうしろに倒してサドルバッグをあさり、手回し発電式ラジオをひっぱり出してスイッチを入れた。トランジスターが風のなかに漂っている空電をひろう。首尾よく陽気な音楽が捕まると、三人はしばらく雪と風と国道六十六号線を讃《たた》える歌だけを友として茫漠《ぼうばく》たる荒野を行った。

砂にうずもれたアスファルトがリボンのようにうねりながらのびていくその先には、

ロッキー山脈が黒々と夜空にそびえている。道路脇《わき》でアルマジロが一匹死んでいた。スノーがラジオにあわせて口ずさむ。セントルイスからミズーリ、オクラホマシティも、おお、なんてきれいなんだ、アマリロ、ギャラップ、ニューメキシコ、フラッグスタッフ、アリゾナが見える、ウィノーナ、キングマン、バーストゥ、サン・バーナディーノも忘れるな。

「この甘い声はナット・キングだな」アイザイアが言った。「このままエル・プエブリートへむかうのか、ロミオ？」

「そのまえに大ビートルズの家族に馬をとどける」帽子を引き下げて風雪を避けながら、ロミオがそれに答えた。「じゃなきゃ譲渡証明なんかいるか。さあ、急ごう。クロウと馬たちが待ってる」

町を出ると、横倒しになった高架橋に沿って駒《こま》を進めた。モーテル、スーパーマーケット、バー、ステーキハウス——道路の反対側のならびには、まるで歯の裏についた煙草《たばこ》のヤニのように旧世界の残滓《ざんし》がこびりついていた。色褪《いろあ》せ、砂塵《さじん》にまみれた看板で可愛《かわい》らしい豚が舌なめずりをしている。半分つぶれた食堂《ダイナー》のなかで不意に灯がゆらめき、アイザイア・ケンプが反射的にショットガンをむけたが、たしかにただ事ではなかった。

飛び出してきた人影を見て、ロミオとスノーも拳銃をぬく。

三人は標的にぴたりと照準をあわせたが、引金にかけた指をためらわせたのは、たちまち輪郭をあらわした一糸まとわぬ女のシルエットだった。走り方がぎこちないのは両手を背後で縛られているせいで、痩せ細った体にずだ袋のような乳房がぶら下がっていた。三人のまえを走りぬけるとき、口を黒い糸で縫いあわされているのが見えた。女は脇目もふらずに道路を渡り、まろびつつ瓦礫の山を乗り越え、そのむこう側へと消えていった。

「なんだ、いまの?」

スノーの素《す》っ頓狂《とんきょう》な声に応《こた》えたのは、つづいて聞こえてきた慌《あわ》ただしい足音だった。男がふたり、女の来た方向から走ってくる。まえの男は大きな肉切り包丁をふりかざし、うしろの男はライフルを抱えていた。

「女を見なかったか⁉」息をはずませながら、包丁の男が叫んだ。「こっちに逃げたはずなんだがな!」

「それって口を縫われていた女のことか?」スノーが相手をした。

「それだ!」男たちが色めき立つ。「どっちへ行った⁉」

スノーはバンダナを首にずらし、ゆっくりと唾を吐いてから言った。「いや、見なかったな」

男たちが顔を見あわせた。

「素っ裸の女か？」アイザイアがそう言うと、男たちが今度はそっちに食いついた。それだ！　肩口にちっちゃな刺青《タトゥ》のある？　その女だ！　どっちに逃げた⁉　「いや、おれも見なかったな」

「……………」

言うことを素直に聞いて、カリフォルニアを旅するがいい。沈黙のなかで、ナット・キングだけがその黄金の喉を存分に見せつけていた。六十六号線を行け、さあ、行くがいい。

「おれたちをおちょくってんのか？」ライフルのほうが出張る。「あの女のかわりにおまえらを料理してやってもいいんだぞ！」

「ああ、そうか」と、ここでアイザイアがはたと膝を打った。「今日は復活祭だったな」

ロミオはうんざりしながら成り行きを見守っていた。弟は目をきらきらさせてつぎに起こることを待っている。むかしからそうだ。こいつらはいつでも自分から厄介事を手繰り寄せて面白がってやがる。

と、男がさっと槓桿《ボルト・ハンドル》を起こしてライフルに給弾しようとした。

待ってましたといわんばかりのスノーは、その二倍も速かった。馬上からの二連射でライフルの男が吹き飛んだ。兄貴！　包丁のほうがわめいた。兄貴！　兄貴！　兄貴！　それから、斬《き》りかかってきた。おかげでスノーはその男の頭にも正々堂々と一発見舞ってやることができた。

よしよし、大丈夫だ。銃声に興奮して暴れる馬を、ロミオはなだめなければならなかった。なんでもない、よしよし、なんでもないぞ。スノーとアイザイアは悪趣味なことを言いあって笑った。見たか、いまのこいつの顔？　おい、アイザイア、こいつのちんぽを切り取って口に詰めて縫っちまおうぜ。

「行くぞ」ロミオは馬に拍車を入れた。「やつらの仲間にも銃声が聞こえたはずだ」

ヤッホー！　スノーは奇声をあげて疾走し、空にむけて何発かぶっぱなした。ヒーハー！　それを追いかけるまえに、アイザイアは死者たちに敬礼を投げた。ハッピー・どこかでだれかが解体《ばら》されてその肉でだれかがハッピーになる日。

3

途中で給水作業に手間取ったせいで、アマリロに到着したのは予定の八時間遅れだった。

右肩に鞍を、左肩にサドルバッグを、手にレインコートで包んだ荷物をかかえて列車を降りる。牛よけ《カウキャッチャー》を装備した先頭の機関車《ビッグボーイ》は蒸気に包まれていた。くたびれた拍車を引きずって後方車両へむかう。ちょうど十四、五歳くらいの少年がひとりで家畜車両に板橋を渡しているところだった。

バードは荷物を地面において煙草を一本巻いたが、かじかんだ指先のせいで三本分ほどの煙草葉をこぼしてしまった。くそ、寄る年波には勝てねえや。そういや祖父様《じい》も手がふるえていたな、スープを飲むときなんか、スプーンが口につくころにはアリゾナの砂漠みたいになにも残ってなかったっけ。煙草に火をつけ、ベストのポケットから懐中時計を取り出す。午後六時をすこしまわっていた。煙を吹き流しながら、ひと塊になってとぼとぼ駅舎のほうへ歩いて行く乗客たちを眺める。そのうちのひとりは、まるでライフルのように肩に義足を担《かつ》いでいた。

馬の嘶《いなな》きに目をむけると、はたしてリトルドットだった。板橋に乗ることをいやがって車両のなかでぐずっている。首をふりたて、足踏みをし、少年を威嚇《いかく》しまくっていた。この性悪め！ 少年は手綱を力まかせに引いた。さっさと降りろ、このマヌケ驢馬《ろば》！ バードは煙草を口にくわえ、板橋をのぼり、まず少年を蹴り落としてから、リトルドットの鼻孔を摑まえた。

「よしよし、ドット、長旅だったもんな」リトルドットはすぐに落ち着きを取り戻して顔をすり寄せてきた。「よしよし、もうひとがんばりだぞ」

地面に倒れた少年は馬を牽いて板橋を降りてくる連邦保安官をにらみつけた。

「この馬はな、おまえが一生働いて、生まれ変わってまた一生働いても買えないくらい高いんだぞ」

「おれが一生家畜番なんかやってると思うのか？」そう口ごたえしてきた。「こんなところ、とっとと出てってやる！」

「ここを出てどこへ行く？」

「東さ」

「東へ行ってなにをする？ 言っとくがニューヨークは特別区で、おれたちは入れないんだぞ」

「そんなの知ってら！　けど、あっちにはチャンスがごろごろしてるって言うじゃないか」

「だれがそんなことを言ってるんだ？」

「みんなさ」

「じゃあ、なんにも考えてないんだな？　計画もなにもなしってわけか？」

「おれはまだ十七だぜ。あんたとちがって、これからなんだってできるんだ。ニューヨークにだって住んでやる」

「尻《しり》を拭いてるときにペーパーが破れて指に糞《くそ》がついたことはあるかい？」

「……」

「いま、おまえが住んでいるこの町がペーパーだ」バードは最後にひと吸いして、煙草をはじき飛ばした。「おまえの手に糞がつかないように護《まも》ってくれている。で、おまえがやろうとしていることはわざわざそのペーパーを破って、東部って名のケツの穴に指を突っこむようなもんさ」

少年が口をぱくぱくさせた。

バードは荷物をひろい上げ、リトルドットを牽いて先頭車両まで歩いていった。機関車に給水をしていた鉄道員から水を分けてもらい、馬に飲ませる。それからリトルドットの背に鞍敷《くらしき》をのせ、鞍をつけた。鞍のうしろにサドルバッグをつけ、レインコートで包んだ荷物をその上にくくりつけると、鉄道員に尋ねた。

「ひょっとして、ボーンズ保安官を今日見なかったかい？」

鉄道員はかぶりをふった。

バードは帽子のつばに軽く触れ、また馬を牽いて駅舎のまえにまわった。町のさびれっぷりはどこも変わらないが、南北へのびる道路の損傷は比較的軽い。そのせいか、車がちらほら走っていた。

この道を南へすこし下れば、かつての州間高速道路《インターステート・ハイウェイ》四十号線に出られるはずだ。道路を見渡し、牛追いをしていたころの記憶を呼び覚ます。四十号線を東進すればアーカンソーやテネシーを跨《また》いでノースカロライナへ出られる。もしレイン兄弟が深南部へむかったのだとすれば、こっちも四十号線のどこかで南下すればいい。場所によっては道をはずれて荒野を突っ切ったほうが早いだろう。可能性がいちばん高いのはミシシッピだ。あそこには譲渡証明なしでも馬を売り買いできる場所がいくつかある。

「しかし、どうするかな。今日はもう晩《おそ》い。保安官事務所に顔を出すのは明日にしたほうがいいかもしれん。どう思う、ドット？」

リトルドットは鼻息を荒らげ、首をぶるぶるふった。唐突に鳴らされたクラクションに驚いたのだ。バードが眼光鋭くふりむくと、ちょうど車が一台やってきて目のまえで停まった。馬にクラクションを鳴らすとはとんでもないやつだ、中部の仁義にもとる。車をにらみつけながら唾《つば》を吐きかけたが、思いなおして口のなかの唾を呑みこんだ。

「ケイジ保安官」車のなかから女性が笑いかけてきた。「先ほどのお話、とても楽しかったですわ」

てっぺんの丸い大草原風のメキシコ帽をかぶっている。黒いスエードのジャケット。いまは車のなかにいて見えないが、彼女が穿《は》いているベージュのロングスカートは、鴉《からす》をかたどった幾何学的な模様が腰のまわりをぐるりと取り巻いているのだ。バードは心中、にやりとした。まさにこのスカートが会話のきっかけになったのだから（「素晴らしい模様ですね」「はい？」「そのスカートですよ。インディアンたちにとって、鴉のベルトはサンダーバードの魂をあらわしているんですよ」）。

「ミセス・ライト」それは列車のなかで知りあった長老派教会のご婦人だった。「こちらこそ退屈がまぎれてよかったですよ、奥様」

「むかしのインディアンたちがとても勇敢だったことがわかりました。戦闘が尊敬を受けるための行為だったなんて……勇気と霊的な力をためすチャンスだったなんて、考えてみたこともありませんでしたわ。原始的な社会のほうが、いまのあたしたちの生活よりもうんと素敵」

「ええ、そうかもしれませんね」バードは表情を和ませ、帽子のつばに軽く手を触れた。「むかしむかし、インディアンは頭の皮を剝《は》いでよろこぶような野蛮なやつらだと思われていました。しかし、もっとも尊敬を受けたのは敵の体に触れる行為だったんです。触れるだけでよかったんです。つぎが馬を盗むこと。頭皮剝ぎは二のつぎだったんですよ」

「だからこそ、ヨーロッパ人にほとんど滅ぼされてしまったのね」

「我々だってインディアンに負けないくらい勇敢だったはずですよ。ただ、いつの間にか勇気とか信仰が経済に呑みこまれてしまったんです」

ミセス・ライトはそれについてすこし思案し、「なぜそうなったのかしら？」

「おそらく人が増えすぎたせいでしょうな。人が増えすぎると、目に見えないものはないがしろにされますから」

「勇気とか信仰とか？」

「しかし、いまだにそんなものを頑《かたく》なに信じている人たちだっていますよ」

「どこに？」

「荒野に」廃墟《はいきょ》の彼方《かなた》の広大無辺な天地にむけて、バードは片手をふり挙げた。「カンザスシティに」

ミセス・ライトは目を丸くし、それからひとしきり笑った。「だとしたら、六・一六にもなにか意味があったとお考えなのね？　人を減らして、また勇気と信仰を甦《よみがえ》らせたわけだから」

「本物の勇気と信仰をね。あなたはそう思いませんか？」

「あたしもそう思うわ。でも、どこでそんなにいろんなことをお知りになったの？」

「正直言って……」肩をすくめる。「ほとんどはラジオからの受け売りです」

「正直ついでに、もうひとつ告白してはいかが？」

「は？」

「ほんとは四十五歳じゃないでしょ？」

「まいったな……」

「あたしもほんとは三十じゃないの」ミセス・ライトの顔に悪戯《いたずら》っぽい笑みが広がった。「それに、ミセスでもないわ」

「すまない、ミセス……いや、ミス・ライト」大の字になると、片腕がベッド脇から垂れた。「くそ、こんなことは、はじめてだ」

「その呼び方はやめて。あたしの名前はコカ・コーラよ。友達はコーラって呼ぶわ」女はシーツの下でうつ伏せになり、バードの胸に頬をのせた。「気にしないで、よくあることよ」

「コーラか、いい名前だ」

おお、主よ。腕のなかに女のぬくもりを感じながら、バードはコーラの長いブルネットの髪を撫でた。これって本当によくあることなんですか？　それとも、おれが五十六だってことも勘定に入ってるんですかね？

「コカ・コーラの看板を見たことは？」

「あの赤地に白いロゴのやつでしょ？」女は指先でバードの胸毛をもてあそびながら、「子供のころはよくからかわれたものよ。『おい、コーラ、あのビルはおまえの持ち物かい？　じゃなきゃ、なんで自分の名前を書いてるんだ』って。あのころはダラスに住んでたんだけど、ヒューストンでもサンアントニオでもおなじことを言われたことがある」

「生粋のテキサス娘なんだな」

「父はひとつ星州《テキサス》以外のどこへも行こうとしなかったの」

「で、コカ・コーラがなにか知ってるかい？」

「むかしすっごく人気があった飲み物なんでしょ？　パパが子供のころにお祖父ちゃんからコカ・コーラの話を聞いたんだって。冷たくって、口のなかでパチパチはじけて、それはそれは美味《おい》しいジュースだったって。で、ずっと飲みたくて飲みたくてしようがなくて、娘にこんな名前をつけたの。ちなみに、妹の名前はマウンテン・デューっていうのよ」

「黒いシロップを水で割った飲み物なんだ」

「飲んだことあるの？」

「若いころ、デトロイトでコカ・コーラのレシピを探してるって男に会ったことがある」

コーラは頭をふって髪を払いのけ、枕《まくら》に片肘《かたひじ》をつき、その手で頭を支えた。

「名前はたしかバーガー・キングと言ったな。そいつはそのレシピさえ手に入ったら、世界の半分が自分のものになると本気で思っていた。こんな世界でもまだ奪いあうってやつがいるんだ」

「でも、なんで口のなかでパチパチするのかしら？」

「さあね。おれはこれがコカ・コーラだと言われて飲まされた。バーガー・キングが自分で調合したシロップを水で割ってくれただけなんだが」

「そんなものをよく飲んだわね」

「デトロイトに馴染《なじ》みの酒場があって、そこのバーテンが大丈夫だって言ったんだ。バーガー・キングは悪いやつじゃないって」

「味はどうだったの？」

「あまり美味《うま》いとは思わなかったな。甘ったるくて」

「きっと、なにかが足りなかったんでしょうね。だって、どこへ行っても看板を見るもの。旧世界の人たちはコカ・コーラに夢中だったはずよ」

バードは肩をすくめた。

「で、そのバーガー・キングって人はどうなったの？」

「マクドナルドってやつにうしろから撃たれて死んだよ」

ラジオからはカントリー・ミュージックが小さな音で流れていた。暖炉の火が湿った薪《まき》をはじく。その上の壁には、レバー・アクション式のウィンチェスターがかかっていた。いたるところを材木で補強しているせいで、部屋のなかはログハウスのようなたたずまいになっている。床の中央にインディアンの織った大きなラグが敷いてある。二階へ上がる階段は丸太でふさがれていた。外から見るとわかるのだが、階上は屋根がぬけ落ちて雪が降り積もっている。

コーラの車にくっついて、リトルドットといっしょにここまでやって来たのだった。アマリロの郊外にある、この居心地のいい家に。この区画に入るためにはふたつあるゲートのうち、どちらかをとおらなくてはならない。ゲートのまえにはバリケードが幾重にも張られ、重機関銃を備えつけた詰所がある。その屋根に頂かれた投光器がバリケードの先を煌々《こうこう》と照らし出していた。鉄条網つきの高いフェンスに囲まれた区画のなかは整然としており、東西にのびる道路の両側に家が建ちならんでいる。どの家もきちんと手入れされていて、暖かな光が窓から漏れていた。この区画はあたしたちの教会が守ってるのよ、とコーラが教えてくれた。善きテキサス人が二十四時間常駐しているわ。

「若いころは馬に乗ってても四六時中反乱を起こしたもんさ」バードは話を戻した。

「嘘《うそ》じゃない」

「あなたはまだ若いわ」

「まさにそこのところを揺さぶる問題なんだ」

「ほんとに気にしないで。あたしなら大丈夫だから」コーラは微笑《ほほえ》み、バードの額に軽くキスをした。「でも、そういうときはどうするの？　つまり、馬に乗っててそんなふうになったらってことだけど」

「その質問に答えるつもりはないね！」

「カウボーイの初体験って牛だってよく言うじゃない？」

「ボタンがあれば押す。ドアがあれば開ける。穴があれば入れてみる。それが人の業《カルマ》ってやつさ。おれが若いころはこう教えられたもんだよ。『もし三回以上腰をふったら、おまえはそれを楽しんでることになるぜ』」

女が涼しい声をたてて笑った。

「だけど、それがどうだってんだ？」バードは言った。「どうせおれたちは天国に入れてもらえなかったんだ」

「そんなことないわ。天国へ行く人も地獄へ堕《お》ちる人も、あらかじめ決まってるんだから。牛に悪戯したくらいじゃ神様はなにもおっしゃらないわ」

「へええ、カンバーランド長老教会はとっくのむかしに二重予定説を棄てたとばかり思ってたよ」

「だって、このご時世だもの。そう考えなきゃ、六・一六であんなにたくさんの人が亡《な》くなった理由の説明がつかない。善き者も悪《あ》しき者もみんなおなじように死んでいったことの説明が」

「いつも思うんだが、もし神様がダーツを投げて人間を天国と地獄にふり分けているんだとしたら、おれたちがそんなやつを信じる理由はなんなんだろうな」

「あなたは神を信じてないの？」

「信じてると思う。教会にはもう三十年以上行ってないがね」

「なぜ？」

「なぜなんだろう……でも、六・一六が最後の審判なのだとしたら、聖書はもう時代遅れの取扱説明書みたいなものなんじゃないかな」

「もうあたしたちを導かないってこと？」

「きみの信仰を否定するつもりはないんだ。おれは人生の大半を荒野で生きてきた。荒野には荒野のやり方があるってことさ。そのことになんの疑問も持ってなかったんだが……」

「いまはちがうのね？」

「ヘイレン法ができてから、人が人を食うってことがよく理解できないんだ」

コーラが目をすがめた。

「そんなこと、あたりまえすぎて深く考えたこともなかった。おれも食った。きみだって食った。そうじゃなきゃ、おれたちがいまこうやって抱きあっているなんてことは起こりっこない」

「それはヘイレン法がナサニエル・ヘイレンの名前にちなんでいるからよ。あなたたちの世代はブラックライダーの伝説とともにあったわけでしょ。法律によってそれが否定されたように感じるんだわ」

「法律といえば、おれはいまある男を追っている」バードは女の髪を撫でた。「赤ん坊のころから知っている若者だ。捕まえたら、たぶん縛り首にしなきゃならない」

「それがいやなのね?」

「やつがそれほど悪いことをしたとはどうしても思えないんだ」

「きっとそんなことを考えなくてもいいように法律はあるのよ」

「なぜおれがだれかの決めた価値判断に従わなきゃならない?」

「保安官でもそんなことを考えるのね」コーラが言った。「なぜだか教えてあげる。それはね、バード、あたしたちがだれかの創《つく》った世界で生きていかなきゃならないからよ」

「……」

「この世界を神が創ったのだとしたら、人間は聖書のとおりに生きていけばいい。だけど聖書が時代遅れの取扱説明書になっちゃったのだとしたら、新しい世界には新しい世界の取扱説明書が必要なの。あたしたちはそれに従って生きていくしかないんだわ」

「それでも、きみは信仰を棄てないのか？」

「たぶん……」言葉を継ぐまえにコーラはすこし考えた。「たぶん、あたしの信仰はあなたの荒野とおなじなんだわ」

バードは女の目をのぞきこんだ。

「自分より大きなものに触れると人は謙虚になれるから。それに」コーラの目尻が下がる。「新しい取扱説明書なんかクソ食らえって思ってるから」

「そうか……そうかもしれないな」

「むかしの人たちは罪から目をそむけやすかったのよ。だれかが奪った命をお金で買って食べられた。自分だけ善人のふりをしていられた。でも六・一六以降、それを人まかせにできなくなった。あたしたちはまたそんな世界に還《かえ》ろうとしてるんだわ。お金であらゆる罪が祓《はら》われちゃう世界に」

「好むと好まざるとにかかわらず？」

「だからね」と、コーラは言った。「恐れることはない、いまからおまえは人間を獲《と》る漁師になるのだ(ルカによる福音書五章十節)。だってこの世界ではあなたは保安官で、その子は犯罪者なんだもん」

MODESTY

「謙虚か……知っているだけで自分が誇らしくなる言葉だ」

「ねえ」コーラは髪をかき上げ、バードの鼻を指先でつつく。「列車のなかであなたを見たとき、あたしがどう思ったかわかる?」

「想像もつかんね」

「こう思ったの。あの人、まだ五十には見えないけど、でも、もし彼が自分のことを四十歳だなんて言ったら、それはきっと嘘だわ。どうしよう、さっきからこっちをチラチラ見てる。それにしても、なんてかくしゃく《ヘィル》としてるんだろう、って」

「それはおれに声《ヘィル》をかけてほしかったってことかい?」

「上手《うま》いことを言ったと思ってるんでしょ」

ふたりはくすくす笑いあい、しばらくおたがいの体温や鼓動を楽しみながら物思いに耽《ふけ》った。

ラジオがこれから不滅のニッティ・グリッティ・ダート・バンド（本当に不滅という言葉を使ったのだ！）の『ミスター・ボージャングルズ』を流しますと予告し、そのとおりにした。ニューオリンズの留置所で知りあったボードヴィル芸人のことを歌った歌だった。

「正直に言うよ」バードはベッドの脇に垂らした手を持ち上げ、コーラに拳銃《けんじゅう》を見せた。「役立たずになったのは今日がはじめてじゃない。もしきみがちょっとでもへんな気を起こしたら、おれはためらわずにこいつを使った」

と、なにかが睾丸《こうがん》をチクリと刺す。

「あたしのほうが速いわよ」

冷たい金属片がバードの性器にぺたりと触れた。

「あなたがへんなやつだったら」男の股間《こかん》をまさぐりながら、コーラはにっこり微笑《わら》った。「あたしはこの子を切り取ってパスタに入れてたわ」

ふたりは見つめあい、またくすくす笑った。バードはコーラの髪を撫で、コーラはバードの右肩の傷痕《きずあと》に指を這《は》わせた。これ、なんの傷？　過去を清算したときのさ。

それから武器をおき、時間をかけてゆっくりと愛しあった。

新しい取扱説明書とおなじくらい大切なものがまだまだあるぞ。バードは思った。

主よ、感謝します。おれに永遠不滅の楽団と今日のこの日をあたえてくださって。コーラの体は熱く、コーラのなかはもっと熱かった。

翌日、教会へ行くというコーラに別れを告げると、バードは馬上の人となって我が道を行った。

道中、ナイフをふりかざして廃ビルから飛び出してきた男をひとり撃ち殺したほかは、平穏無事な乗馬だった。コルト45――ピースメーカーⅨが素晴らしいのは、四百年まえの初期型からずっと受け継いできた〇・四五インチという口径の大きさだ。口径の小さい拳銃で撃たれた人間は、すぐには死なないことがある。撃たれたことにすら気づかずに反撃をつづける鈍感なやつもいるほどだ。くそったれのマイロ・カーがそうだった。あの嘘つきの酔っ払いのイカサマ野郎め、四発も撃ちこまれたあとで保安官補のトム・ウォーカーを撃ち殺しやがった。

「殺さにゃならんときは殺さにゃならん」硝煙のうっすら立ちのぼる拳銃を、バードは腰のホルスターに戻した。「さっさと終わらせちまったほうがおたがいに楽さ。そうだろ、ドット?」

人と駒はつつがなく前進し、昼まえには目的地に着くことができた。

リトルドットを駐車場の屋根の下に牽き入れ、保安官事務所の二頭の馬といっしょに柵《さく》につなぐ。車は全部出払っていた。馬用の蛇口があり、ひねると年寄りの小便のようにちょろちょろと水が出た。

つまり、この壁の裏がボイラー室なんだな。バードは煙草を巻いて一服し、たっぷり三十分かけて二十ガロンバケツにやっとこさ三分の一ほど水を溜《た》めて馬にあたえた。まあ、水道があるだけでも感謝しなきゃな、荒野じゃ自分の小便をジャック・ダニエルズのように木炭と砂で一滴一滴濾《こ》して飲んだものさ。

気温がマイナス二十度ともなると、さすがに水道管も凍る。石油は東部に優先的に供給され、こんな中部の片田舎では発電機もろくに動かせやしない。水はボイラー室の熱を利用して得るしかない。だから、旧世界の建物を使うためには水道管を引きなおさなくてはならない。この時代、配管工はどこでも王侯貴族の暮らしだ。で、その水がどこから来るのかといえば、もちろん凍った川からだ。中部、深南部に分配される石油はそのほとんどが氷を砕き、輸送するために使われる。東部、中部には五大湖がある。メキシコ湾からイリノイ州にかけては母なるミシシッピ川が横たわっている。その支流のアーカンザス川は我がカンザス州に多大なる恩恵をもたらしている。ニューメキシコやアリゾナに人が住んでいること自体、信じられない。そんなことを考えながら、バードはかつてダイニング・レストランとして機能していた建物のドアを押し開けた。ラジオでも言っていたじゃないか、川の流るるところに文明は栄える、と。アマリロより西に住んでるやつなんか勝手に干からびちまえ。

ドアのカウベルが鳴ったが、だれも応対に出てきてはくれなかった。事務所のなかは閑散としていた。太った男がひとり、足をデスクにのせ、皿をかかえて豚みたいになにか食べている。もしこの男が保安官なら、テキサスはよほど平和なのだろう。

かつて厨房《ちゅうぼう》として使われていたと思《おぼ》しき一角からはコークスがあふれ出している。通りに面した窓という窓には木材が打ちつけてあった。奥には鉄格子《てつごうし》のついた武器庫があって、壁にライフルや拳銃がかかっている。そのとなりにあるファイルキャビネットの扉は開け放たれており、書類が数枚、床に落ちていた。

バードは帽子を取り、正面のカウンターに片肘をつき、おが屑《くず》の敷き詰められた床に唾を吐いた。

アマリロ保安官事務所には何度か足を運んだことがある。しょっぴかれたことだってある。もう二十年ほどまえの話だ。祖父さんの老インディ・コンウェルと、親父《おやじ》の小コンウェルと、長男のマット・コンウェルが牛の認可競売人の事務所を襲ったのは。社長のアーサー・F・マッカーシーが暖炉の火かき棒で刺し殺され、肝臓をぬかれた。

で、マッカーシーの父親がコンウェル一家の首に懸賞金をかけたのだ。生死を問わず、ひとりにつき六十ドル。しかも、カンザスでも使える銀行券で。

バードにしてみれば願ってもない話だった。ほんの一時期ではあったが、小コンウェルといっしょに追い剝ぎをしていたことがあるのだから。隠れ家《ヤサ》も知っている。ラボックからすこし北へ行ったブラゾス川のほとりだ。で、さっそく乗りこんでみれば、ちょうど老インディ・コンウェルが獣柵のなかで牛の焼印をごまかしているところだった。

よう、老インディ、おれを憶《おぼ》えてるかい？　バードはそう言って声をかけた。小コンウェルといっしょに悪さをしてたころ、あんたにはよく酒を飲ませてもらったんだが。

老インディはこちらの胸の銀バッジに目を留め、真っ赤に焼けた焼き鏝《ごて》を持ったまま、唾を吐いた。

これかい？　と、バードは連邦保安官バッジに目を落とした。ご明察、かのビッグ・バッド・バードもいまや法の執行人さ。

孫のルー・コンウェルが取り押さえていた牝牛《めうし》を放し、膝《ひざ》まで下ろしていたジーンズを引き上げ、切り株に刺さっていた手斧に手をのばした。

おい、ルー、兄貴はどこだい？

が、バードはその返事を聞かずに相手の胸に二発撃ちこんだ。奇声をあげ、焼き鏝をふりかざして襲いかかってきた老インディ・コンウェルにもおなじようにした。銃声を聞きつけて家を飛び出してきた小コンウェルが、父親と次男の死に面喰らってわめいた。なんてことをしやがる、このイカレた鳥《バード・ケイジ》かご野郎め！

バードは小コンウェルにも発砲したが、本当に胸のすく思いだった。小コンウェルほどの卑劣漢もいない。むかしは他人の子供ばかりを取って食っていた。小コンウェルが妊婦の腹を裂こうとしたとき、バードはこの男の背中を撃って荒野におき去りにしたのだった。そんなやつがまだ生きていて、しかももう一度鉛玉を食らわせてやれるなんて、神様も粋《いき》なはからいをしなさる。バード・ケイジよ、小コンウェルみたいなくそったれは二度でも三度でもお殺しなさい。天からの声が聞こえたような気がした。

「エロイ、エロイ、レマ、サバクタニ」血溜《ちだま》りのなかで絶命した小コンウェルを見下ろしながら、バードはにやりと笑った。「知ってるかい、小コンウェル？　いまのは『我が神、我が神、なぜわたしをお見棄てになったのですか』って意味だぜ」

どっぷりと自己満足に浸っていたせいで気づくのがおくれた。いったいどこに隠れていたのか、マット・コンウェルが死んだ弟の手から手斧をもぎとって投げつけてきた。右肩にどっと手斧が立ち、拳銃を取り落とす。マットに飛びかかられると、バードはブーツのなかからファソン——南米のガウチョ《カウボーイ》たちが使う細長いナイフ——をぬき、もつれあって倒れながらも敵の脇腹を数回刺した。

「ちくしょう」動かなくなったマット・コンウェルを蹴《け》りのけ、地面に手をついて立ち上がる。「コンウェル家に正直者はいないのか?」

肩の手斧をぬこうとしたが、手がとどかない。見ると、家のポーチに小コンウェルのカミさんが十歳くらいの洟垂《はなた》れといっしょに立ちすくんでいた。肩から血を滴《したた》らせながら、バードは銃をひろい上げてそちらにむけた。ふたりは動かない。静かにたたずみ、死んだ家族をただ黙って見ていた。それで撃ち殺すのはやめにして、片手でひどく苦労しつつも死人を馬車の荷台にひっぱり上げ、肩に手斧をくっつけたまま馬を駆ってアマリロ保安官事務所へ報告をしに行ったのだが、それが悪運のつきはじめだった。あの強欲なマッカーシーのじじいめ、金はコンウェル一家を根絶やしにしたときに払ってやるとぬかしやがった。それどころか、ルー・コンウェルが慰みものにしようとしていた牝牛をバードの流れ弾が殺してしまったせいで、損害賠償訴訟を起こしやがったのだ。

生まれたときからずっと善きカンザス人で、いまもカンザスシティの首席判事であるピート・ガスリーがたまたま事件を担当してくれたおかげで事なきを得たが——ようやくこちらに気がついた食事中の男にうなずきかけながら、バードは思った。そうじゃなければ、たとえすこしくらい時間がかかったとしても、おれはマッカーシー家に血の雨を降らさずにはいられなかっただろう。そうなればまた晴れて悪党に逆戻りで、行く末は縛り首か、このデブのようなまぬけに撃ち殺される破目になったはずだ。

「カンザスシティのバード・ケイジだ」片手で外套《がいとう》の裾《すそ》をうしろへ流し、ベストの保安官バッジを見せる。「ルースターはどこだい？」

「ボーンズ保安官？」

デブは食べかけの昼食をデスクにおき、口をもぐもぐさせながらやって来た。赤ん坊の尻のようなほっぺたをぷるぷるふるわせて。なんて腹だ！　こんなやつがよくもまあ今日まで生きていられたものだ。こいつを仕留めたら、一家四人が素晴らしいイースターを過ごせるだろう。

「ああ、ひょっとしてあなたがケイジ保安官ですか？　カンザスシティの？」

「そう言わなかったか？」このデブ、という余計なひと言はどうにか呑みこんだ。

「ボーンズ保安官はいま町を離れてるんです」と、相手は脂《あぶら》でてかった口をぬぐいもせずに。「でも、お話はうかがっています。昨日到着するはずだったんじゃ？」

「列車が遅れちまってね」

「ああ、あのサンタフェ鉄道ときたら。やあ、それにしても風格のあるブーツですね！」

「ありがとう。あんたのもそのパリッとしたインディゴのジーンズによくマッチしている」

「ケイジ保安官のは色の落ち具合といい、擦れ具合といい、これぞ働くブーツって感じですよ。レイン兄弟の件でしたよね？」バードがうなずくと、デブがカウンターのなかへ入ってくるように手招きをした。「ところで、ぼくはフロッギー・ニプルズです」

「なんだって？　蛙《フロッギー》みたいな乳首《ニプルズ》？」

「どうかしました？」

「あ、いや……すまん」胸のバッジから、バードは相手が保安官補だということを見て取った。「ちょっと……ああ、そんな名前のやつをむかし知っていたもんで」

「へえぇ、どんな人です？」

「いいじゃないか、そんなことは」

フロッギー・ニプルズは事務所の奥の遺体安置室へとバードを案内した。両開きのスウィングドアを押し開けると、壁際《かべぎわ》に木でこしらえた頑丈そうな棚があり、牛肉の塊がいくつか備蓄されていた。フリーズドライの蛙《かえる》やひき割りトウモロコシの入った南京《ナンキン》袋も積まれている。死体を解剖するための道具。零下二十度でも凍らない薬品の壜《びん》もいくつか。トンカチや鋸《のこぎり》はおそらく人牛兼用だろう。

部屋の真ん中のステンレス台に凍った死体が三つのっていた。一体だけ防水シートがかけられている。あとの二体はひとつが全裸で、もうひとつは黒い背広を着ていた。背広のほうのそばにはブリキのバケツがあって、なかに凍った臓器がいくつか入っている。無精髭《ひげ》を生やした、なかなか精悍《せいかん》な顔立ちの若い男だった。

「このニコルソンが大ビートルズを仕留めたサンタフェ鉄道の火夫です」フロッギー・ニプルズは背広の死体のそばに立った。「勇敢な方でした。ちゃんとした格好をさせて、ご遺族におかえしするんです」

「こいつはスコーピオン・カミングスキーだ」バードは全裸の死体にむかって顎《あご》をしゃくった。正確に心臓を刺し貫いている致命傷の上に、見覚えのある蠍《さそり》の刺青《いれずみ》があった。「だれが仕留めた？」

「こんなふうにナイフを使えるのはボーンンズ保安官だけですよ」

「あのくそったれめ」にやりと笑い、「いつの話だ？」

「つい一週間ほどまえですよ」

　バードは死人の足の親指につけられているタグをひっくりかえした。〈サミー・カミングスキー・ジュニア〉。

「おい、スコーピオン、おまえサミーなんて名前だったのか……どうだい、おれが言ったとおりになっただろ？」

「こいつになにを言ったんです、ケイジ保安官？」

「それはおれとスコーピオンと神様の三人だけの秘密さ。こいつの懸賞金はいくらだ？」

「二百ドルです」

「で？」と、バードは保安官補を見やった。「ルースターのやつはどこへ行った？」

「ボーンズ保安官ならジョアン・メロヂーヤというやつを追ってラレドのほうに」右端の死体から防水シートを剝ぎ取りながら、フロッギー・ニプルズが応じる。「こいつが大ビートルズです」

「だれなんだ、そのジョアン・メロヂーヤってのは？」

「メキシコから流れてきたならず者のボスです。数カ月まえから国境一帯を荒らしまわってて」

「懸賞金がかかったのか？」

「はい」

「ほう、いくらだ？」

フロッギー・ニプルズが肩をすくめる。それが知らないという返事なのか、教えられないということなのかは、なんとも言えなかった。ルースター・ボーンズめ、レイン兄弟をほっぽり出してまで追っかけていくなんて、そのジョアン・メロヂーヤってのはよっぽどでかい魚なんだろうな。

ふたりはならんで大ビートルズを見下ろした。

赤い髭が顔をおおっている。胸と首と顔に銃創。火薬が皮膚の下に入りこんで右目の下が黒ずんでいる。首筋には黒い十字架の刺青。その十字架に巻きついているリボンには、なにやら判読できない文字が彫ってあった。

「目撃者の話ではニコルソンはふたり倒したことになってますが、レイン一味の死体はこれひとつっきりです」

「ここの黒ずみ」バードは大ビートルズの右目の下を指さし、「おれがむかしショットガンで撃ったんだ」

「大ビートルズを知ってるんですか?」

「ガイ・レインの右腕だったからな。ガイに負けず劣らず残忍な男だったよ。列車強盗はどんなやつらだったって?」

「ボーンズ保安官の話だとみんな若造だったそうです。ええ、若造です。たしかにそう言いました」

「だったら、それはガイ・レインじゃない」

「ボーンズ保安官の話だとガイ・レインの弟たちにちがいないとのことでした」

「思ったとおりだ。あのならず者一家め!」

「ボーンズ保安官の話だと髪が長いのがひとりと、黒人もひとりいるそうです」

「ボーンズ保安官はおれの今日の運勢についてなにか言ってなかったか?」

フロッギー・ニプルズがきょとんとなった。

「すまん、冗談だ」バードは帽子のつばに手を触れた。「気にしないでくれ」

「やつら、やっぱり深南部のほうへむかったと思いますか?」

「ミシシッピのあたりには認可を受けてない畜産業者がわんさかいるからな」

「西へむかったとは考えられませんか?」

「やつらがシリコンバレーまで行くつもりなら、それもありえるだろうな。西海岸はあの一帯にだけ辛うじて人が住んでるからな。しかし、ニューメキシコとアリゾナを越えていかにゃならん」

「行ったことがおありなんですか？　つまり、西海岸に」

「ワイオミングから南で行ってないところはない」

「ワイオミングから北は放射能で汚染されているそうですね。でっかいクレーターになってて、人が住めるようになるにはあと一万年はかかるとか」

「いや、大《グレート》クレーターにはいまでもインディアンたちが暮らしているよ。放射能のせいでみんな若くして死んじまうがな」

「だったら奇形も多いんじゃないですか？」

「それがそうでもないんだ。ホルミシス効果と言ったかな、低線量をずっと浴びつづけると、どうも体が慣れちまうらしい。動物もこのへんなんかよりずっとたくさんいるぞ。人間がほとんどいないからな、草食動物が棲《す》みついて、それを狙《ねら》って肉食動物もやってくるんだ」

「へぇえ、そんなものなんですかね」

「しかし宇宙から見たらワイオミングからテキサスなんて針の先ほども離れちゃいないのに、おれたちだけ生きているというのは不思議なものだ」

「シリコンバレーになにがあるんです？」

「さあね」バードは軽く両手を広げた。「六・一六以前は魔法みたいな技術を開発していたそうだ。嘘か本当か、地球全部を一秒でつなぐ通信網を管理していたという噂《うわさ》もある。ハッ、地球のどことでも一秒で連絡が取れるなんて！」

「でも、牛が創られるまえだって、だれもそんなことが可能だとは思ってなかったはずですよ」

「たしかにな」

「人類は何度でも立ち上がりますよ」

「で、また何度でも滅びるんだろうな」バードは言った。「大ビートルズの持ち物を見せてくれないか？」

「こちらです」

フロッギー・ニプルズはドアのほうにむかって頭をふり、バードを遺体安置室から誘い出す。違和感に気づいたのは保安官補からドアを受け取り、最後にもうひと目スコーピオン・カミングスキーの哀れな姿を拝んでやろうとふりかえったときだった。

胸の穴でなにかが蠢《うごめ》いた。

バードは目を凝らし、ステンレス台にとってかえして死人の胸に顔を近づけた。なにもいない。だからといって、異状がないわけではなかった。胸の傷がリンパ液で湿っていた。指で触れてみると、粘り気がある。ぬくもりさえあった。ステンレス台がうっすら曇っている。死体にまだ水分が残っているということだ。でも、なんの水分だ？　外気よりはいくぶんましとはいえ、部屋の温度は零下五度前後。これくらいなら死体はちゃんと凍りつき、腐乱して水分を蒸発させることはない。しばらく待ってみたが、なにも起こらなかった。

バードは死人に背をむけて遺体安置室を出た。こいつはきっと御心《みこころ》だぞ、そう考えることにした。だって、いくら凍っていてもちゃんと腐り、いずれ土に還《かえ》っていかなきゃ、この地上は生者よりも死者のほうが多くなっちまうじゃないか。

「つまり」と、コーラはフォークをふりまわした。「ケイジ保安官としては、レイン兄弟は西へむかったと思っているのね？　南ではなく」

「ああ」バードは皿の肉を切って口に入れ、咀嚼《そしゃく》しながら答えた。「やつらはもともとアリゾナの出だ。あんなところに人が住めるとは思えんが、とにかくそうだ」

「その大ビートルズって人が持ってた手紙にはなんて書いてあったの？」

「つぎの仕事が終わったらレイン兄弟は一味を解散して母親を迎えに行くつもりだ、

と」

「そのつぎの仕事が例のサンタフェ鉄道の襲撃だとなぜわかるの？」

「お嬢さん、鉄道を襲撃するのはたいへんなんだよ。刑務所でもいちばん尊敬される。もしそれがやつらの最後の仕事じゃなきゃ、いったいどんなでかい仕事《やま》が残っているのか、おれには見当もつかんね」

「だれに宛《あ》てた手紙だったの？」

「弟の小ビートルズさ」

「一味が解散したら、クロウ・フィッシュはどうなっちゃうの？」

「さあな。目が醒《さ》めて家に帰ってくれりゃいいが、一度レイン兄弟のような無法者とかかわっちまうと、なかなか正しい道には戻れないもんさ」

「まだ十四だっけ？　どんな子なの？」

コーラの瞳《ひとみ》が猫のようにまたたく。テーブルにおいた灯油ランプの灯りが、女の顔をこの上なく神秘的に見せていた。さながら静謐《せいひつ》な影と光で描かれた一幅の宗教画のように。これはまずいぞ、とバードは思った。ただの行きずりの女じゃないか、明日になればキスをして永遠にさよならする相手なんだぞ。

「なあに？」

「いや」咳払《せきばら》いをし、顔を伏せて肉を切る。「クロウ・フィッシュってのは、まあ、その、なんだ……気味が悪いくらいおとなしいやつさ」

「バード？」

「クロウが生まれたときに産婆《さんば》のメーガン・デイヴィスって婆《ばあ》さんが、この子は殺してしまったほうがいいって言ってたな。大きくなったらとんでもない裏切者になるから、いまのうちに殺しとけって」

「ねえ、どうしたの？」

「どうもしないよ。それより、ここからが面白いんだ。メーガン婆さんはインディアンと中国人の血を引いてて、薬草を焚《た》いたり動物の骨を使ったりして占いをやるんだが、中国の神様にお伺いを立てるときにはいつもコインを二枚投げるんだ。そのコインが表と裏に分かれたら、それが神様のゴー・サインなんだな」

「バード？」

「で、クロウが生まれたときにそれをやって、神様もこの子を殺すことに賛成してると言ってクロウの親父を激怒させたんだが、クロウ自身は大きくなってからその話をひどく面白がってな、友達のホーキー・サンダーってやつといっしょにここんところに……」首筋を指さす。「黒い星を彫って裏切りの星なんて呼んでイキがってたな」

「あたしの顔をじっと見てたでしょ?」

「………」

「なんなの?」

「おれはべつに……きみがクロウのことを訊《き》くからいろいろ思い出してただけで……」バードは女を見つめ、観念して溜息《ためいき》をついた。「正直に言うと、きれいだなと思ったんだ」

「やっぱりね」コーラは満足げにうなずいた。「あなたも素敵よ、あたしのお爺《じい》ちゃん」

「おれのことをそんなふうに呼ぶんじゃねえ!」

「裏切りの星かあ……可愛《かわい》いわね」

「可愛い?」

「だって、世界じゅうを裏切ってもおれたちは友達でいようぜって意味でしょ?」

「ものは言いようだな」

「じゃあ、ユマへ行くのね?」コーラは食事をつづけた。「ひとりで?」

「おれは五十六だ。いっしょにいたいと思えるやつらはみんな死んじまった。ああ、ひとりで行くよ。ユマだろうが北京だろうが」

「列車でアルバカーキまで？」

「そのつもりだ」

「そこからユマまでは？」

「ざっと六百マイルってところかな」

「目と鼻の先ね」

「二十日もあれば着く」

「小ビートルズも悪党なの？」

「さあね。手配書を見た憶えはないが、だからといって懸賞金がかかってないとは言い切れん」

「大ビートルズは？」

「三百ドルの賞金首だ」

感嘆の口笛が飛ぶ。

「首だけ斬《き》り落としてカンザスシティのおれの雇い主に送りたかったんだが」バードは言った。「あの太っちょのフロッギー・ニプルズがうんと言わなかった。よほどルースター・ボーンズのことがおっかないんだろうな」

「え？ 蛙みたいな乳首？」

「嘘じゃないぞ、本当にそういう名前の保安官補がいたんだ」

「どんな人なの？」

「肛門《こうもん》にストローを突っこんで息を吹きこまれたようなデブだ」

コーラが笑った。

「あたしたちの名前って旧世界へのメランコリックな憧《あこが》れなんだわ」

「コーラ、きみのそういうところが好きだよ」

「そういうところって？」

「憂鬱《ディプレッシヴ》なとか、みじめな《ミゼラブル》と言わずに、物悲しい《メランコリック》と言うところがさ」

コーラはびっくりして目をぱちくりさせた。「ほんとにそう思う？」

MELANCHOLY

これはただの私見なんだが、そうことわってからバードはつづけた。「正しい言葉は人間の感情につける手綱のようなものだと思ってるんだ」

コーラは黙って話を聞いた。

「文字の読み書きは牛を追っていたころにすこしずつ自分で学んだ。時間があるときは行く先々で図書館を探したよ。そういうところには、そういうところにいちばんふさわしくないやつらが棲みついてることが多かった。本なんかほとんど燃やされていた。じゃなきゃ尻《しり》を拭《ふ》く紙にされていた。それでも、おれは辞書を何冊か手に入れたんだ。一日の仕事を終えてくたくたになった仲間たちが寝てしまってから、ひとりで焚火のそばに陣取って言葉を眺めて過した。ウィル・デュラントってやつを知ってるかい？」

彼女がかぶりをふる。

「『文明の物語』って本を書いた旧世界のやつだ。おれは……どこだったっけ……どこかの図書館でその本を見つけた。ぴんっときたよ。ああ、ここにおれが知っておくべきことが書かれているぞ。そう思った。おれはゆっくりとその本を読んだ。どこへ行くにも持ち歩いた。たった一ページを読むのに何カ月もかかったよ。その本のいちばん最初にはこういうことが書いてある。文明ってのは経済と……」指を一本ずつ立てていく。「政治と、知識や芸術の追求と、受け継がれる道徳、この四つから成り立っている。そして文明は混乱や動揺がなくなるところに芽を出していく、と」

経済、政治、知識と芸術、道徳……コーラは口のなかでそれらをひととおりつぶやき、「長老派教会はきっと道徳の部分を司《つかさど》っているのね」

「この国はいま、失われてしまった文明を取り戻しつつある。おれはそう思っている。牛の開発は食の問題を解決しつつあるし……」

「経済的な条件が整いつつあるってことだわ」

バードはうなずき、「ヘイレン法は政治の賜物だし、衣食住が満ち足りたらつぎは脳みそを満足させる番さ。おれのようなカウボーイに本が読めるなんて、ひとむかしまえでは考えられなかった。ちがうかい？」

「ううん、ちがわない。あなたはとても知的よ、バード、でもそれが気に入らないのね？」

「そうじゃない。むかしのほうがよかったなんて言うつもりはない。ただ、言葉を知れば知るほど……むかしのおれには手綱なんかついてなかった。なんでも自分のやりたいようにできた。いまじゃ前肢《まえあし》を紐《ひも》で縛られた馬にでもなっちまったみたいだ。連邦保安官なんて柄にもない仕事をやってるのもそのせいかもな。悪いやつを追っていると、ちょっとだけむかしに戻れるような気がするんだ。悪党にならなら正々堂々と暴力をふるえる——どうしたんだ？」

「なんでもない」コーラは笑顔で涙をごまかし、掌《てのひら》の付け根で目尻をぬぐった。「でも心配しないで、あたしのお爺ちゃん、新しい世界にだってちゃんとあたしたちの居場所はあるわ」

「まあ、年寄りってのはいつだって保守的なんだな。ただそれだけのことさ」

「いまもその本を持ってるの？」

「とっくのむかしに人にくれてやったよ」

「なぜ？ 大切な本だったんでしょ？」

「どうせおれには一生をかけても最後まで読みとおせやしない」

「そんなの関係ない」かぶせてくる。「大切なものって、たとえ理解できなくても、たとえ壊れていても、やっぱり大切なものよ」

「面白い話をしてやろうか」バードは肉を切って口に運んだ。「ある日、ラジオを聞いてたらその本が朗読されていたんだ。毎日決まった時間に『文明の物語』をえんえんと読むだけの退屈な番組さ。音楽もなにもない。いつも聞けるわけじゃないが、たまたま最後の回を聞いたときに読み手がこう言ったんだ。この本は自分の父親が三十年ほどまえにあるカウボーイからもらったものだ、そのカウボーイは父を食べようとしていたのだが、父に文字が読めることがわかると、食べるかわりにこの本をくれた、と。面白いとは思わないか？ おれは東部の連中のやることなすこと気に食わないが、連中のおかげでラジオが聞ける。おかげでおれは自分には読めない本が読めたんだ。

それだけじゃない。おれのような人間でも、だれかの運命の一部になれることに気づかされた。あのとき、もしあの東部男を食っていたら、腹がふくれるかわりにおれは大切なものを失っていたかもしれない」

この話をコーラが面白いと思ったかどうか、バードにはわからない。彼女の質問に対する答えになっているのかどうかも。コーラは最後まで黙って話を聞き、それからゆっくりと自分の肉にナイフを入れた。バードもそうした。灯油ランプの薄暗い灯りのなかで、ふたりは自分の殻に閉じこもったまま、まるで沈黙を食べているかのように食事をつづけた。

風が窓をたたき、暖炉のなかで炎が薪《まき》をへし折る。

名づけえない大切なものはおれたちの内側にしか存在しないんだ。バードはそう思った。だから、この沈黙は正しい。いま、この場所では、声に出してなにかを名づけることが裏切りであり、逃避であり、安らぎなんだ。

「あたし、決めた」

バードはカップの水を飲みながら、コーラの美しい顔から迷いが消え、ロザリオのように澄んでゆく様をつぶさに見とどけた。

「あたし、あなたといっしょにユマへ行くわ」

口のなかの水が一気に鼻腔《びくう》へと逆流し、むせて激しく咳《せ》きこんでしまった。

「なにが言いたいかは想像がつくわ」

「いったいどうしたんだ、コーラ？」ナプキンで咳をおおう。「びっくりさせないでくれ。溺死《できし》するかと思ったぞ」

「あたしが足手まといじゃないことを証明できれば不都合はないでしょ？」

「冗談なんだろ？」

「冗談なんかじゃないわ」敢然と席を立つと、コーラは暖炉の上にかかっているライフルを取り、それを両手で捧《ささ》げ持ってバードにむきなおった。「バード、今日からあなたはあたしのものよ《ユー・アー・マイ・ビッチ》」

十分後、バードはコーラの運転するトヨタに乗って真っ暗な道路を疾走していた。

「こ、こんなことは馬鹿《ばか》げてる！」タイヤが道路のくぼみにとられたり、砂礫《されき》のせいで横滑りしたりするたびに、バードは助手席で七転八倒した。「夜の街に出るなんて正気の沙汰《さた》とは思えん……コーラ！　聞いてるのか、コーラ！」

「なぜだめなの？」コーラはまえをにらみつけたまま、しっかりとステアリングを握っていた。「あたし、馬にだって乗れるわ」

「そういう問題じゃない！」

「女だからだめだって言うのね。お尻にストローを突っこまれて息を吹きこまれたようなおデブちゃんでも保安官になれるのに、なんで女はだめなの？」

「フロッギー・ニプルズは保安官補だ」

「カウガールだっているわ」

「あいつらは男なんだ！　神様がうっかり女にしちまっただけで、あいつらは男なんだ！」

「フィービー・スターは？」

「だれだ、そりゃ？」

「じゃあ、ミシシッピ・ジェーンは？　彼女はナイフの喧嘩《けんか》でも男に負けなかったとみんな言ってるわ」

「おれは本物のミシシッピ・ジェーンに会ったことがあるが、新聞に書かれているような女傑じゃなかったぞ……気をつけろ！」車がアスファルトの断層を飛び越え、バードは毒づく。「くそ、舌を嚙《か》んじまった！」

コーラがアクセルペダルを踏みこむと、メーターがぐんっと跳ね上がり、エンジンが吼《ほ》えた。漆黒の闇《やみ》をヘッドライトが滑走する。

「いったいどこへ連れていこうってんだ⁉」

「ミニー・マクドゥガルは自分のギャング団をつくったじゃない」

「ミニー・マクドゥガル！」バードは両手をふり上げた。「あの女の伝説こそでっちあげもいいところさ！　ありゃただの無法者好きのアバズレだ。最後は自分の息子に撃ち殺されたんだぞ」

「ずいぶん詳しいのね」

「なんでも訊いてくれ」

「あたしのこと好き？」

「……」

「なんでも訊いてくれって言ったでしょ？」彼女の目がちらりと飛んでくる。「あたしのこと好き？」

「でも……それとこれとは……」

「どうなの？」

「ああ、くそ！」

「ありがとう。あたしもあなたが好きよ」

「昨日知りあったばかりなんだぞ」

「女みたいなこと言うのね」バードが絶句し、コーラがねじこむ。「時間や理屈じゃないの。わかるでしょ？」

「きみは荒野を知らないんだ。蛇口をひねりゃ水が出てくるところじゃないんだぞ」

「でも、ガラガラ蛇はもういないわ。六・一六でよかったことがひとつだけあるとすれば、それはやつらを皆殺しにしてくれたことね」

「蛇なんか！　野生化した牛がうようよいるんだぞ。ロングホーンのでっかいやつなんか二十フィート（一フィートは約三十センチ）近くあって、新聞紙を破くみたいに素手で人間を真っぷたつに裂けるんだ」

「脅かそうとしてもだめ」親指で後部席を指す。無造作に放り出してあるウィンチェスターを。「ただの壁飾りじゃないってことを証明してあげる」

「何日も野宿することになる」

「火の熾《おこ》し方ならパパがちゃんと教えてくれたわ」

「ならず者に目をつけられたらどうするんだ？　きみはレイプされてから食われちまうんだ」

「バード」

「やつらがどうやって人間を解体《ばら》すか知ってるか？」

「ねえ、バード」

「血をぬくために、まず木に吊《つ》るして足首をちょん切るんだ。それから喉《のど》の付け根にナイフをだな、こんな感じでこう……」

「ちょっと落ち着いて、バード」

「おれはホットミルクみたいに冷静だ！」

「あたしはもう決めたの」コーラは静かにつづけた。「あなたが連れてってくれなくても、あたしは明日アルバカーキ往きの列車に乗る。もう決めたのよ。いまあなたについて行かなかったら、あたしは神様に嘘《うそ》をつくことになっちゃう」

「嘘？　なんの話だ？」

「あたしと神様の約束の話よ。ちっちゃな女の子がずうっと神様にお祈りしてきたこと。とっても乙女チックなことだけど、聞きたい？」

バードは女の揺るぎない横顔を見つめた。それからシートにすわりなおし、溜息をついて窓の外に顔をそむけた。

「ああ、なんてこった」

「まあ、流れ弾にでも当たったと思ってあきらめなさい」話を打ち切るようにコーラが告げた。「さあ、着いたわよ」

周囲に高い建物はない。見渡すと、百ヤード（一ヤードは約〇・九メートル）ほど先に倉庫が二列にならんでいた。ほとんどが崩壊しているが、夜空に黒い輪郭をくっきりと浮かび上がらせているものもある。そういう倉庫のまわりでは火影《ほかげ》が躍り、大きな人影がいくつも煉瓦《れんが》壁に揺らめいていた。旋律は聞こえないが、腹に音楽の低音が響いてくる。

夜空が音もなく放電し、稲光を走らせた。

「ケイジ保安官」エンジンをかけたまま、コーラはサイドブレーキを引き上げた。

「もしあたしが人を殺したら逮捕しちゃう？」

「いったいなにをやらかす気なんだ？」

「ここはアマリロでもいちばん危ない界隈《かいわい》よ」

「それは見ればわかる」

「ここにたむろしている連中に教会の兄弟たちが殺されたこともある」コーラは体をひねり、後部席からライフルを取り上げた。「ことわっておくけど、あたし、こんなことをするのははじめてなのよ。いつもは空缶を撃って練習してるだけ」

こちらに気がついたのだろう、壁に投影された人影が不穏な動き方をした。仲間どうしで怒鳴りあう声もとどいてくる。

「射撃の腕前を披露しようってのか？」

「どうする？」コーラは慣れた手つきでライフルの装塡口《そうてん》に弾丸を詰め、レバーを押し出し、ガチャリと音をたてて引き戻した。「あたしを連れてってくれる？」

「絶対におことわりだね」

「後悔するわよ」

コーラは車を降り、ライフルを構え、狙いをつけて引金をしぼった。銃声が谺《こだま》し、倉庫まえの焚火から景気よく火の粉が舞い上がった。

「正気か⁉」バードが助手席のドアを蹴り開けるのと、コーラがライフルの薬室に弾を送りこむのと、ほとんど同時だった。「やめろ！」

車のボンネットに腹這《はらば》いになると、彼女は躊躇《ちゅうちょ》せずに二発目を発射した。

「やめるんだ！」はじけ飛ぶ人影。バードは両手で頭を抱えた。「たのむからやめてくれ！」

あたりが騒然となり、応射する銃声がいっせいに轟《とどろ》く。銃口からほとばしる閃光《せんこう》がつぎつぎにまたたいた。

「あたしも連れてって！」ライフルのレバーを引きながら、コーラが声を張り上げる。

「じゃなきゃ、ここであなたと死ぬわ！」

火花が散り、トヨタのサイドミラーが吹き飛ぶ。

「わ、わかった！」バードはガンベルトからピースメーカーをぬき、先頭を切って走ってくる人影にむけて発砲した。「わかったから、車に乗ってくれ！」コーラはそのうしろの人影を撃ち倒してから運転席にすべりこむ。「早く乗って！」助手席にもぐりこんだバードは、ドアを閉めるためにもうひとり殺さなくてはならなかった。

コーラがアクセルペダルをべた踏みすると、トヨタのテールが流れた。タイヤが空転して白煙を上げる。追撃者たちは罵声《ばせい》を浴びせながら銃を乱射した。そのうちの何発かはたしかに車に命中したが、幸いなことに命までは奪っていかなかった。

「なんてことをするんだ、コーラ！」帽子を押さえながら、バードはリアウィンドウをふりかえった。「食いもしないのにむやみに人を殺すもんじゃない！」

「あたしはちゃんとこの耳で聞きましたからね」ステアリングをさばきながら、コーラがさえずった。「神様にだって聞こえたはずよ」

「いいか、もう二度とこんなことはするな！　わかったか、二度とだぞ！」

「そっちこそわかった？　あたしは相手とおなじくらい親切にも意地悪にもなれるのよ」

「そうだ！」その思いつきの素晴らしさに、はたと膝を打ってしまった。「馬は？

馬はどうするんだ？」

「あら、そんなこと知らないわ」さらりとかえされる。「でも、どうにかしてくれるんでしょ、あたしのお爺ちゃん」

「そんなふうにおれを呼ぶんじゃねえ！」

「馬鹿なことをするにはタフでなきゃね」

インディアンの賢者のようにそう嘯《うそぶ》くと、彼女は声をたてて笑った。

「ちくしょう、なんてこった」バードはシートの背にどっかりと倒れこんだ。「今度こんな無茶をしてみろ、逃げた女房の連れ子みたいにひっぱたいてやるぞ」

車は夜の底を突っ走った。ロデオの荒馬のように。

コーラは楽しそうにステアリングを切り盛りしている。ウィンチェスターの銃口から立ちのぼる、ほんのり甘い硝煙のにおい。助手席のドアには見も知らない男の血がべっとりついている。むかしの人間なら、こんな行儀の悪いことには黙っていないだろう。必要もないのに人を殺すなんて！

でも、まあ……窓の外をにらみつけながら、バードは思った。おれは案外こんな女を待っていたのかもしれないぞ。コーラは古い時代と新しい時代をつなぐ架け橋なのかもしれない。それに好書にもあるじゃないか。ひとりよりふたりが良い、ともに苦労すれば、その報いは良い、と（コヘレトの言葉四章九節）。

4

アルバカーキまであと一日足らずの距離を残して、その日は野営した。

ロッキー山脈に足を踏み入れてから、すでに二日が経《た》つ。標高が高いことは気温の急激な下降と、馬たちのへばり具合でわかった。

四十頭の馬匹《ばひつ》を引き連れた一行は赤褐色の荒野にできた断層を注意深く迂回《うかい》しながら、大ビートルズが〝門《ザ・ゲート》〟と呼んでいた岩山にたどり着いた。ここから西は自分たちの庭のようなものだという意味で（逆に、ここから東は仕事場という意味で）大ビートルズはそう名づけたのだが、茫洋《ぼうよう》とした荒野に屹立《きつりつ》するこの二坐《ざ》の巨大な岩山が見えてくると、ロミオでさえ心が軽くなってくる。スノーにいたっては馬上で小一時間ほどもハーモニカをぷかぷか吹いていた。

岩の裂け目に馬一頭がやっととおれる下り坂がある。谷底にロングホーンがいないことをクロウ・フィッシュが合図して報《しら》せると、馬たちをあいだにはさみ、先頭をアイザイア・ケンプ、スノーがすぐあとにつづき、しんがりをロミオが固めて坂を下りた。牛どもも怖いが、牛を仕留めるために発砲して馬を驚かせてしまうのはもっと怖い。馬がパニックに陥って暴走をはじめたら、先頭のふたりは確実に踏み殺されてしまうだろう。

一列縦隊になって坂を下りきると、きめの細かい砂地が広がっていた。一味はこの場所を〝キングズ・ベッド〟と呼んでいる。どういうわけか、ここの砂はすこしだけ熱をおびているのだ。凍った赤土の上で寝ることとくらべたら、まさに王様のベッド並の寝心地だというわけだ。

ロミオが最後の一頭を広場に追いこんだときには、すでにアイザイアが枯れ木を組んで火を熾していた。

馬を降りたロミオは、まず自分のムスタングの前肢にサイザルロープで足枷《あしかせ》を結わえつけた。こうしておけば馬はロープのぶんだけは歩けるが、走ることはできない。鞍《くら》をはずし、荷物を下ろす。渓谷を渡る風を目で追うと、沈みゆく太陽が空を真っ赤に染めていた。いまなお大気中に大量の汚染物質が舞っているせいだと、子供のころに母親が教えてくれた。だから夕焼けはあんなに赤いのよ、と。

スノーは岩のあいだに吹き溜《だ》まった雪をせっせとシャベルですくいとって鉄の大鍋《おおなべ》

にうつしている。それを火にかけて得た水を馬たちにあたえるのだ。

「馬の世話係がいいって言ったのはおまえだぞ」弟の恨みがましい視線に気づいたロミオは先手を打った。「大ビートルズがいなくてもちゃんとやれ」

「おれがなんか言ったか？」スノーは唾《つば》を吐き、「おい、アイザイア、おれが文句を言ったか？」

「水やりのあとは餌《えさ》やりが待ってるぜ」枯れ枝で焚火《たきび》をつつきながら、アイザイアがにやつく。「死人のぶんもしっかり働けよ」

「くそ」スノーが雪を蹴飛《けと》ばした。「おい、クロウ、こっちに来て手伝え」

クロウ・フィッシュは姉のマンデーといっしょに、馬たちの前肢にロープを結びつけているところだった。スノーのほうを見やり、目を泳がせ、マンデーに顔を戻す。ロミオは弟に目配せをし、スノーはその視線をそっくりそのままアイザイアにまわす。で、アイザイアがうんざりしたように右手を胸にあて、左手を挙げた。

「わたくしアイザイア・ケンプはマンデーには金輪際手を出しません。もしこの誓いを破ったら、わたくしは馬糞《ばふん》以下の人間です……くそ、これって毎日やらされるのか？」

「来い、クロウ」と、スノー。「おなじことをなんべんも言わせるな」

が、クロウはまだ二の足を踏んでいる。

「もしアイザイアがおまえの姉さんになにかしたらおれが撃ち殺してやる」ロミオが言った。「さあ、スノーを手伝ってこい」

それでようやくクロウは手に持っていたロープの束をマンデーにあずけ、馬の足を結びつづけるように言いつけてから、スノーのほうに駆けていった。

とたん、馬たちが落ち着きをなくした。嘶《いなな》き、鼻面《はなづら》をふるわせ、何頭かは走ろうとしてほかの馬にぶつかった。マンデーはひどく苦労して一頭一頭の足にロープを結わえつけた。

それにしても、なんという大きな胸だろう。ロミオは馬の背中越しに金髪の少女を眺めやった。ぶかぶかのコートの上からでも、その大きさがわかる。まるで子供を産んだばかりの牛のようだ。上背だって六フィートのおれとおなじくらいか……だけど、あのあどけない顔はどうだ。顔だけ見たら、とても十六には見えないぞ。しかも口がきけないというのは、どうやら嘘ではないらしい。

ロミオは自分の荷物から鉄鍋をひろい上げ、そのなかにひき割りトウモロコシとフリーズドライのザリガニ、塩をひと摑《つか》みと赤唐辛子をぶちこみ、雪をたっぷりすくい入れてから火にかけた。蓋《ふた》をし、その上に人数分のトルティージャをのせる。荷物を火のそばにおき、サドルバッグから四十頭ぶんの譲渡証明をひっぱり出すと、鞍に背をあずけて砂地にすわった。

　譲渡主の欄にはカンザスシティのデュカキス畜産の名前が印刷されている。ローランド・デュカキスの直筆署名を模したサインもある。しかも、どういうルートからか、ドクター・ペッパーのところには連邦農林畜産局の判が捺《お》してある本物の譲渡証明用紙が入ってくる。あとは空白になっている被譲渡者の欄、そして馬の種別の欄を埋めさえすれば、こすっからい未認可畜産業者に買いたたかれることなく、大手をふってこの四十頭を売りぬけられるのだ。

「問題は」と、アイザイアがロミオのとなりに腰を下ろす。「おれたちのだれひとりとしてまともに字が書けねえってことだな。あの中国人の店へ行くのか？」

「ほかにあてがあるか？」

「じゃあ、決心は変わらねえんだな？」

「ああ、この仕事《やま》が最後だ」ロミオは譲渡証明をサドルバッグにしまい、身を乗り出して火のなかに唾を吐いた。「小ビートルズには二十頭やろうと思うんだが、いいか？」

「で、残りの二十頭を三人で分けるんだな？　七頭ずつなら一頭足りねえが」

「おれは六頭でいい」

「いまのは吝嗇《けち》で言ったんじゃねえぞ」

「わかってるよ」

「なんならおれが六頭でもいいんだ」

「銀行券はおれたち三人で分けてしまおう。小ビートルズが深南部へ行くことはないだろうからな」

「クロウは？」

「おれとスノーのぶんからすこし出す」

アイザイアはしばらく火を見つめた。「うん、おれはそれで文句ねえや」

「あのマンデーにはまいるぜ」スノーがやってきて火のそばにしゃがむ。「クロウの言うことしか聞きやしない」

三人は馬たちのあいだで忙しく立ち働いているクロウとマンデーを見やった。ふたりがならぶと、マンデーの大きさがいっそう際立《きわだ》つ。渓谷に狼《おおかみ》の遠吠《とおぼ》えが谺するると、小心者の馬たちがまた嘶いたり、足踏みをしたりした。クロウがそんな馬たちの鼻面を撫《な》でて落ち着かせた。

夕飯のソフキー——むかしはインディアンの料理だったらしいが、いまではひき割りトウモロコシを炊《た》いた粥《かゆ》はみんなソフキーと呼ばれている――が炊きあがるまで、三人はぼんやりと火を見つめたり、拳銃《けんじゅう》の弾をこめなおしたり、鼻歌を歌ったりした。「狼どもがうるせえな」と、アイザイアがナイフで爪《つめ》を削りながら言った。「狼といえば、インディアンには狼の伝説がたくさんあるぜ」

またか、というようにスノーが溜息をついた。

「なんだ？」アイザイアが敏感に反応する。「いまのはどういう意味だ？」

「なにが？」

「溜息をついたろ？」

「べつに意味なんかないよ」

スノーは馬たちのほうへ退散し、足紐の結び方が甘いと言ってクロウを蹴飛ばした。

「なんだ？」アイザイアはロミオに顔をむけ、「スノーのやつ、なにが気に食わないんだ？」

「たぶん、インディアンの伝説なんかに興味がないんだろう。でも、それはおまえの祖母《ばあ》さんを馬鹿にしてるからじゃない。あいつは神とか伝説とか、その類《たぐい》のことにはまるで無関心なんだ」

「ときどき詩をひっぱってきてしゃべるぜ」

「詩は人間が書いたものだからな」

「おまえはどうなんだ、ロミオ？」

「神とか伝説か？」鉄鍋の蓋を持ち上げると、湯気がふわっとあふれた。「いや、おれも興味ないな」

「そうか、おまえもか」

「悪いな」

「まあ、聞けよ」アイザイアは自分の皿にソフキーをよそい、トルティージャを添えた。「おれの祖母さんはギャドー族だった……まあ、自分ではそう言っていた。旧世界のころにはもう混血が進んでなにがなんだかわからなかったが、とにかく自分をギャドー族だと信じていた。ガキのころはいろんな噺《はなし》を聞かせてくれた。世界のはじまりや、死のはじまりや、罪のはじまりについてのギャドー族の伝説をな。知ってるか？ 世界のはじめには死というものがなかったんだぜ」

「おれは知ってるぜ」スノーが戻ってきて皿に夕飯をよそう。「蝿《はえ》とか土竜《もぐら》とか蜘蛛《くも》が話しあって、人間は永遠に生きるべきじゃないって決めたんだろ？」

「そういう言い伝えも聞いたことがあるが、それはほかの部族のだ」アイザイアはスプーンでソフキーを口にかきこみ、スノーにすごんだ。「おい、おれがしゃべってんだぞ」

スノーはにやにやしながらアイザイアの横にすわった。

「祖母さんはしょっちゅう『ありもしない敵』という噺をしてくれたんだが……」

「祖母さんがしょっちゅうしてたのは『尾長狼と熊《くま》』の噺じゃなかったっけ？」

アイザイアがにらみつけると、スノーは肩をすくめてトルティージャをかじった。

「うちの祖母さんの言うことには……」

「クロウ！」ロミオが叫んだ。「マンデーを連れてきてメシを食え！」

「くそ」アイザイアが両手を広げた。「おまえら、話を聞く気があるのか？」

ロミオがかぶりをふると、アイザイアはスノーを見た。スノーはロミオを指さし、だって兄さんがアイザイア・ケンプとは遊んじゃだめだって言うんだ、というふうに眉尻《まゆじり》を下げた。

「じゃあ、おれの話を聞く気はねえんだな？」

「ああ、せっかくだが」と、ロミオ。「それに、神はいつでも物事を複雑にしちまう」

「わかった」

「むくれるなよ」

「おれはただおまえらに道理ってやつを教えてやろうとしただけさ」

「ほら、メシが冷めちまうぞ」

「もういい。もうなにも言わねえ。聞く気のねえやつになに言っても無駄だからな」

「おまえがそのことに気づいてくれてよかったよ」

「いいから、聞けって」

「……」

「あるとき、腹をすかせた尾長狼が森のなかをぶらぶらしていると、一羽の七面鳥が樹《き》の上にいました。で、狼は声をかけました。『早く降りてこい。さもなきゃ、おれがのぼってくぞ。ほかの樹に飛びうつったら、その樹をへし折っておまえを殺してやる。まあ、野原のほうに飛んで行くのがいちばんいいだろうな。おれは野原じゃからっきしなんだから』七面鳥はまんまと騙《だま》されて、広い野原のほうへ飛んで行きました。狼はしめたと思って、七面鳥が野原に降り立ったところを飛びかかってぺろりと食べてしまいました」

　ロミオは溜息をつき、口に枯れ草をくわえているスノーに肩をすくめてみせた。

　クロウとマンデーが火のそばにやってきて、鉄鍋のソフキーを皿によそって食べはじめる。

「七面鳥を食べながら、狼はだれかが自分のうしろに立って殴ろうとしているような気がしました。で、それがだれかをたしかめもしないで、一目散に逃げました。ときどき立ち止まっては『ここまでくればもう大丈夫だろう』と言いました。でも、そのたびに何者かが自分のすぐうしろにいます。狼はライフルで狙《ねら》われているみたいに、しゃかりきになって逃げました。それでも、ふりかえるとだれかがちゃんとそこに立っているのでした。狼は思いました。『だれか偉いやつがおれを殺そうと思ってるんだ。どうにか上手《うま》く逃げのびないと命がないぞ』」

ロミオは体を寄せあうようにしてすわっているクロウとマンデーを見た。マンデーが口からソフキーをこぼすと、クロウがそれを手でぬぐってやる。

「狼はまっすぐ走らないで、左右に曲がったり、うねったり、ジグザグに走ったりしましたが、やっぱりだめでした。どんなに走っても、姿の見えない怪物はぴったりくっついて追いかけてきます。そうするうちに、狼は石につまずいてころんでしまいました。『もうだめだ』狼は泣き叫びました。『命だけはたすけてください』しかし、いつまで経っても怪物は襲ってきません。で、気を落ち着けてよくよく見てみますと、自分を追いかけてくる怪物だと思ったのは尻尾《しっぽ》にくっついた七面鳥の羽でした」アイザイアはソフキーをひと口食べ、「どうだ？」

「なにが?」と、ロミオ。

「おれの考えでは、旧世界が滅んだ直後の人間ってのは、てめえのケツにくっついた七面鳥の羽なんかにかまっちゃいられなかった。で、社会がすこしずつ豊かになるにつれて、だんだんこの狼みたいに不安になってきたんじゃねえのかな。人間ってのは腹がふくれると、いろんなことを悩みだすからな」

「そうかもしれないな」ロミオはトルティージャで皿をぬぐって口に入れた。「うん、おまえの言うとおりだ」

「ヘイレン法なんざなくたって、いずれ人は人を食わなくなる」アイザイアが断じた。「おれたちだってもう食わねえ。腹がいっぱいなのに、わざわざ不安の種を増やそうってやつなんかいねえよ。狼だって腹が減ってたから七面鳥を食っただけなんだ」

「不安なのか、アイザイア?」

「おまえは不安じゃないのか、ロミオ?」

「なんに対して?」

「なんに対してって……」

「食うためにすべてが正当化されるような世界が終わることに対してか? いいか、アイザイア、新しい世界はもうはじまっている。その世界を牛耳っているのは東部の洒落《しゃれ》た背広を着たやつらだ。不安かと訊かれりゃ、不安じゃないやつなんかいないよ。だから、おれたちはメキシコへ行くんだ」

「ガイ兄さんがサカテカス州で目ぼしい土地を見つけたんだ」スノーが補足する。

「馬を売っておれの借金をかえしたら、そこを買うんだ。レスター兄さんが母さんを連れてエル・プエブリートまで来ることになってる。そこで落ち合って、アディオス・アメリカ《さようなら》、ブエナス・タルデス・メヒコ《こんにちはメキシコ》、ノ・エンティエンド・ビエン・エスパニョール《スペイン語はよくわかりません》さ」

アイザイアは焚火をにらみつけた。

「たぶん、神様の腕時計は自動巻きじゃないんだよ」ロミオは言った。「六・一六のときはうっかりネジを巻き忘れたんだ。だから時間が止まっちまった。でも、すぐに気がついてネジを巻いた。腕時計はまた動きだし、今度は神様も気をつけるだろうから、しばらくは止めちまうこともないはずだ。おれたちは止まってしまった時間のなかで生きてきた。時間が動きだせば、おれたちのような人間は消えちまって当然なんだ」

「おれたちは人をたくさん殺してきた。心が痛むこともあるが、夜も眠れねえほどじゃねえ。それって、おれたちが自分を正当化してきたからか？」

「ちがうか？」

「これから先も人は人を殺すんだろうな」

「そうだな」

「でも、食わない」

「ああ、食わない」

「じゃあ、どうやってその殺しを正当化するんだろうな」

「さあな」ロミオは皿に砂をすくい入れて汚れをこすり落とした。「たぶん、ほかのことで正当化するんじゃないのかな」

「おまえはどう思う、スノー？」

「おい、見ろよ」クロウを顎《あご》でしゃくりながら、スノーは心底愉快そうにアイザイアの胸をはたいた。「クロウ・フィッシュがクロウフィッシュ《ザリガニ》を食ってるぜ」

灰色の曙光《しょこう》が鎮魂歌のように世界に満ちてゆく。

空《から》っ風が墓標を持たない死者たちを砂にうずめる。

荒野の真ん中で目を覚ますと、重ねあわせたブーツの先で七面鳥が一羽、尾羽をゆらめかせながらロミオの目をのぞきこんでいた。丸々と太った、食べたら美味《うま》そうな七面鳥だった。

「あんた、ブラックライダーじゃないね？」

おれはロミオ・レインだ。

「そうだと思った」七面鳥が言った。「だって、おれがブラックライダーなんだもん」

おまえが？

「おれは狼に騙されたわけじゃないよ。自分から食われてやったんだ」

なぜ？

「狼を殺すためにさ」

腰から銀のリボルバーをぬいて七面鳥にむける。銃身に彫られた狼が光をはじく。

それを見て、ロミオは首をかしげた。

「これは自分の銃じゃないと思ってるんだろ？」七面鳥が喉をホロホロ鳴らして笑った。「なぜだか教えてやろう。それはあんたが迷ってるからさ」

迷う……

「憶《おぼ》えとけよ、おれは狼だって呪《のろ》い殺せるってことを。気をつけなきゃ、あんただって呪い殺してしまうよ」

ロミオは引金を引いたが、銃声は聞こえなかった。

砂地に横たわったまま、目をしばたたかせる。渓谷に切り取られた紫色の空が、音もなく放電していた。

七面鳥はどこにもいなかった。

焚火が消えかけている。ロミオはハイパー・サーモテックの寝袋から半身を出し、枯れ枝で熾《おき》をつついて埋火《うずみび》を掘り出した。やかんに遺伝子組み換えのコーヒー粉と雪を入れて火にかける。それから、明け方の夢について考えるともなしに考えた。朝靄《あさもや》で体を濡《ぬ》らした馬たちは足踏みをしたり、鼻から白い呼気を吐いたりしている。おたがいの体に首をあずけて眠っているのもいた。

「気をつけろよ」ふりむきもせずに言った。「フリーズドライの飼い葉はひとすくいでずいぶんたくさんできるからな。オート麦の飼料とまぜて食わせろ」

クロウ・フィッシュはロミオのそばにしゃがみ、ふたりはしばらく無言で沸騰《ふっとう》していくやかんを眺めた。

「マンデーはおれの姉さんじゃない」

「そうか」と、ロミオ。「なぜ言う気になった?」

「わからない。あんたには言っとこうと思ったんだ」

ロミオは砂の上から錫《すず》のマグカップを取り上げ、なかをのぞいて舌打ちをした。

「くそ、凍ってやがる」

クロウはカップにコーヒーを注ぎ、湯気に顔をうずめてひと口すすった。

「おれのいちばん上の兄貴がいまメキシコにいるんだが」ロミオはマグカップを火のそばにおき、「何年かまえに訪ねて行ったとき、ちょうどおまえとマンデーのような状況が兄貴の働いていた牧場で発生したんだ」

「おれとマンデーのような状況って？」

「正確にはおまえたちの逆だ。男のほうがユダの牛だったから」

「………」

「マンデーはユダの牛だろ？」ロミオはクロウを一瞥《いちべつ》した。「牝《めす》を見たのははじめてだが、どうやら角は生えないみたいだから、まあ、上手くごまかすことだ」

「なんで……なんで気がついたの？」

「馬たちのあの怖がり方はふつうじゃない」

「マンデーを馬に乗せるときは、まず馬に目隠しをするんだ」

「そうか」

「やっぱりごまかすしかないのかな」

「マンデーに罪はない。もちろん、クロウ、おまえにもな。だが、おまえたちがこれからどこへ行こうとも人々の憎悪《ぞうお》のはけ口になる。それは間違いない。で、メキシコの状況はアメリカよりすこしもましなんかじゃない」

クロウは焚火をにらみつけた。

「ユダの牛ってのは犬くらいには賢くなる」ロミオは自分のマグカップを取り上げ、溶けた飲み残しを捨ててから新しいコーヒーを注いだ。「愛着を持っちまうのもわかる気がするよ」

「そのふたりはどうなったの？」

「牧童《バケーロ》たちに殺されたよ」

クロウは口を開きかけたが、むっくり起き上がったアイザイアのせいで、けっきょくなにも言わずに馬の餌の準備にとりかかった。

アイザイアは寝ぼけ眼であたりを見渡し、長いあくびをし、寝袋のなかで大きな屁《へ》をこいた。

それでスノーも目を覚ました。で、あくびまじりに言うことには、「くそったれのアイザイア、てめえのせいで七面鳥に追っかけられる夢を見ちまったぜ」

ロミオは放電する空を見上げ、コーヒーをすすりながら、地震のことを思った。

「気に入らねえ」はじめにそう言いだしたのは、アイザイア・ケンプだった。「おい、ロミオ、空を見てみな！」

言われるまでもなく、先頭をゆくロミオも灰色の空を仰ぎ見ていた。剝離《はくり》した雲のように、雪が力なく落ちてくる。赤い岩山のはるか彼方《かなた》、東の空に稲光が幾筋も走っていた。

「今日はキングズ・ベッドから動かねえほうがよかったんじゃねえか？」

「それはおれも考えた」ロミオは馬上からふりかえり、「だが、キングズ・ベッドへ出入りできる道は一本こっきりだ。地震がきて岩盤が崩落したら、馬たちがとおれなくなっちまう」

四十頭を真ん中にはさみ、左翼にアイザイア、右翼にスノー、しんがりはクロウ・フィッシュが守っている。マンデーが乗った馬はクロウが牽《ひ》いていた。

「心配したってしょうがないぜ」スノーが声を張りあげた。「小さい揺れなら心配ないし、でかいやつならみんないっぺんに御陀仏《おだぶつ》さ」

アイザイアが体を傾けて唾を吐いた。

凍《い》てついたサボテンやヤマヨモギが点々と散らばる荒野を、一行は西を指して進んだ。分厚い雲の上で太陽が真南にかかるころ、ふたつの死体に行きあたった。それはひと月ほどまえにこの場所をとおったときにも見かけた伝道師たちの変わり果てていない姿だった。あのときはスノーが死人のニットキャップと十字架の首飾りを盗《と》り、アイザイアは帽子をいただいた。靴と拳銃と食糧はもうだれかに盗られたあとだった。メキシコ帰りのようで、ひっくりかえった荷馬車にはスペイン語の落書きがひしめいていた。なかには落書きをした者のサインや、日付や場所が書き添えられているものもあった。ハリスコ州四月二日、チワワ州七月二十一日、ドゥランゴ州十二月八日。

ぶつ切りにされて食われでもしないかぎり、野ざらしの死体は死んだときのまま、この世の終わりまで——もしくは、はじまりまで——凍りついているのだ。喉を切り裂かれた伝道師たちを、ロミオは馬上から眺めやった。盗賊にでも襲われたのだろう。首の傷が生々しい。手綱を絞って馬を止めると、後続の四十頭もそれに倣《なら》った。

ロミオが馬を降りると、スノーとアイザイアはあたりの岩場に目を走らせ、なにも危険が潜んでいないことをたしかめた。

ロミオは死人のそばに片膝《ひざ》をつき、その傷口をじっとにらみつけた。赤黒い糸ミミズのような蟲《むし》が涌《わ》いている。そのせいか、屍肉《しにく》にはまだ湿り気が残っていた。指先で顔をつついてみる。弾力こそなかったが、ほのかなぬくもりが感じられた。ローマンカラーの黒い法衣《ほうえ》に触れてみると、薄氷の割れるような音がした。

「スノー、ちょっと来てみろ！」

近づいてくる蹄《ひづめ》の音を背中で聞きながら、ロミオは法衣をボウイナイフで切り開き、なかに着ている衣類も切り裂いて死人の白い胸をあらわにした。

「おまえがこの男からその首にかけてる十字架を盗ったとき、なにか気がつかなかったか?」

「なんだこりゃ?」スノーも死人のかたわらにしゃがみこんで首の傷に目を凝らした。

「気持ち悪いな」

「見てろ」

言うなり、ロミオは死人の胸にナイフの刃先を沈めた。凍っているはずの筋肉は、しかし、素直にナイフを受け入れた。素直すぎるほどだった。まるで落とし穴を踏みぬいたかのような手応《てごた》え。ナイフをぬき取ると、傷口がざわめき、赤黒い蟲をどろりと吐き出した。

「げっ」スノーの顔がゆがんだ。「気色悪《わり》いな」

からまりあい、もつれあって地面に落ちる蟲をふたりは見つめた。つぎつぎに土のなかにもぐりこんでいく。頭を凍土に突き立て、節のある体をよじらせながら。まるで自分たちのやっていることをすっかり心得ているような感じだった。

ロミオは死体のまわりだけ地面の色がちがうことに気づいた。まわりの凍土よりも黒い。ひと目見ただけで、そこだけ土が軟らかくなっていることがわかる。そこでナイフを地面に刺しこみ、土をすくい上げてみた。案の定、ナイフにも、そして地面の穴のなかにも蟲がのたくっていた。

「こんなの見たことあるか？」

出し抜けに銃声が轟いたのは、スノーが首をふってなにかを言いかけたときだった。ロミオが拳銃をぬいて立ち上がると、馬上のアイザイアが馬たちにむかってショットガンを乱射していた。一瞬、なにが起こっているのかわからなかった。視界の端でスノーが灰色の塊に飛びかかられて倒れる。首筋目がけて襲いかかってくる牙《きば》に、スノーは自分の腕を咬《か》ませた。同時に拳銃をぬき、毛むくじゃらの腹に銃口を押しあてて引金を引く。

大きな灰色狼が吹き飛んだ。

「くそったれ！」スノーはすぐさま座射の姿勢をとり、馬たちのあいだを走りまわる狼に狙いをつけた。「これじゃ馬にあたっちまう！」

混乱し、おびえた馬たちがいっせいに走りだす。四十頭の蹄が赤土を蹴り上げ、荒野を鳴動させた。アイザイアの馬が後肢《あとあし》で立ち上がる。騎手をふり落とし、アイザイアの足を鐙《あぶみ》にひっかけたまま、ほかの馬たちに巻きこまれて疾駆した。アイザイアの体はまるで水面を滑る疑似餌《ぎじえ》のように引きずられ、跳ね、砂塵《さじん》にまみれた。

「アイザイア!」

スノーが叫び、ロミオは照星《フロントサイト》をアイザイアの馬の眉間《みけん》にあわせて二発撃った。馬がどっと倒れた。身を横に投げると、大地を揺るがせながら突進してくる馬たちが、すれすれのところを走りぬけていった。そのうしろを数頭の狼が追撃している。スノーが連射したが、狼にはあたらず、かわりに馬が二頭ほどつんのめって倒れた。

「くそったれ!」自分の馬の下敷きになったアイザイアが叫ぶ。「この先にゃ断層があるぞ!」

ロミオは自分の馬を探したが、どこにもいない。遅れて走ってくる一頭に飛び乗ろうと身構えたが、そのクオーターホースはすでに背中に人を乗せていた。

クロウが拍車を入れると、駒《こま》がぐんっと加速した。

「クロウ!」ロミオが怒鳴った。「方向転換させろ!」

ヤア! ヤア! クロウは馬に荒っぽく拍車をかけた。見る見る暴走する馬たちに追いつき、並走し、追いぬいてゆく。断層までもう距離がない。もうもうと立ちこめる砂塵のなかで、拳銃を空にむけてぶっぱなす。が、馬たちは止まらない。先頭の馬とならんで走りながら、クロウは頭上で投げ縄をふりまわした。チャンスは一度こっきり。先頭馬の首に縄をかけて、無理にでも鼻面のむきを変えさせる。狙いをつけて投げた。

「この下手くそ！」スノーがロミオの横を走りぬけた。「くそったれのザリガニ《クロウフィッシュ》め！」

断層はすぐそこまで迫ってきている。ロミオはなす術《すべ》もなく立ち尽くした。このスピードならたとえ先頭が足を止めたとしても、後続に追突されて落っこちてしまう。腹をすかせた狼たちはすでに倒れた馬に喰らいついていた。

迷わず投げ縄を捨てたクロウは、自分の馬を制止するどころか、逆に拍車をかけて先頭馬のまえに出る。で、体をひねり、先頭のムスタングの頭に銃弾を数発撃ちこんだ。先頭がどどっと倒れると、後続の足並みが乱れた。クロウはすかさず奇襲のときのインディアンみたいな甲高い雄叫《おたけ》びをあげ、迷走する奔馬の群に横合いから圧力をかける。空にむけて銃を撃つと、群がクロウから逃れるようにして左に流れた。リリリリリ！　舌を鳴らし、帽子をふりまわす。ホウホウホウホウ！　リリリリリリ！

おびえた馬たちは、どうにかこの得体の知れないものから遠ざかろうとする。ヤア！ヤア！　馬の腹に拍車をあてて群の先頭に溶けこむと、クロウは馬たちを率いてぐるぐると大きな円を描いた。ヤア！　ヤア！　ヤア！

「やったぜ、ザリガニ野郎！」スノーが空にむけて祝砲をぶっぱなした。「ホー、ホー！ おれははじめっからわかってたんだ、このくそったれ！」

もう大丈夫だ。ロミオはきびすをかえし、アイザイアのほうへ駆けていった。あとは馬どもが疲れて足を止めてくれるのを待てばいい。

アイザイアは死んだ馬の下敷きになっていたが、ロミオに引きずり出されると開口一番、「くそ、肩の傷がなけりゃ落馬なんかするもんか」

変な方向に折れ曲がったアイザイアの右足を見たロミオは、それを見たまま伝えた。

「くそったれ！」アイザイアが拳《こぶし》で土を打った。「あの狼どもめ、一匹残らず撃ち殺してやる！」

頭のいい狼たちは、すでに死んだ馬から離れて岩盤の上でくつろいでいた。体の大きなやつが三頭ほど見える。胸の毛に馬の血をべっとりつけたやつが、哀愁たっぷりに遠吠えをしてみせた。人間がいなくなってからゆっくりご馳走《ちそう》にありつくつもりなのだ。スノーが二、三発発砲したが、狼たちは逃げるそぶりすら見せなかった。

「今日はあいつらの勝ちだ」ロミオはアイザイアに手を貸して半身を起こさせた。

「今夜は一族郎党があつまってパーティさ」

ふたりは土煙のなかで円を描いて走る馬たちに目をむけた。先頭のクロウは腰を浮かせ、まえのめりの姿勢で群をひっぱっている。しばらくそうやって走ったあとで鞍にすわりなおすと、馬たちのスピードがすこしずつ落ちていった。スノーが自分の馬を駆ってクロウと並走する。ふたりはなにかを怒鳴りあい、手を打ちつけあった。まるで落ち葉のようにクロウが群から離れ、ゆる駆けでこちらに走ってくる。

「ロミオ」手綱を引いて馬を止めた。「あんたの馬は無事だよ」

「どこであんなやり方を覚えたんだ？」

「故郷《くに》で元牛追い《ドローヴァー》だった連邦保安官が教えてくれたんだ」

「カンザスシティだったな？」

「ああ」

「じゃあ、その元牛追いの保安官ってのはバード・ケイジか？」

「知ってるのか？」

「おれは知らない」ロミオは言った。「でも、おれの兄貴がよく知ってる。図体《ずうたい》がでかいくせに、影みたいにどこまでも追いかけてくる厄介な男だと聞いてる」

クロウがうなずく。

「だが、さっきのあれは暴走した牛への対処法だぞ」

「馬にも対処できてよかったよ」

「マンデーは？」

「大丈夫、ちゃんと岩場の陰で待ってるよ。それよりアイザイアは大丈夫か？」

「足が折れちまった」アイザイアが首をふった。「たのむ、ロミオ、命だけは……殺さないでくれ」

ロミオはアイザイアをにらみつけ、ガンベルトから拳銃をぬいた。「わかってるだろ、アイザイア。動けなくなった者は殺す。これは荒野での情けなんだぞ。それとも、狼どもに生きたまま食われたいのか？」

クロウの目がふたりのあいだで揺れた。

「でも、でも……おれはまだ死にたくねえ」

「見苦しいぞ、アイザイア」撃鉄を起こし、銃口を怪我《けが》人にむける。「さあ、最後に言い残すことはないか？」

「やめろ！」クロウが拳銃をぬき、ロミオの顔にむけた。「もうすぐ町だ。こんなことは必要じゃない」

「今日は町へ行けない」ロミオはアイザイアに拳銃をむけたまま、馬上のクロウを睨《ね》め上げた。「馬たちを休ませなきゃならない」

「銃を下ろせ、ロミオ。こんなことは間違っている」

「なにが正しくてなにが間違っているかを、おまえに教えてもらおうとは思わない」

「銃を下ろすんだ！」

クロウは銃口を持ち上げ、真っ向からロミオの目をのぞきこんだ。

ふたりの視線がぶつかる。

均衡を破ったのはアイザイアの笑い声だった。赤土の上にひっくりかえり、腹を抱えて笑った。ロミオも吹き出しながら撃鉄を戻し、拳銃をホルスターに収める。

クロウが浮き足立つと、乗っている馬が不安げに首をふりたてた。

「『銃を下ろせ、ロミオ』」アイザイアがあたりまえにロミオの手を摑んで立ち上がる。「『こんなことは間違っている』」

「死んだ馬を解体《ばら》して持てるだけ肉を持っていこう」ロミオは片足で立つアイザイアに肩を貸してやった。「さあ、きびきびやらないと凍っちまうぞ」

ふたりは肩を組んでおおいに笑った。

「くそ」クロウは唾を吐き、マンデーのいるほうへ馬の鼻面をむけた。「いいさ、いつまでも笑ってなよ」

で、ロミオとアイザイアはそのとおりにした。

終点のアルバカーキには午前七時に到着した。定刻の十二時間遅れだった。またしても給水作業が上手くいかなかったのだが、今回はちょっとした列車強盗のおまけつきだった。

5

覆面をした五人組が線路に立ちふさがって列車を止めようとしたのだが、機関士は警笛を二度ほど短く鳴らしただけで全員を轢《ひ》き殺してしまった。おや、列車がなにかを轢いたようですな。そう言って、バードのむかいにすわっていた紳士が窓の外に首を差し出した。やあ、どうやら列車強盗のようですよ。

列車が荒野の真ん中で止まり、機関士と火夫が強盗たちの馬を捕まえに飛び出していくと、ほかの乗客も窓の外を見て笑ったり、レイン兄弟のことをすこし噂《うわさ》しあったり、あくびをしたり、サンドイッチを頬張ったり、酒を飲んだりして時間をつぶした。奴《やっこ》さんたち、鉄道側が油断しているとでも思ったんでしょうな。バードはまえの席の紳士に話しかけた。レイン一味にやられたばかりだから、ほら、一日に二度も鳥に糞をひっかけられるとはだれも思わんでしょうが。

その紳士が笑ったので、気をよくしたバードはむかし遭遇した列車強盗の話を披露してやった。

ずいぶんむかし、サザン・パシフィック鉄道に乗っていたときのことですよ。サンアントニオとエルパソのあいだのどこかで我々の乗っていた列車が止められました。わたしは公用の旅だったので、保安官補のトム・ウォーカーといっしょだったんです。なんの用だったかは忘れましたが、まあ、安い賞金首でも追いかけていたんでしょうな。もう憶えてません。とにかくバンダナで覆面をした強盗が四、五人乗りこんできて「金と命、どっちかを選べ」と、まあ、いつもの調子でやりだしたわけです。しかし乗客たちは、ひと目見て強盗たちが素人《しろうと》だとわかりました。拳銃は持っている。ひとりはダイナマイトも持っていた。ショットガンもある。でも、なんと言うか……やつらのまとっている空気が牧歌的なんですな。飼い葉や馬糞のにおいもする。だから、列車のなかにはさほどの緊張感はありませんでした。トムがわたしの耳元でささやきましたよ。「ねえ、ケイジ保安官、あいつらそのへんのガキですぜ」だから、わたしは席を立って強盗たちに言いました。「おい、自分たちが本気だとわからせたいなら、四の五の言うまえにまずひとりふたり殺すんだ」すると、強盗団がそわそわと顔を見あわせるじゃありませんか。わたしは言いました。「さあ、こんなことはやめるんだ。連邦捜査制度ができたのは知ってるだろう?」そうそう、連邦捜査制度ができてまだ何年も経《た》ってなかったんです。ご存知のように、それまでの保安官ってのは、言ってみりゃ町に雇われた用心棒にすぎませんでした。旧世界のさらに旧世界の、あのならず者のワイアット・アープみたいな。ビッグF《連邦捜査制度》ができてから我々のバッジも、ほら、このシルバー・スターが支給されたんですよ。おっと、すみません、話が脱線してしまって……とにかく、わたしは強盗団に言ってやったんです。「ビッグFは拳銃の携行禁止を謳《うた》っているが、ここは東部じゃない。この車両にいるだれがそんなものを守っていると思う?」すると、乗りあわせた全員が大笑いしました。いいぞ、連邦保安官《マーシャル》! ヒーハー! 南部には南部のやり方があるんだ、てなもんですよ。強盗団はますます恐縮するばかりです。「さあ、自分の町へ帰るんだ」わたしはやつらに言いました。「十字架のまえにひざまずく売女《ばいた》くらい真剣に祈れば、神様だってそううるさいことはおっしゃらんから」いやあ、あれはわたしの長い連邦保安官生活のなかでも、血を一滴も流さずに解決した数少ない事件のひとつですよ。

家畜車両から愛馬を降ろすと、バード・ケイジはご機嫌取りに塩をひとすくいあたえた。リトルドットは怒ったように鼻をブルブルいわせ、バードの手まで食いつきそうな勢いで塩を貪《むさぼ》った。それから、コーラのケッティにも塩をやった。

腕組みをしたコーラは、先ほどから納得がいかないという面持ちでこちらをにらみつけている。

「やめろよ、なにも言うな」

「あたしがなにか言った？」

「フロッギー・ニプルズだって精一杯やったんだ。だいたい、見ず知らずの人間に馬をぽんっと貸してくれるわけがないだろ？」

「だからってこんな年寄りの騾馬《らば》！」

「こいつは騾馬じゃない。ケッティと言うんだ」

「おなじよ！」

「ぜんぜんちがう」バードはケッティの首を撫でた。「騾馬ってのは父親が驢馬《ろば》で母親が馬、ケッティはその逆だ」

「ぜんぜん言うことを聞きやしないんだから」

「馬ってのはみんなメソジストだからな」

「いざってときになんの役にも立たないわ」

「このケッティはアマリロ連邦保安官事務所の財産なんだぞ。もしこいつに万一のことがあったら、責任を問われるのはこのおれなんだ。おれがフロッギー・ニプルズからこいつを借り受けたことになってるからな。それに、いざってときなんかない。何度言ったらわかってくれるんだ？　保安官でもなんでもないきみに、いったいどんないざってときがあると思ってるんだ？」

「大きな声を出さないで」

「きみがそうさせてるんだ！」

「あたしがホテルでおとなしく待ってるような女だと思わないで」

「この際、はっきり言っておくぞ」

「どうぞ」

バードはコーラに詰め寄ったが、相手は一歩も退《ひ》かない。腕組みをし、あんたなんかにあたしをどうこうできるもんですか、という強硬な姿勢を崩さない。

「なに？」顎を持ち上げ、冷たい目でこちらを見下す。「言いたいことがあるなら男らしく言いなさいよ」

「きみは、きみは……」

列車がアマリロを出てからアルバカーキに着くまでのあいだじゅう、ずっとこんな調子だった。コーラはレイン兄弟を成敗する方法を百万とおりもシミュレートし

（「廃ビルで待ち伏せて狙撃《そげき》するのはどうかしら？」、「ああいう人たちってきっと行く先々で女を買うはずでしょ、見つけるのは難しくないと思うわ」、「なに言ってるの、バード？　四十頭も馬を連れてるんだから、いまに追いつけるはずよ」、「もしあたしがレイン兄弟を殺したとしても懸賞金は全部あなたのものでいいわよ、あたしのお爺《じい》ちゃん」、「そうそう、あたしのウィンチェスターは馬に乗りながら使うのは不便だから、どこかでカービン銃を手に入れてもらえるかしら？」）、バードは賞金首をかたづけるまえにまずこの女をかたづけてしまいたい衝動に何度も駆られた。

「きみはケッティより頑固だ！」

その名無しの老いぼれケッティはといえば、リトルドットと鼻面《はなづら》をくっつけあっておたがいのにおいを嗅《か》ぎあっている。リトルドットが嬉々《きき》として前肢を蹴《け》り上げると、ケッティが陽気なグリーザー《メキシコ人》みたいに唇をめくってハヒハヒ笑った。

「困らせるつもりはないの」と、今度はしおらしく攻めてくる。「でも、あなたになにかあったら、あたしは神様との約束を破ることになっちゃう」

「またそれか？　いったいどんな約束なんだ？」

「好きな人を最後まで守ってあげるという約束よ」

「ハッ！　きみなんかに守られるようじゃ、このおれもおしまいだぜ！」腹立ちまぎれに煙草《たばこ》を巻こうとしたが、風が吹きつけて煙草葉を散らしてしまった。「ああ、くそ！」

コーラはバードの手から煙草の入ったモスリン袋を取り上げ、さっさと一本巻いて差し出す。

「あたしを追っ払うのは簡単よ。あたしのことが嫌いになったたって言って。そうすれば、あなたのまえから永遠に消えてあげる」

バードは女を見つめ、風に吹かれ、舌打ちをし、煙草を受け取って火をつけた。

「ありがと」コーラがにっこり微笑《わら》った。「ということで、アルバカーキでの最初のお仕事はなあに？」

「ファット・ウォンの店に行く」

「オーケー、ボス」二本指で敬礼を投げる。「で、そのファット・ウォンってのは？」

「おれの情報屋さ」バードは煙草を吸い、煙を吹き流した。「このへんのことならたいていやつの耳をとおる」

駅のある町は活気があるものと相場が決まっているが、それが終着駅ともなると、よりいっそうにぎわう。アルバカーキもご多分に漏れない。駅前には粗末ながらも市が立ち、馬車や馬や人、そして自動車の往来のせいで地面の雪が溶け、ぬかるんだ轍《わだち》が幾筋も目抜き通りを走っていた。肉屋、鍛冶屋《かじや》、修理屋、皮なめし、銃砲店――バードがこの町でいちばんにやったことは、ちっとも動こうとしないケッティを牽いて馬具屋へ行くことだった。馬具屋は駅のすぐそばにあったが、ケッティをなだめすかしてたどり着くころにはすっかり陽が高くなっていた。

ケッティの手綱を装蹄師《そうてい》に託してしまうと、バードはリトルドットを牽き、コーラを引き連れて道端のタコス屋台に入った。

「ちくしょう、とんだ時間を食っちまった」

「これ、なんの肉？」

コーラの剣幕とバードの銀バッジに、屋台の主人は目を白黒させた。

「ねえ、なんの肉？」

「ドス《ふたつ》」バードは断固として注文した。「なんの肉だろうが挽き肉にされちまったらもう食ってやるしかない」

メキシコ人の主人が安心したようにうなずき、人工スパイスを効かせた肉とホウレン草、そして葱《ねぎ》をたっぷりトルティージャに包んで出してくれた。

「グラシアス《ありがとう》」バードが帽子のつばに触れると、屋台の主人も人なつっこい笑顔で応えた。グラシアス・セニョール。「おれがガキのころのタコスには野菜なんか入ってなかったな。メキシコのほうは火山活動が活発なんだ。この何年かで地表温度が十度を超えた州もざらにある。知ってるかい、旧世界のタコスにはもっといろんな野菜が入ってたんだぜ」

「メキシコには人肉を壺《つぼ》で発酵させた食べ物があるそうよ。タコスに入れるのはそういう肉だって聞いたことがあるわ」

「ああ、もう！」

　ふたりは道端にしゃがんで遅い朝食をとった。

「でも、なんで蹄を削らなくちゃいけないの？」

「きみは馬に乗れるんじゃなかったのか？」

「乗れるわ」

「そんなことも知らないで、よくそんな口がたたけたもんだ」バードは目をぐるりとさせ、「あのケッティは蹄がのびすぎている。だから、歩くのが億劫《おっくう》なんだ」

「アマリロではちゃんと歩いてたわよ」

「ご主人様がいたからな」

「それってフロッギー・ニプルズのこと？」

バードは返事をせず、ふたりは往来をぼんやり眺めながら黙々とタコスを食べた。乗り合いバスが車体をガタピシいわせてとおり過ぎる。バードはその行く手を見渡した。ロッキー山脈の麓《ふもと》にあるアルバカーキは四方を山に囲まれている。屋根に荷物をどっさり積んだバスは時折エンジンを破裂させながら、北の山々へとむかってのんびり走っていった。道路の脇《わき》には錆びてねじ曲がった鉄塔が点々と落ちている。

「いつミスター・モヒカンを迎えに行くの？」

「ミスター・モヒカン？」

「あのケッティの名前よ。さっきつけたの。だって頭にモヒカンのような毛があるでしょ？」

「蹄を削ったら新しく蹄鉄をつくらにゃならんからな。まあ、丸一日、二日くらいはかかるだろうな」

「じゃあ、それからファット・ウォンの店に行くのね？」

バードはタコスを口に押しこみ、咀嚼《そしゃく》しながら水溜《みずたま》りに映る灰色の雲をにらみつけ、仏頂面でしばらく思案した。

「なあ、コーラ、ちょっと考えたんだが……」

「だめよ」ぴしゃりと撥《は》ねつけられた。「おことわりだわ」

「まだなにも言ってないだろ？」

「どうせあたしにここでミスター・モヒカンを待っててくれって言うつもりでしょ？　いやよ」

「おれがひとりで行ったほうが早い」

「あたしも行く」

「足がないのにどうやって行くんだ？　言っとくが、リトルドットはおれ以外の人間を乗せないぞ」

「とにかく行く」

「馬に乗って行けば半日の距離だ」バードは苛立《いらだ》ちを嚙《か》み殺したが、声のふるえにまでは手がまわらなかった。「いまから行けば、明日のいまごろには戻ってこれる」

「絶対におことわりよ。それにバスだって出てるかもしれないじゃない」

「バス！」思わず声を荒らげてしまった。「さあ、いい娘《こ》だから聞き分けてくれ。こんなところで二日も足止めを食うわけにはいかないんだ。遊んでるわけじゃないんだぞ」

にらみあいは、コーラがぷいっと立ち上がり、道路に飛び出していくまでつづいた。

「おい、どこへ行くんだ？　おい！」

コーラは一目散にむかいの酒場に駆けこんでいく。〈J's Saloon〉。二階が宿屋か、さもなければ娼館《しょうかん》になっている類《たぐい》の酒場だ。

「バスの時間なんか訊《き》いたって無駄だぞ！」バードは彼女の背中にわめいた。「おれにはドットがいるんだ、なんでわざわざバスなんかに乗らにゃならん⁉」

コーラはたしかにいい女だが、いい女も女であることにはちがいないから、どうしてもこうなってしまうのだ。悪態をつきながら、バードはそんなふうに考えた。きっと女たちは知っているのだ。勇気を出して本当の自分をさらけ出せば、男にぶん殴られるか、男に愛されるか、ふたつにひとつだということを。

「だけど、このビッグ・バッド・バード様をなめてもらっちゃ困るぜ」バードは馬に話しかけた。「賭《か》けてもいいが、あとで泣きついてくるのはコーラのほうさ。いまも物陰からこっちをうかがっているのはちゃんとわかってるんだ」

リトルドットは無表情に一方の耳をまえに、もう一方の耳をうしろに倒した。

「……………」

馬の耳は前後に動く。うしろをむいた耳は怒りや恐れを、前に倒したときはまわりで起こっていることに関心を示している証拠。で、左右の耳をばらばらに倒すときは

「おれの言うことを疑ってるのかい、ドット？　見てなよ、おれがおまえに跨《また》がったら、コーラのやつ、血相変えて飛び出してくるから」

くるりと酒場に背をむけると、バードは鐙に足をかけ、その巨体を馬上へ引き上げた。とたん、コーラが酒場から駆け出してきて、脇目もふらずに突進してくる。

「な？」バードはにやりと笑い、リトルドットに片目をつぶってみせた。「あの女はおれにぞっこんまいってんだ」

「バード！　バード！」帽子を飛ばし、水溜りを蹴散らして走ってくる。「待って！　行かないで！」

「おれに追いかけてもらえるなんて思ったら大間違いだぞ」バードは力ずくで口をへの字に曲げ、「憶えとけ、おれは女を追いかけたりしない。きみだけじゃない、どんな女でもだ！　もしこれからもおれといっしょにいたいなら、つべこべ言わずに……」

「馬が！」コーラに抱きつかれると、リトルドットの耳がべたっとうしろに倒れた。

「馬がいたわ！」

「馬？　なんの馬だ？」

「列車のなかで教えてくれたじゃない!?　焼印のある馬よ！」コーラは大きく見開い

た目でバードを見上げ、酒場のほうを指さした。「Dの焼印！　あれ、デュカキス畜産の焼印だと思う！」

短い階段をのぼり、ポーチを横切り、自在扉を押し開けると、〈ジェイズ・サルーン〉の床に光の長方形ができ、そのなかに自分の影がのびた。

暗い。窓から射《さ》しこむ陽光がおが屑《くず》をまいた厚板の床に白く落ちているだけで、猫の子一匹いない。テーブルのいくつかは昨夜の乱痴気騒ぎの名残りをとどめていた。倒れた椅子《いす》、ひっくりかえった痰壺《たんつぼ》。左手にアップライトのピアノが一台、その天板にも空のグラスや灰皿があふれかえっている。バーカウンターの粗末な酒棚にはバーボンの瓶が不景気そうにならんでいて、そのすぐ脇が二階へと上がる螺旋《らせん》階段になっていた。

よし。バードは外套《がいとう》の上から腰のものに触れ、床を軋《きし》ませて店のなかへと踏みこんだ。なにからなにまでコーラの言ったとおりだ。

バーカウンターへ着くと、奥の厨房《ちゅうぼう》で人の動く気配がした。朽木を縦に割っただけのカウンターに片肘《かたひじ》をつく。はたして右手の小窓から、表につながれている馬たちが垣間見《かいまみ》えた。その五頭のムスタングにローランド・デュカキスの焼印がもれなく押しであることは、すでに確認ずみだった。

厨房からくわえ煙草の男が出てくると、バードは外套の裾《すそ》を払って拳銃《けんじゅう》をぬき、問答無用でそいつの顔に突きつけた。

「表につないである馬のことだが、持ち主は階上《うえ》に泊まってんのかい?」

が、男は答えない。半眼をこちらに据え、ゆっくりと一服した。イタリア人みたいに黒髪をうしろになでつけた、パッとしない風采《ふうさい》の野郎だった。

「カンザスシティの連邦保安官、バード・ケイジってもんだ」撃鉄をカチリと起こし、

「レイン一味が階上にいるんだな?」

やはり返事はない。

「おまえさん、自分がタフな悪党のつもりでいるんだろ? その気持ちはわからんでもない。なんたってあのレイン一味をかくまってて、いまも連邦保安官に反抗的な態度をとってるんだからな。だが、おまえはどう見てもただの三下だ。長年悪党を見てきたおれが言うんだ、おまえにできることなんざ、せいぜいだれかを背中から撃つことくらいさ。だから、いいか」バードは空いているほうの手で相手の胸倉をぐっと摑《つか》み上げ、銃口を頰にねじこんでやった。「訊かれたことに素直に答えやがれ、このチビの、かっこつけの、目つきの悪いろくでなしの、馬の糞《くそ》のなかのトウモロコシ粒

め！　保安官だからまさか殺しゃしないだろうなんて高をくってるんなら、このモグラ野郎、あの世で後悔することになるぞ！　さあ、言え！」

男の額に青筋が立つ。が、侮辱されて激怒しているのかと思いきや、その口から煙草が落ち、次いで涙をぽろぽろこぼした。自分の耳を指さし、首をぶるぶるふる。

「……」

男は自分の耳を指し、首をふり、空嘔《からえずき》のような声でなにかしゃべった。なにを言っているのかはわからなかったが、なにが言いたいのかはわかった。

「耳が聞こえないのか？」

男がうなずいた。

「くそ」バードは男を放し、口を大きく動かしてゆっくりしゃべった。「悪かったな」

男は涙をぬぐい、窓の外の馬を指さし、それから二階を指してなにか言った。

「レイン兄弟がいるんだな？　レ──イン──きょう──だい」

男は拳骨《げんこつ》を掌《てのひら》で押し出すようにして何度かたたき、それから拝むように両手をあわせて頬にくっつける。

「昨日の夜は乱痴気騒ぎをやって、いまは寝てるんだな？　よる──おんな──いま──ねんね」

男が大きくうなずく。

「おまえ、名前は？　な――ま――え」三度目でやっと聞き取れた。「よし、ジェイソン、棚にあるそのヘヴン・ヒルを一杯くれ」

ジェイソンはそうした。

「表の馬の持ち主はどんなやつなんだい？」

酒を注ぐジェイソンが、中国人《チンク》と答えた。

「階上には何人泊まってる？」

指を四本立てる。

「四人だな？　で、その中国人の部屋は？」

あの空嘔のようなたどたどしいしゃべり方で「左側《レフトサイド》」、「奥《ボトム》」とかえってきた。

「おまえはいいやつだ、さっきはひどいことを言ってごめんよ」バードはショットグラスのバーボンを一気に空け、「さあ、ジェイソン、おまえは外に出てるんだ。おれが出ていくまで、戻ってくるんじゃないぞ。もしおれが店のものを壊したら、カンザスシティの連邦保安官事務所に請求書をまわしてくれ」

兎《うさぎ》のように店から駆け出ていくジェイソンを見送ると、バードは自分でもう一杯酒を注いで飲み干した。それから拳銃を握りしめ、静かに螺旋階段をのぼった。

二階は廊下に沿って客室がならんでいた。右と左に三部屋ずつ。右側手前の部屋はドアがすこし開いている。のぞいてみると、黒人の男が高鼾《たかいびき》をかいていた。嘔吐物《おうとぶつ》と松脂《まつやに》、テレビン油のにおいがする。バードは拳銃を握りなおし、抜き足差し足で廊下を進んだ。左側の真ん中のドアがバンッと開き、反射的に銃口をむける。化粧の崩れた女が目を丸くした。排泄物《はいせつぶつ》の入った白鑞《しろめ》のおまるを持っている。バードは人差し指を口にあて、拳銃をふって女を部屋に戻らせた。

ガイ・レインの一味に中国人がいるという話はとんと聞いたことがない。一歩一歩慎重に足を運びながら、バードは思案した。が、いずれにせよその炒麵《チャーメン》野郎がローランド・デュカキスの馬を持っていることに変わりはない。だとしたら、泳がせてガイの弟たちのところに連れていってもらうか、ぶん殴って仲間の居所を吐かせるか、ふたつにひとつだ。たとえこいつが馬を買っただけだと言い逃れをしても、譲渡証明のない馬を買ったら最低でも十年は食らいこむ。そこのところの因果をきっちり言い含めて痛めつけてやればいい。もしケッティみたいに強情を張るなら——背後で足音がしたかと思うと、ふりむく間もなく銃声が轟《とどろ》いた。帽子が跳ね飛び、右の耳が爆発した。バランスを崩しながらも、バードは体をひねって二発応射した。廊下の壁にぶつかり、跳ねかえされる。その勢いを借りて左奥の部屋に渾身《こんしん》の体当りをくれ、ドアをぶち破った。どっと部屋のなかへ倒れこむのと、ドア枠に弾丸がめりこむのと、ほとんど同時だった。

「な、なんだ⁉」小柄な中国人の男がベッドからころげ落ち、テントウムシのように床の上を這《は》いまわった。「いったい、なんなんだ⁉」

「アイザイア！」廊下で怒鳴り声がした。「さっさと起きやがれ！」

「動くな！」バードは中国人にむけて一発ぶっぱなした。弾は相手の黄色い顔すれすれの床を打ち砕いた。「表の馬はおまえのか⁉」

「あわわわ、あわわわ……」

中国人はあたふたとベッドの下へもぐりこんでしまった。

床をたたいて立ち上がり、蝶番《ちょうつがい》の吹き飛んだドアの陰に背をつけ、荒い息をふたつばかり吐く。撃ちぬかれた耳から血が滴《したた》った。それから廊下に半身を突き出して連射した。そのうちの一発が、さっきまで寝ていた黒人の脇腹を撃ちぬいた。

「くそったれ！」黒人が倒れたそのむこうで、ジェイソンが狂ったように撃ちかえしてくる。「アイザイア！　大丈夫か、アイザイア！」

さっと身を引き、回転弾倉《シリンダー》をふり出して薬莢《やっきょう》を捨てる。肩で耳の血をぬぐいながら、ガンベルトからぬきとった弾丸をピースメーカーにこめた。

「くそっ！」手がふるえて弾を取り落とす。「なんてこった！」が、捨てる神あれば拾う神ありだ。床に這いつくばって伏射の姿勢をとっている中国人の顔面を蹴り上げてやると、その手に持っていたセミオートマチックが壁際《かべぎわ》まで滑っていった。逃げるコルト・ガバメントに飛びつき、マガジン・キャッチをたたいて箱型弾倉をぬく。弾薬が装填《そうてん》されていることをたしかめ、ふたたび握把《グリップ》にたたきこんだ。

「た、たすけて！」中国人が床に丸まって懇願した。「殺さないで！　殺さないで！　殺さないで！」

　ふりむきざま、ドアにむかって連射する。一瞬だけ姿を見せたジェイソンが悪態をつきながら退く。つづいて聞こえてきたのは、廊下を走り去る足音だった。

　バードは耳から血をほとばしらせながら部屋を飛び出し、階段を駆け降りようとしているジェイソンにむけて連射した。弾は敵の残像に命中し、壁に穴を穿《うが》った。くそったれ、コルト・ガバメントってのは何発撃てるんだっけ⁉

　黒人はまだ廊下に倒れている。背中から入った弾丸が肝臓に穴を開けてしまったのは一目瞭然《りょうぜん》だった。銃創からタールのような真っ黒い血が盛り上がり、どんどん流れ落ちる。おまけに足を折っているようだ。松葉《まつば》杖《づえ》も落ちている。もうたすかるまい。

そう判断したバードは黒人を跨ぎ越し、ジェイソンを追撃した。

一階に飛び降りたところに、また弾が雨あられと飛んできた。酒棚のボトルが何本か爆発した。応射したが、三発撃ったところで遊底《スライド》が後退したまま戻らなくなった。弾切れだ。が、相手も似たり寄ったりだった。くるりときびすをかえすと、ジェイソンは店の外に飛び出していった。

「殺すな！」息を切らせたバードは、自在扉を両手で突き開けて往来に怒鳴った。「殺すな、コーラ！　訊きたいことがある！　殺すんじゃない！」

その声を一発の落ち着いた銃声がかき消した。

ジェイソンの体が宙に浮き、ぬかるんだ道に倒れ伏した。反対方向に目を走らせると、酒場のポーチにつながれているリトルドットがいた。コーラがライフルから顔を離し、仕留めた獲物を遠目にうかがっている。うなずきかけると、彼女もうなずきかえし、ライフルを構えなおした。

「やっぱりおれの言ったとおりだったな、え？　おまえは人を背中からしか撃てない卑怯者《ひきょうもの》だぜ、ジェイソン」

バードは泥水のなかでもがいているジェイソンのほうへゆっくりと歩いていった。

ピースメーカーⅨに弾をこめなおす。右耳に触れると、上半分がなくなっていた。

回転弾倉《シリンダー》を本体《フレーム》に収め、地面に唾《つば》を吐く。近づいてくる拍車の音に、大嘘《おおうそ》つきの、くそったれの、糸ミミズ野郎のジェイソンが仰向けになって銃口をむけてきた。バードはためらわずに発砲して相手の利《き》き腕を撃ちぬいてやった。苦痛の悲鳴が真昼の目抜き通りに響き渡った。

「あの中国人がレイン一味じゃないのはわかる」バードはジェイソンの横腹をふたつばかり蹴飛ばし、ブーツの底で顔を踏みつけてやった。「てこたあ、あの黒人がそうなのか?」

「くたばりやがれ!」

「やれやれ」今度は相手の膝《ひざ》を撃ち砕いてやった。「おれがどれほど残酷になれるか試してるのか?」

ジェイソンが罵詈《ばり》雑言《ぞうごん》を吐き散らしながらのたうちまわった。

「アイシャだかアイザイアって呼んでたな? なんにせよ、あいつはもうたすからん。わかるか? おまえがいくら俠気《おとこぎ》を見せたところで、もうだれも感謝しちゃくれないぞ。おまえが教えてくれなくても、地元の連邦保安官事務所で調べれば、あいつの身元なんかすぐに割れる。だけど、おれはそんなことはしたくない。せっかくの賞金首をみすみす政府に渡したくないんだ」

膝を抱えて泥のなかでころげまわるジェイソン。

「おれがこれからどうするか教えてやろう。おれはあいつの首を斬《き》り取ってカンザスシティに送るんだ」拳銃をホルスターに戻し、ブーツのなかからファソンをぬく。「おとなしくレイン兄弟の行方を吐けばよし、さもなきゃこの細いナイフでまずおまえの首を落とす」

「そんなことできるもんか！」

「そう思うか？」

そこでバードはぬかるみに片膝をつき、ジェイソンの傷ついた膝にファソンをぐっと押しこんでやった。耳をつんざくような悲鳴を聞きながら、手際よく肉を切り裂いていく。コツさえ知っていれば、人間の体を解体するのはむずかしくない。要は関節の継ぎ目を切り離してやればいいだけの話だ。

ほう、こりゃ懐《なつ》かしいなあ。見物にやって来た年寄りたちが口々に言った。むかしはよくこうやって肉を解体《ばら》しとったがな、あんた、お若いのに手際がええのお。

「おれももう五十六ですよ」バードは目礼した。「弾が膝の骨を砕いてるから楽なもんです」

老人たちがどっと笑った。むかしの中国にはナイフ一本で牛を解体する庖丁《パオディン》という伝説の料理人がおったそうだが。そう言いながら、ひとりが中腰になってバードの手元をのぞきこむ。わしらも若いころはそれくらいお茶の子さいさいだったなあ。

「わ、わかった！」ジェイソンが泣きわめいた。「言う！　話すからもうやめてくれ！」

「はじめっからそうやって素直になりやがれ」

ところで、この小僧はなにをやらかしたんだね？　バードはジェイソンの服で刃の血を拭《ふ》いてからナイフを収め、お近づきのしるしに年寄りたちに煙草を勧めた。

「どうやらおれが追ってる賞金首の仲間らしいんですよ」

年寄りたちといっしょに一服する。気でも失ったのか、ジェイソンはぐったりして動かない。するとお若いの、あんたは賞金稼ぎかね？　いえ、カンザスシティの連邦保安官ですよ、とバードは答えた。じゃあ、ルースター・ボーンズを知っとるかね？　知ってるなんてもんじゃないですよ、おれはルースターのおかげで保安官になろうと思ったんですから。老人たちが歓声をあげた。ルースター・ボーンズほどの賞金稼ぎはおらん、あの男は大クレーターのインディアンにも顔が利くからな、たしかひとり息子がもうけっこう大きいんじゃないかな、息子のほうもなかなか立派な賞金稼ぎだそうだ、四、五年まえにこの町であのジャック・ポット一味を一網打尽にしたのはあの親子さ、と老人たちは噂しあった。もしルースター・ボーンズが百年前に生まれとったら、あのナサニエル・ヘイレンだって首根っこを押さえられとったかもしれんな、ワッハッハッハ！　それからヘイレン法の功罪についての話に花が咲き、だれも知らないようなナサニエル・ヘイレンの伝説が披露された。バードは煙草を吸いながら話を聞いた。この国には年寄りの数だけブラックライダー伝説があるのだ。いまのレイン兄弟はガイ・レインの二番目の弟といちばん下の弟だということが判明したのもこのときだが、いや、ちがう、三番目と四番目の弟だよと言い張る者もいた。ともあれ、そうやってむかしながらのやり方でレイン一味の足取りを摑んだのだった。

まともな馬――牡《おす》の四歳馬だ――が手に入ってコーラは小躍りしてよろこんだが、バードはそれどころではなかった。えぐり取られた耳からばい菌が入り、熱を出してしまったのだ。敗血症になりはしないかと不安になったが、心配するだけ無駄というもの。神様に呼ばれたら、これはもうどうしたって改札の行列にならぶしかない。人生をまっとうした者だけが乗れる列車が、ほら、準備万端、蒸気を吹き吹き出発時刻を待っている。

だからコーラに包帯を巻いてもらい、官給の抗生物質を服《の》み、ジェイソン・レイムスの身柄を地元の保安官に引き渡してしまうと、その夜は早々に〈ジェイズ・サルーン〉の客室にひきとったのだった（ちょうど死んだアイザイア・ケンプの部屋が空いていた）。ベッドにもぐりこみ、生肉を額にあて、毛布の下で悪寒《おかん》にがたがた打ちふるえた。耳が熱い。寝汗もひどい。熱で頭が朦朧《もうろう》とする。なのにコーラときたら、はじめて人を撃って興奮したのか、しつこく下半身をまさぐってくる。

「たのむからおれの息子にかまわないでくれ！」

「あたしが元気にしてあげる」

「お願いだから！」

こちらがごろんと背中をむけると、コーラもぷりぷりして不貞寝《ふてね》をしてしまった。そのせいか、ひどく不愉快な夢を見た。それは狼《おおかみ》になったコーラが、兎になった自分を追いかけまわす夢だった。

熱は翌日になってもうっすら残ったが、地球はやっぱりまわっている。かたづけてしまわなければならないことがいくつか残っていた。バードは軋む体に鞭《むち》打ってベッドをぬけ出し、コーラの非難がましい視線をちくちく感じながら髭《ひげ》を剃《そ》り、身支度を整えた。

「あたしはちゃんと役目を果たしたわ」

無視してガンベルトを締め、ブーツを履く。

「あたしがいなかったら、あのジェイソン・レイムスは上手《うま》く逃げおおせたはずよ。だって、あなたは年寄りなんだもん。追いつけっこないわ。つまり、レイン兄弟の行方がわかったのはあたしのおかげでもあるのよ」

聞き流して外套を羽織り、帽子をかぶる。帽子をかぶると、いつでも気持ちがシャキッとなる。

「なのに、あなたはなにも言ってくれないのね」

バードは目をつぶり、心のなかで十数えてからベッドの上のコーラにむきなおった。

「ちょっと用を足してくる。きみはここで待ってろ」

「あたしのことをすっかり自分のものにできたと思ってるのね?」

「そんなふうには思ってないよ」

「お生憎《あいにく》様、あたしはだれのものでもないわよ。出ていきたいときに出ていくわ。ちゃあんと脚が二本あるんですからね!」

コーラは喧嘩《けんか》っ早い鶏みたいにわめき、バードは静かに部屋を出ていきながらこう思った。女と出会うのはいつだってめでたいことだが、女と別れるのはそのつぎにめでたいことだな。廊下をとおり、階段を下り、空っぽの酒場をぬけ、建物脇の横木につないだ馬たちのところへ行く。リトルドットがうれしそうに鼻をぶるぶる鳴らした。「心配かけたな、ドット」バードは馬の頬を撫《な》でた。「おまえでさえ乗りこなせたこのおれさ、あのコーラごときを乗りこなせないはずはないぜ」

それからローランド・デュカキスの四頭のムスタングを牽《ひ》き、馬具屋にケッティを迎えに行き、まとめてカンザスシティ往《ゆ》きの列車に押しこんだ（ケッティはアマリロで下ろさなくてはならない）。デュカキス畜産とアマリロ連邦保安官事務所気付フロッギー・ニプルズ宛《あて》に電報も打った。

やることをやってしまってもまっすぐ部屋に帰る気がせず、しばらくアルバカーキの町をぶらついたり、駅前でぼうっと人の往来を眺めたり、ひとりぼっちで荒野を旅していた日々のことを思い出したりした。小声で歌なんかも歌ってみた。

男と会ってたんだろ、ベイビー
そこのコインランドリーで
男と会ってたんだろって言ってんだ
そこのコインランドリーで

ちゃんと知ってんだ

そんで見逃してやるつもりはないぜ

ようやくコーラを迎えに行こうと決心がついたのは、正午のサイレンが鳴るころだった。そのころには熱もひき、頭もずいぶん軽くなっていた。

部屋に戻ると、コーラがきちんと支度を整えて待っていた。ベッドに腰かけ、上目遣いでこちらをうかがいながら、もじもじと切り出す。「ごめんなさい」

「今度はなんだ？」

「このままあなたが帰ってこなかったらどうしようかと思った」

「………」

「あたしが悪い子だったわ」

そこでバードはコーラを押し倒し、たっぷり愛してやった。

「これでもおれは年寄りか⁉」

「ああ、すごいわ！」

男とはこうしたものだ。コーラの熱い体を抱きながら、バードは思った。うん、男とはこうしたものなんだ。

アルバカーキからエルパソへとのびる旧州間高速道路二十五号線沿いに〈肥黄當舗〉はある。軒先がかつてトラックの駐車場だったことは、いまも朽ち果てたトラックやタンクローリーが野ざらしになっていることからわかる。使える部品はとっくのむかしに持ち去られ、残っているのはほとんど車体のフレームだけ。そのなかに一台だけ比較的手入れのいきとどいたコンヴォイがあり、荷台に大きなコンテナをふたつ積んでいる。肥　黄《ファット・ウォン》はそのコンテナのひとつに窓を切り、ひさしをつけ、店の名前をペンキで書きつけて細々と質屋を営んでいた。

「じゃあ、もうひとつのコンテナはなんなの？」〈肥黄當舗　FAT WONG PAWN SHOP〉の文字が肉眼で読めるようになると、黒いムスタングの上でコーラが指さした。「なんであんな大きなお皿をごてごてつけてるのかしら？」

「おれもよくわからんが、あれはアンテナらしい」

「ラジオとかの？」

「あの皿みたいなアンテナなら東海岸からの電波がきれいにひろえるそうだ。それだけじゃない。まえに聞いたんだが、東の連中がやりとりする電子情報ものぞけるらしい」

「それって、ひょっとしてインターネット?」

「知ってるのか?」

「教会にインターネット・サマーズって娘がいたの。彼女のお父さんがよく言ってたんだって、むかしはすべての情報が電子化されていて世界じゅうのどこからでも見ることができたそうよ」

「まさかそんな戯言《たわごと》を信じたんじゃあるまいな」

「でも、考えてみたらラジオだって不思議じゃない? 声が電波にのってとどくなら、情報や文字がそうできない理由はないわ」

「正気か? 声は目に見えない。電波も目に見えない。目に見えないものどうしがくっつくのはあたりまえじゃないか。風のなかにアイスランドポピーの香りがまぎれているようなもんさ。それに声も電波の一種だと言えなくもない。だけど、文字は目に見えるんだぞ。そんなものをどうやって目に見えない電波にのせるんだ?」

「そんなこと、あたしに言われても困るわ」

「東海岸で鴉《からす》が糞《ふん》をすりゃ東海岸のやつらの頭に落っこちるんだ。それが摂理ってやつさ」

「むきにならないで、あたしのお爺ちゃん。じゃあ、電気は?」

「あのコンヴォイにはまだエンジンが積んであって、ファット・ウォンがそれを自分で発電機につくりかえたらしい」今度はバードが馬上から指さした。「まったく中国人ってやつは！　手先の器用なやつが多いらしいな」

ふたりは馬を空地に乗り入れ、トラックの残骸《ざんがい》を避けながら、〈肥黄當舗〉のコンテナを目指して進んだ。近づくにつれ、店舗のいたるところに銃眼が穿たれているのが見て取れた。

「止まれ」と、バード。

コーラは言われたとおりに馬を制した。

「ファット・ウォン！　バード・ケイジだ、そっちに行ってもいいか⁉」

「なんなの？」

「こうしないと撃たれちまうんだ——よう、ファット・ウォン！」バードは叫《おら》んだ。

「元気か⁉　ビッグ・バッド・バードが来てやったぞ！」

すると出し抜けに機関銃が火を噴き、馬たちの目のまえでアスファルトが横一列にはじけた。リトルドットは怒り心頭で前肢《まえあし》を蹴り上げ、コーラのムスタングはおびえてその場をぐるぐるまわった。

「どう、どう！」バードは手綱をさばき、馬をなだめた。「大丈夫だ、ドット、大丈夫だ！」

北風のなかに笑い声が谺《こだま》した。「よう、ビッグ・バッド・バード！　ひさしぶりだな、相棒《マイ・メン》！」

「あなたのお友達は絶対に頭がおかしいわ！」コーラがわめいた。「それとも、これが中国流なの？」

「来な！」ファット・ウォンが叫びかえす。「そっちの姉《ブロード》ちゃんも、さあ！」

「いまあたしのことをすけ《ブロード》って呼んだわ！　聞こえたでしょ、バード⁉　あいつ、あたしのことを売女《ブロード》って呼んだわ！」

〈肥黄當舗〉の窓口は馬上の客にちょうどよい高さにある。

「また太ったんじゃないか、ファット・ウォン？」

鉄格子《てつごうし》のむこう、薄暗い店舗のなかで中国人の目が細く光る。「おまえは相変わらず危ないことに首を突っこんでるようだな、え？」

「これか？」顔を傾け、血のにじんだ包帯を相手に見せる。「しかし、まあ、耳たぶなんざどうしてもなくちゃならんもんでもないさ」

ファット・ウォンは禅坊主《ぼうず》のように指をふりふり、「此恨綿々無盡期《ツーヘンミエンミエンウージンチィ》」

「どういう意味だい？」

「この恨みは果てしがないって意味さ。なにかが——恨みのようなものがおまえを駆り立ててるんだろうな。言っておくが、いくら恨んでもきりがないぞ。恨めば恨むだけ敗色濃厚になるんだ」

バードはうなずき、「だれの詩だい？」

「白居易《バイジュイ》ってやつの長恨歌《チャンヘンゴオ》さ。最後の一節だよ」

「だれがだれを恨んでるんだ？」

「むかしむかし王が楊貴妃《ヤングイフェイ》って美人にうつつをぬかしたせいで国が傾き、謀反《むほん》が起こった。で、遁走《とんそう》するときに部下たちが王に楊貴妃を殺せと迫るんだ」

「それじゃあその美人が恨まれるのももっともな話だな。それで王はどうするんだい？」

「ほかにどうしようがある？」

「まあ、男ならだれでもそうするだろうな」

「なによ？」コーラはバードの視線を撥ねかえした。「なんであたしを見るの？」

「だ、だけど、ここはレディ・ファーストの国さ」バードは慌《あわ》てて目をそらし、鉄格子のなかから突き出されたぶよぶよの手を握った。「外出恐怖症はまだ治らないのかい？」

「こんなご時世に表をうろつくのはおまえみたいな阿呆だけだぜ」ファット・ウォンはコーラを顎《あご》でしゃくった。「ビッグ・バッド・バードともあろう者がその姉ちゃん《ブロード》にすっかり玉をぬかれちまったようだな、え？」

コーラはキッとまなじりを決し、口のなかで百貫デブだの負け犬だの馬糞にたかる蠅《はえ》だのと毒づいた。

「それに、これだけ太れるのも幸せなことさ。ハウリン・ウルフも歌ってるぜ、女どもはこの三百ポンドの体に夢中なのさ」ファット・ウォンは馬上のコーラを舐《な》めるように見て、「どうだい、姉ちゃん、なかに入ってこねえか？」

「バード⁉」コーラが金切り声をあげた。「この人、いままた女《すけ》って呼んだわよ！」

「たのむから、いまはやめてくれ」

「自分の女がそんなふうに呼ばれて平気なの？　これで三度目なのよ！」

「なあ、コーラ、そのへんを散歩でもしてきたらどうだ？」

「あたしはどこへも行かないわよ！」

「いいか、おれたちはいま男どうしで話をしてるんだ」バードは声を押し殺した。

「おとなしくしてないと、馬のくつわをその口にかますぞ」

コーラの表情が強張《こわば》るのを見て、ファット・ウォンは全身の贅肉《ぜいにく》を波打たせて笑った。青白い光が顔に照り映えている。その光を発しているプラスチックの箱からのび出した電線は、コンテナの上の鉄柱を経由してそのまま店のうしろにそびえ立つ鉄塔のてっぺんまで長々とつづいている。鉄塔のてっぺんにも皿型のアンテナが備えつけてあった。

「あのアンテナはどうやってつけたんだ？」

ファット・ウォンはバードの視線を読み、「よう、挨拶《あいさつ》はこれぐらいにしようや。時は金なりだぜ」

バードはうなずき、サドルバッグからエンジンオイルの半ガロン缶を取り出して窓口の台においた。

ファット・ウォンの手が半円に切られた小窓からのび出し、さっと缶をひったくってひっこむ。蓋《ふた》を開けてにおいを嗅《か》ぐと、にやりと笑ってデスクの下にしまいこんだ。

「で？」

「レイン兄弟が来ただろ？」相手が用心深く口をつぐむのを見て、バードはつけ加えた。「やつらがエル・プエブリートへむかったのも知っている。じつのところ、一味のアイザイア・ケンプってやつを撃ち殺してきたばかりなんだ」

「あの黒人のことか？」

「まあ、怪我《けが》の功名ってやつだ」

「そうか、死んだか」

「ここへ寄ったってことは」と、バードは話を戻した。「やつら、馬の譲渡証明を持ってるってことだな？　字の書けないやつらのかわりに、おまえが必要事項を記入してやった。ちがうか？」

「言っておくが、ドクター・ペッパーが偽造した書類は本物と見分けがつかねえぞ」

「べつにおまえをしょっぴこうとは思ってない。おれが知りたいのは、やつらがまだ馬を連れてるかどうかってことだけさ」

「もしやつらがもう馬を売っちまってたら？」

「この捜査はこれで打ち切りさ」バードは言った。「あいつらの首にかかった懸賞金なんざ、みんなまとめても馬一頭分もない。コーラが……彼女がいま乗っている黒馬も含めて、おれはもう五頭回収した。しばらくのんびりできるだけの金は手に入る」

「まだ馬を連れてたよ」ファット・ウォンは溜息《ためいき》をつき、「すくなくとも三日前にここへ来たときには連れていた」

「やつらはエル・プエブリートへむかっている。だが、メキシコへ逃げるわけじゃない」

「グリーザー《メキシコ人》どもは譲渡証明なんざ知ったこっちゃねえからな」

「あのへんの畜産業者でやつらの片棒を担《かつ》ぎそうなところはあるか？　畜産占有回復令状を書いてくれそうな業者とか」

「それならソコロのワイルドフラワーという認可畜産競売人かラスクルーセスのアンガス兄弟綿花仲買会社だろうな。ワイルドフラワーのほうは倅《せがれ》が郡保安官をやってるって話だ」

「そいつは好都合だ」

「アンガス兄弟のほうはあくどいってことで有名だし、ガイ・レインともつきあいがあったそうだ」

「ソコロのワイルドフラワーとラスクルーセスのアンガス兄弟だな」

「この道をずっと南へくだるといい。ラスクルーセスはここから三百マイルほどだ。エル・プエブリートの手前にある小さな町さ」

「まずはソコロの郡保安官事務所に顔を出してみるよ」

「気をつけなよ、バード」

「なんぼのもんなんだ、ガイの弟たちってのは？」

「ロミオ・レインは静かな男だ。末っ子のスノー・レインはとにかくめちゃくちゃやりやがるらしい。十三のころにはガイにくっついて、メキシコで人を撃ちまくっていたそうだ。むこうのムショにも入ってた」

「よく生きて帰ってこれたな」

「メキシコのムショのことは知ってるだろ？　万事、金さ。スノー・レインのバックにはご当地の大物ヤクザがついてるって噂《うわさ》だ。この末っ子をムショから出すために、ガイはそのヤクザに金を借りたらしい。列車強盗なんかやらかしたのも、借金をかえすためだろうな。こいつらのあいだにレスターってのがいるが、こいつの噂はあまり聞かんな」

ガイ、イジー、ロミオ、レスター、スノー――思わずにんまりしてしまった。

ファット・ウォンがもの問いたげに目をすがめる。

「なんでもない。レイン兄弟の頭文字をならべてみただけさ。G‐I‐R‐L‐S。な？」

ファット・ウォンは、しかし、くすりとも笑わない。

「おれが気をつけろと言ったのはレイン兄弟のことじゃない」中国人はキーボードを恐ろしい速さでたたき、青白く光る箱に顔を近づけた。「いま東部の国防本部のホームページを見ているんだが、エル・プエブリートのあたりはやばいことになってるみたいだぞ」

「ホームページってのは例のおまえの魔法の情報源だな？」

「いいから、聞けって。えーと……」

双眸《そうぼう》に光の長方形を宿しながら、ファット・ウォンは文章を追った。


未確認情報だが、発生源はメキシコ南部だと見られる。首都のメキシコシティではすでに数万人がこのグサーノ・デ・エジョス、英語で『彼らにつく蟲《むし》』の犠牲になったと伝えられている。ゲレーロ州、ミチョアカン州、ハリスコ州、タマウリパス州、バハ・カリフォルニア州、そして我が国でもメキシコと国境を接しているいくつかの町で同様の事例が報告されている。グサーノ・デ・エジョスは人体に卵を産みつけ、早ければ四週間、遅くとも六週間で宿主の命を奪う。未《いま》だ感染源は特定されておらず、有効な治療法もない。致死率は低く見積もっても七十五パーセントを超える。関係者各位はいたずらに無知蒙昧《もうまい》な人心を乱さぬよう、この情報の取り扱いには細心の注意を——

6

おいらは喰った
たらふく喰った
歯が生えた日に
ママが肝をすりつぶしてパイをこしらえた
ヒッピ　ドゥルドゥ
はいはいするころにゃ
誰彼かまわず噛《か》みついた
立って歩くころにゃ
骨でナイフの柄をこしらえた
ヒッピ　ヒッピ　ヤーヤー　ヒッピ　ドゥルドゥ
だから言うが

とんとお目にかかったことがない
　魂なんてもんにゃ
とんとお目にかかったことがない
　魂なんてもんにゃ

おいらは喰った
たらふく喰った
牧童になった日に
　ウィリー・ショウが心臓をゆずってくれた
ヒッピ　ドゥルドゥ
国じゅう津々浦々
　咲いているのはワレモコウ
ミシシッピを流れてたころにゃ
駟染《なじ》みの女に喰われかけた
ヒッピ　ヒッピ　ヤーヤー　ヒッピ　ドゥルドゥ
だから知ってんだ

とんとお目にかかったことがない
　魂なんてもんにゃ
とんとお目にかかったことがない
　魂なんてもんにゃ

ソコロという小さな町をぬけたばかりだった。

ロミオは唾を吐き、鞍角《ホーン》の上で両手を重ねあわせた。クロウとマンデーは外壁しか残ってない廃ビルのなかへ馬たちを追いこんでいる。荒野の彼方《かなた》に地元の者がダイヤモンド・ピークスと呼ぶ峻険《しゅんけん》な山が霞《かす》んでいた。打ち棄《す》てられた小型飛行機が数機。あるものは翼を失い、あるものは半分にへし折れ、またあるものは地面に突き刺さっている。そのうちの一機の銀色の機体に、太くて黒い字でエル・プエブリートまであと百八十マイルだと書かれていた。アスファルトの道路は飛行機たちのすこし先から砂礫《されき》にうずもれている。赤い岩場から青い空にむかってのびている枯れ木が一本。枝にひとり吊《つ》るされているのはいいとしても、木のまわりにいる男たちが先刻からこちらをうかがっているのがロミオの気に入らなかった。

「おい、スノー」手綱を引き、馬首を弟のほうへむける。「いい加減にしろ」

わざわざ馬から降りて地面にすわりこんでいるスノーの耳には、しかし、辻《つじ》音楽家の歌声しか入らないみたいだった。

その黒人の男は椅子《いす》に腰かけ、ギターを弾きながら、かすれた声を絞り出していた。白濁した両目に光はなく、そのせいか、男の歌には闇《やみ》のなかにしか存在しえない真実味があった。

おいらは喰った
たらふく喰った
喰わないのに殺した日
おいらはおいらじゃなくなった
ヒッピ　ドゥルドゥ
そんでいま
おいらは木に吊るされている
陽が沈むころにゃ
だれかの腹のなか

ヒッピ　ヒッピ　ヤーヤー　ヒッピ　ドゥルドゥ
ナサニエルの墓に誓うが
とんとお目にかかったことがない
　魂なんてもんにゃ
とんとお目にかかったことがない
　魂なんてもんにゃ
おいらはもう喰わない
天国に来ちまったから
ナサニエルもここにいて
日がな一日歌うのはあの懐かしい歌
ヒッピ　ドゥルドゥ
それともここは地獄なのか
おいらにゃもうわからない
愛する女が

いなかったわけじゃない
ヒッピ ヒッピ ヤーヤー ヒッピ ドゥルドゥ
もうどうでもいいことだがね

だってとんとお目にかかったことがない
　魂なんてもんにゃ
とんとお目にかかったことがない
　魂なんてもんにゃ

この爺《じい》さんはどうやってここまで来たのだろう？　地鳴りのような、ざらついたハミング。目が見えないのに、椅子とギターを持って、よりによってなぜこの場所で歌うのだろう？　歌ってどうなるのだろう？　それで魂が見つかるのだろうか？　もしもおれたちの目指すものが生きることではなく正しくあろうとすることなら、と馬上のロミオは思った。たしかに天国と地獄がひっくりかえっちまうのも無理はないな。正しい道は、どちらかと言えば地獄へつづいているほうが多いのだから。

歌が終わると、スノーは拍手を送り、このあたりで使えるかどうかもわからない銀行券をジーンズのポケットからひっぱり出した。

「お気持ちだけ」黒人が言った。「金はトラブルのもとでさあ」

スノーがふりむき、まるで自分の手柄のようにロミオにむかって顎を持ち上げてみせる。どうだい、兄さん、世のなか棄てたもんでもないだろ？　それから、かぶっていたニットキャップを取って男の頭にかぶせてやった。

「ありがとうございます」

「あんた、いいやつなんだろうな」

「ただの歌うたいですよ」

「そのただの歌うたいをだれも殺そうとしない」スノーが言った。「だから、あんたはきっといいやつなんだ」

「だとしたら、その歌を聴いてくださるあなた様もきっとよいお方です」黒人は白濁した目をあちこちに漂わせ、「狂った世界では狂ってしまわないのが狂ってるってことなのかもしれませんね」

スノーは微笑し、手に持っていた小枝を口にくわえ、ひょいっと馬の背に飛び乗った。歌うたいはギターを構えなおし、受難についての物語を奏《かな》でる。

「まずおれたちで様子を見てこよう」ロミオは前方の男たちにむかって顎をしゃくっ

た。「いつでも撃てるようにしとけ」

スノーは歌うたいといっしょに歌いながら、馬首をめぐらせた。廃ビルのなかのクロウがこちらを目で追っている。ロミオがうなずくと、むこうもショットガンをふった。マンデーのせいで馬たちがそわそわしている。スノーはおなじフレーズを馬鹿《ばか》みたいに繰りかえしていた。

受難について語ろう
おお、神について
受難について語ろう
神を愛することについて

「アイザイアのやつ、大丈夫かな?」

「おまえはいつもアイザイアの心配をしてるな」

「兄さんにはわからないかもしれないけど、あいつはおれの友達だからな」

「嫌味を言うな」ロミオはまえをにらみつけたまま応《こた》えた。「しようがないだろ、足が折れてるんだから。それにあいつは自分から残るって言ったんだぞ」

ふたりは駒《こま》をならべて進んだ。木のそばにいる男たちの目はひとつ残らずこちらをむいている。

「それは兄さんがねちねち愚痴ったからだろ」

「おれがいつねちねち愚痴った？」

「『これじゃ馬に乗れないな』とか『いざというときに守ってやれない』とか、さんざん言ってたじゃないか」

「事実だろ？　それにおれたちはメキシコへ行くんだ。アイザイアだって遅かれ早かれ自分の道を行くしかない」

「ぜんぜん心配じゃないのか？」

「おれに心配事があるとすれば、それはアイザイアがあの馬鹿たれのジェイソン・レイムスにおれたちの行先をべらべらしゃべっちまうことさ」

「アイザイアもジェイソンも兄さんが思うほど馬鹿じゃないよ」

「おれもそう願ってるよ」

「とにかく、あんなふうにねちねち言うことなかったんだ」

「だからか？」

「なにが？」

「アルバカーキを出てからずっとむっつりしてるじゃないか」ロミオは腰の拳銃《けんじゅう》に触れ、「いったいおれにどうしてほしいんだ？　八十マイルの道を引きかえしていってアイザイアのやつに詫《わ》びればいいのか？」

スノーが体を倒して唾を飛ばした。それから手綱を絞り、馬の歩みを止める。

ロミオもそうした。

スコットランドマツの下にいる男たちはこちらから目を離さない。五人。ロミオは相手の装備をざっと見定めた。ライフルを持っているのがひとり、ボウイナイフを持っているのがひとり、全員が腰に拳銃を差している。

死人がぶら下がっている枝には鴉が三羽、寒さに羽毛をふくらませていた。

「いまからこいつを解体《ばら》すのかい？」スノーが陽気に声をかけた。「ここいらのことは知らないが、ユマでは足首を落とすよ。まず血をぬかなきゃ」

男たちが目を見交わす。

「やるんならさっさとやったほうがいい」ロミオは唾を吐き、「ここは見晴らしがよすぎる。ヘイレン法のことは知ってるだろ？　タレこまれたら手がうしろにまわる」

すると人工皮革のショットガン型シャップス《オーバーズボン》をつけた男が前に出て、ゆっくりと嚙み煙草《たばこ》の汁を吐いた。茶色の汁が凍《い》てついた土塊《つちくれ》道にべちゃっと跳ねる。こちらを見つめるその右目だけが、壊れた電球のようにまばたきを繰りかえしていた。外套《がいとう》の前をめくり、胸の六つ星をちらつかせる。郡保安官のバッジだった。

「おれたちがこいつを吊るしたわけじゃねえし、ヘイレン法のことならおまえに講釈してもらわんでけっこうだ」

ロミオはうなずいた。

「なんだ、おまえら？　肉を分けてもらおうとでも思ったのか？」

スノーがにやにや笑いながら馬の首を撫で、さりげなく手を鞍角《ホーン》に持っていく。そこに手榴弾《しゅりゅうだん》を隠しているのだ。

「そうじゃない」ロミオは言った。「おれたちのとおり道にあんたらがいたんで様子を見に来ただけだ」

「おれたちが人を食うような輩《やから》に見えたってことか？」

「もしそうならヤバいと思ったんだ」

ふたりの視線がぶつかる。男は嚙み汁を吐き飛ばし、ベストのポケットから新しい煙草をつまみ出して口に入れた。

この距離で手榴弾なんか使えばこちらもただではすまない。が、一か八かやるしかない。ロミオは顎を引き、帽子の陰からスノーに目配せをした。まずはライフルのやつをかたづける。スノーが手榴弾を投げたら馬を棹立《さおだ》ちさせる。馬の体が爆発の衝撃をいくらかでも和らげてくれるだろう。さりげなく拳《こぶし》に手綱を巻きつけるスノーを見て、ロミオは自分の考えが弟にちゃんと通じたことを確信した。

「おまえたち、カウボーイか？」男が馬たちのいる廃ビルを顎でしゃくった。「何頭いる？」

「四十いたんだけどね」スノーが受け答える。「途中でなんやかんやあって、いまは三十二頭くらいかな」

「雇い主は？」

「どこまで運ぶ？」

「カンザスシティのデュカキス畜産」

「ラスクルーセスのアンガス兄弟のところに」

スノーがそつなく答えると、男たちが、ああ、あそこか、という感じでうなずいた。ひとりが唾を吐いたが、まるでアンガス兄弟の顔にでも吐きつけてやったような感じだった。

「譲渡証明は？」

ロミオが体をねじると、男たちがいっせいに拳銃をむけてきた。だから手を上げて落ち着かせ、ゆっくりとサドルバッグから相手の求めるものをひっぱり出した。

男は右目を擦《こす》りながら、それに一枚一枚目をとおした。

「あんたらがこいつを吊るしたんじゃなきゃ、いったいだれがやったんだい?」男はスノーに一瞥《いちべつ》をくれ、またぞろ譲渡証明に目を落とす。スノーは肩をすくめ、「言っとくけど、おれらだってヘイレン法を破ろうなんて思っちゃいないよ。でも、こんな仕事をしてるとさ、ほら、いろんなやつと出くわすからね」

ロミオは死人を見上げた。人を吊るすのにもってこいの枝ぶりじゃないか。鴉がまとわりつき、死体を揺らしながら回転させる。後ろ手に縛られ、ジーンズの裾《すそ》から這《は》い出たサナダムシがブーツに巻きついたまま凍っていた。手の甲に彫られた刺青《いれずみ》は慈母マリアのようだ。蒼白《あおじろ》く凍てついた顔にはただれたような傷痕《きずあと》があった。

「この男、どこかで見たような気がする」

シャップスの男はじっとこちらを見つめた。「知りあいか?」

「ちがうが、まったく知らないわけでもない」弟の視線を横顔に感じながら、ロミオはつづけた。「おれの記憶が間違ってなかったら、こいつの名前はピザハット・モントーヤ、テディ・ザ・ゾンビベアーの一味だ」

男たちが色めき立った。

「おれはこいつらの仲間じゃない。むかし家族を殺されたんだ。テディ・ベアーが帰ってきてるんだな？」

「ご家族のことは気の毒に思う」男は譲渡証明を突きかえし、心に問題を抱えているのではないかと思ってしまうほど、右目だけを何度もしつこくしばたたかせた。「しかし言っておくが、テディ・ベアーには近づくな。あいつはあのイジー・レインを殺した。それだけじゃない。イジーの兄貴のガイ・レインでさえ復讐《ふくしゅう》をあきらめちまうほどの悪党なんだ」

「真相はだれにもわからない」

「なんだと？ 貴様、いまなんと言った？」

「真相はだれにもわからないと言ったんだ」

「どういう意味だ？」

「たとえばここでおれがあんたを撃ち殺す」ロミオは言った。「で、あんたの仲間が尻尾《しっぽ》を巻いて逃げる。賭《か》けてもいいが、あとでおれはとてつもなく卑怯《ひきょう》なやり方であんたを殺したってことになっちまうんだ」

スノーが鼻で笑い、男はロミオから目をそらさずに煙草の汁を吐いた。

「それはおれの仲間が腰抜けだと言ってるのか？」

「真相はだれにもわからないという話をしてるんだ」

「おまえは真相を知ってるのか？」

「これが真相だという話なら一ダースほど聞いたことがある」

「なぜレイン兄弟の肩を持つ？」

「そんなつもりはない」ロミオは相手の視線を受け止めた。「ただの四方山話《よもやま》さ」

右目のまばたきが激しくなる。「そうは聞こえなかったが」

「ブラックライダーを崇《あが》めるやつもいれば悪く言うやつもいる。それとおなじさ。名前が売れればすり寄ってくるやつもいるし、腹を立てるやつも出てくる」

「おまえはレイン兄弟を崇めているのか？」

「そうだとしても、あんたには関係ない」

ロミオの語気に保安官たちの何人かが撃鉄を起こす。

「滅多なことを言うな」男は仲間たちを制しつつ、「このへんにはレイン兄弟に家族を殺されたやつがわんさかいる。迂闊《うかつ》なことを言おうもんなら、うしろから撃たれちまうぞ」

「ご忠告、ありがとう」ロミオは顎を引き、帽子のつばで目を隠した。「憶《おぼ》えとくよ」

「でも、レイン家にはまだ兄弟がいるぜ」スノーが横から口を出す。「こないだだってサンタフェ鉄道を襲ったそうだし」

「おい、小僧、このへんで寒い夜に吹く風のことをなんて言うか知ってるか？」ひとりが声を張りあげると、別のだれかが叫んだ。「『ガイが弟たちを鞭《むち》打ってるぜ』」

男たちがどっと笑った。

「ガイの弟たちが悪さをするのは中部から東部にかけてだろ？」だれかが言った。「このあたりじゃ怖くてなにもできんひよっこどもさ」

譲渡証明をサドルバッグに押しこむと、ロミオは帽子のつばに軽く触れ、馬首をめぐらせて来た道をひきかえしていった。

スノーが横にならぶ。

「余計なことを言うんじゃない」

「それは兄さんのほうだろ」

ふたりは口をつぐみ、黙って馬を歩かせた。

荒野を三日ほど進み、ラスクルーセスの手前で夜明けを迎えたとき、ゴルゴタ山がすぐそこまで迫っていることにあらためて気づいた。旧世界では別の名前があったはずだが、ロミオにとってそこはむかしからゴルゴタ山だ。六・一六とその後の地殻変動で隆起した山だとも言われている。痩《や》せてねじくれたイトスギにおおわれ、野生の牛たちがひそんでいる異界。復讐なんて考えるなよ。イジー兄さんが殺されたとき、ガイ兄さんはそう言ったっけ。「テディ・ベアーがあの山を隠れ家にしてるのには理《わ》由《け》がある。それはテディが阿呆だからだ。あんなところをうろついてりゃ、もう死んだも同然さ。あの野郎の渾名《あだな》はそこからきてるんだ」

ロミオは寝袋をぬけ出し、焚火《たきび》の白い灰のなかから埋火《うずみび》を掘り出した。小枝をくべると、また火がちょろちょろ燃え上がる。頃合を見計らって薪《まき》を放りこみ、火を育てた。昨夜食べ残したソフキーの鍋《なべ》を火にかけ、岩陰に吹き溜《だ》まっている雪をやかんにすくい入れる。

朝靄《あさもや》に馬たちの影がにじみ、何倍も大きく映っていた。身を寄せあって眠るクロウとマンデー。スノーは背中をこちらにむけ、わずかばかりの砂地の上で丸くなっている。

馬は問題ない。ラスクルーセスまで行けば、まとめてあずかってくれる畜産業者が見つかるはずだ。ロミオは躍る炎を見つめた。問題はテディ・ザ・ゾンビベアーの情報がなにもないことだった。右腕のピザハット・モントーヤは何者かに吊るされてしまったが、だからといってテディの手勢が衰えたことにはならない。すくなくとも、おれとスノーのふたりだけでどうにかなる相手じゃない。

「レスター兄さんにひとつだけ褒めてやれることがあるとすれば」背後でスノーの声がした。「それはロミオ兄さんといっしょにゴルゴタ山に入ったことだ」

ロミオは返事をせず、皿にソフキーをよそってさっさと食べはじめる。弟がやって来て自分のカップに湯を注いだ。

「あのとき、おれとレスターはイジー兄さんの仇《かたき》を討とうと思っていたんだ」ロミオが言った。「いまにして思えば、本当の敵はゾンビベアーじゃなかったのにな」

「ピザハット・モントーヤだと言いたいのか？」

「ちがう。ゾンビベアーに殺されたとき、イジー兄さんは大ビートルズといっしょにキングズ・ベッドでガイ兄さんと落ち合うことになっていた。あそこは兄さんたちしか知らないはずなんだ」

「だとしたら」スノーは焚火のむこう側に腰を下ろした。「テディ・ザ・ゾンビベアーにキングズ・ベッドの場所を教えたやつがいることになる」

「おれはずっと不思議なんだが、そいつはなぜ手柄をゾンビベアーたちに譲ったんだろうな？　自分でイジー兄さんを殺して連邦政府に引き渡せば懸賞金ががっぽりもらえたのに」

「きっとレスターみたいな臆病者《おくびょうもの》なんだ」

「そうかもな」

「心当たりはないのか？」

「あるわけないだろ」ロミオはソフキーを口に運んだ。「あのころ、兄さんたちはいろんなやつと組んで仕事をしていたからな。いろんなところで恨みを買っていたし」

「ちょっと待てよ。テディ・ザ・ゾンビベアーもお尋ね者のくせに、イジー兄さんの賞金をのこのこもらいに行ったのか？」

「だれかほかのやつに行かせたんじゃないか？　とにかく、イジー兄さんの体は連邦政府が持っていっちまったそうだ」

「ガイ兄さんは裏切者を突き止めようとしなかったのか？」

「イジー兄さんが死んで相当ガックリきてたからな。なにもかも虚《むな》しくなって、ふらっとメキシコへ渡っちまったよ。そういうことってあるだろ？」

スノーは焚火をにらみつけて黙っていた。

「おれとレスターはゾンビベアーを殺すことしか頭になかった。世のなかのことなんか、なにもわかっちゃいなかったんだ」

「いまはどうなんだ？」弟は口をあまり動かさずに言った。「世のなかのことがわかるようになったから見逃してやるのか？」

「いや、ゾンビベアーは殺す」

「うん」

「レスターが教えてくれたんだが、ゴルゴタってのはヘブライ語で髑髏《しゃれこうべ》の場所という意味らしい」

「あの弱虫の言いそうなこった」

「あのとき、おれとレスターはテディたちの洞窟《どうくつ》までたどり着けなかったんだ」

「うん」スノーは白湯《さゆ》を飲んだ。「レスターがそう言ってた。途中で出くわした牛を撃ち殺したら弾がなくなったんだろ？」

「銃声のせいで森がざわつきだした」ロミオは言った。「おれとレスターはすっかり怖気《おじけ》づいて一目散に逃げたよ」

「兄さんはそのとき何歳だった？」

「十七か八だ」

「いまのおれよりちょっと下か。十年ぶりにチャンスがめぐってきたってわけだ」

「クロウとマンデーはどうする？」

「どうもしなくていいんじゃない？　アイザイアのときはそんなこと気にもしなかっ

たくせに」

「またおっぱじめたいのか？」

「怒るなよ」スノーは肩をひょいっとすくめ、「おれが言いたいのは、おれたちはべつにあいつらの子守じゃないってことさ。ついて来たきゃ来ればいいし、じゃなきゃどこへでも行っちまえばいいさ」

「母さんはなんて言うかな？」

「おれたちが死んだとしても、母さんにはまだ息子がふたりいるからな」

「そうだな」

クロウが火のそばにやって来て腰を下ろす。皿にソフキーをよそうと、無言で食べはじめた。スノーは白湯を飲んだり、ハーモニカをひっぱり出して『ダニー・ボーイ』をぷかぷか吹いたりした。

薄紫色に明けゆく空の下で、三人は言葉もなく自分の内側へ閉じこもっていった。鍋が煮立ち、やかんの注ぎ口から細い湯気が立ちのぼっている。赤い大地の上を風がころがるように吹きぬけた。

「マンデーとふたりで旅をしていたとき」クロウがおもむろに口を開いた。「牛を追うカウボーイたちとすれちがったんだ」

ロミオとスノーはその話に耳を傾けた。

「彼らはダラスからラボックまで二百頭くらいのロングホーンを連れて行く途中だった。なにがあったのかは知らないけど、そのうちの何頭かが突然暴れだしたんだ。カウボーイたちは発砲したけど、暴れ牛たちはこっちにむかって暴走してくる。あっという間のことで逃げる暇もなかった。このまま踏みつぶされるか、咬《か》み殺されるのかと思った。でも、そうはならなかった。おれたちのほんのすこし手前でみんな止まったんだ」

「牛がか？」と、スノー。「それで？」

「それだけだよ。なぜ牛たちが急に暴れるのをやめたのか、カウボーイたちも首をかしげていた。でも、本当におれたちの鼻の先でピタッと止まったんだ。おれはずっとそのことを考えていた。ひょっとしたら……」

「マンデーか？」

クロウはロミオにうなずき、「むかしむかしアメリカには牛が一頭もいなかったそうだよ。ヨーロッパ人が持ちこんだんだ。そのころの牛は痩せっぽちだったけど、そのうちへレフォード種やアバディーン・アンガス種みたいな日方の重い新種が創《つく》り出された。でも、六・一六でほとんどの動物が死んでしまった。もちろん、むかしの人が牛と呼んでいた動物もね。それはいまの牛とはぜんぜんちがっていたはずだよ。おれたちが牛と呼んでいるものは人間の遺伝子に牛の遺伝子をかけあわせて創ったものだ。だけど、東部の連中が創り出したのは新しい牛なんかじゃなくて、新しい人間なんじゃないかとおれは思ってるんだ。牛のように成長が早くて、肉もたっぷりとれる人間だよ。だれもそんなふうには考えないけどね。だから、そのうち頭のいい牛が生まれたとしても不思議じゃない。だって、あいつらも人間なんだから。実際に頭のいいユダの牛はもういるわけだし」言葉を切り、スノーに顔をむける。「マンデーはユダの牛なんだ」

スノーが目を白黒させた。

「それもバード・ケイジに教えてもらったのか？」ロミオは訊《き》いた。

「半分は自分で考えた」

「いまの牛は本当は人間だってところか？」

「うん」

「こんな与太、聞いたことねえや」スノーが手をたたいて笑った。「おまえは頭がどうかしてるぜ、クロウ。もし牛が人間なら、おれたち人間様はいったいなんなんだよ？」

「わからないけど、牛と似たり寄ったりのなにかじゃないかな」

「おまえがマンデーに惚《ほ》れてんのはちゃんとわかってたぜ。だからそんなふうに考えるんだ。惚れた女がユダの牛だなんて人聞きが悪いもんな」

「で？」と、ロミオ。「クロウ、おまえはマンデーが暴れ牛を止めたと本気で思ってるのか？」

「ちがうかな？」

「可能性はあると思う」

三人は岩場の陰で眠るマンデーを眺めやった。寝袋から金色の髪が流れ出している。その寝袋も、おそらくすぐに彼女の体を収めきれなくなるだろう。

「だから、もしあんたたちが牛だらけの山に入るんなら」と、クロウが言った。「おれたちもついて行くよ」

三十二頭の馬をまとめてあずかってくれるところを探し出すのに、結果的に丸一日かかってしまった。いちばん頭を下げたくなかったアンガス兄弟綿花仲買会社のこすっからいアンガス兄弟と折りあいがついたときには、もう陽がどっぷり落ちていた。譲渡証明はちゃんとある。が、そんなものはただの気休めでしかない。目端の利《き》く業者なら、譲渡証明のほかに畜産占有回復令状の確認もする。回復令状のない馬や牛は闇市場に流れる可能性が高いからだ。そもそも回復令状とは、畜産業者が考え出した方便にすぎない。畜産を運搬するカウボーイに道中なにが起こっても責任を負わなくていいように、いったん所有権を棚上げする。で、無事に馬や牛を送りとどけてもらったら、あらためて所有権を回復するというわけだ。譲渡証明は売る側の証明書で、回復令状は買う側の証明書。回復令状があれば、その畜産にはきちんとした買い手がついているということになる。厄介なのは、畜産占有回復令状には全国共通の様式がないということだ。それぞれの畜産業者がそれぞれのやり方で発行する。だから逆に偽造が難しい。回復令状自体がほとんどペテンのようなものなのだから。

スノーとクロウが馬たちを厩《うまや》へ追いこんでいるあいだに、ロミオは事務所で手数料の交渉にかかった。

シーダー材のデスクのむこうで、兄のボブ・アンガスと弟のマーカス・アンガスは椅子をならべてすわっていた。どちらも手を腹の前で軽く組みあわせ、どちらもチェック柄の上着を羽織り、どちらも色はちがうがまったくおなじ蝶《ちょう》ネクタイをしている。血色のいい顔は、他人を不安にさせずにはいられない微笑をたたえている。マントルピースの上には彼らの母親と思《おぼ》しき醜《しこめ》女の写真が数枚飾ってある。いちばん大きな一枚は目を閉じたおだやかな顔で、まるで公開処刑のあとに撮られたならず者の死顔のようだった。壁にはロングホーンの頭蓋骨《ずがいこつ》が飾ってあった。

「馬をあずかるのは五日間だけだ。そのあいだの飼料代と手間賃をいただく。五日経《た》っても引き取りにこない場合はこちらで馬を処分する」

ロミオが銀行券で払おうとすると、アンガス兄弟はまるでふたつの腹話術の人形のように首をふった。

「だめだめ！　その銀行券はここいらじゃ使えないよ」

「これしかないんだ」

「だったら、銀行券を兌換《だかん》するための手間賃も払ってもらわなきゃ」

ロミオは相手の言い値を支払った。

「回復令状がないんじゃ、こちらも連邦畜産局の目を盗んできみらの馬をあずかることになる」アンガス兄弟が言った。「万一のときは罰金を取られちまう。その保証金もいただきたいね」

言い値を渡すしかない。

アンガス兄弟はうなずきあい、ほくそ笑み、また口を開こうとする。

「もうひと言でも金の話をしてみろ」ロミオがさえぎった。「おまえらが積み上げてきたものをみんな灰にしてやるからな」

　アンガス兄弟がいっぺんにわめきだした。ガイ・レインに世話になったからこそきみらのたのみを聞いてやってるんだ、イジーはいいやつだったけど、いつまでも大きな面《つら》をするなよ。兄弟は交互に席を立ち、交互にロミオを指さして聞くに堪えない言葉で罵《ののし》った。時代は変わるんだぞ、恩を仇《あだ》でかえすとはこのことだ、自分を何様だと思っているんだ、この洟垂《はなた》れ！　恥知らず！　去勢馬！

「じつはもうひとつたのみがある」

「世のなか、無料《ただ》のものはなにもないぞ」

「馬を十五頭」ロミオは外套のポケットから紙切れを取り出し、「ここにとどけてもらいたい」

「トゥーソンか」ボブ・アンガスが紙切れをつまみ上げると、マーカス・アンガスがのぞきこんだ。「この小ビートルズってのは大ビートルズの弟だろ?」

「値段を言ってくれ」

「大ビートルズは気の毒だった」アンガス兄弟は顔を見あわせ、うなずき、ロミオにむきなおった。「運賃は無料でいい」

「なぜだ?」

「小ビートルズも兄さんを亡《な》くしてたいへんだろうな」アンガス兄弟は目を潤《うる》ませた。

「大ビートルズには世話になった。あんな気風《きっぷ》のいい男には会ったことがない。それに、どうせあっちのほうへ行くトラックを出すことになってるんだ」

「そうか」

「トラックが出るのは四日後だ」

「大ビートルズにかわって礼を言うよ」

「水くさいことを言うもんじゃない」アンガス兄弟はハンカチで目頭をぬぐい、洟をかんだ。「困ったときはおたがいさまさ。ということで、道中の飼料代、保証金……おっと、それとガソリン代の話もせねばならんな」

「……」

ロミオは相手の言い値を払って事務所を出た。骨までくたくただったが、これはアンガス兄弟をあまり責められないな、と思った。拳銃がものを言う時代が終われば、金が早口でまくしたてる時代がやってくるのだ。

スノー、クロウ、そしてマンデーはすでに馬上で待っていた。ロミオの馬は弟が牽《ひ》いている。

「兄さん……」

「なにも言うな」

「まだなにも言ってないだろ？」

「うるさい」

「おれはただあのいけ好かないアンガスのじじいどもが無茶を言ったんじゃないかと思っただけさ」

「おまえの欠点はな、スノー」手綱を受け取り、鐙《あぶみ》を蹴《け》って馬に跨《また》がる。「人の嫌がることを平気でやっちまうことだ」

「じゃあ、ぼったくられたんだな？」

「そうじゃない」

「小ビートルズに馬を送る手はずは？」

「ちゃんと整えたよ」

「何頭？」

「十五」

「うん、妥当だな。で、いくら取られたんだ？」

「行くぞ」

ロミオは馬に拍車を入れ、四人は薄暮に霞むゴルゴタ山目指して駒を進めた。

途中で小さな地震があり、そのせいで道沿いの廃墟《はいきょ》の壁が倒れたが、それはそれだけのことだった。スノーがラジオのスイッチを入れる。受信できたのは雑音だけだった。ラスクルーセスの町を出、来た道をまた北上する。分厚い雲におおわれた空に雷鳴が轟《とどろ》き、あたりがにわかに暗くなる。途切れ途切れのアスファルト道を東にはずれ、荒野をしばらく行くと、雹《ひょう》がばらばら降りだした。身を隠す場所はない。石つぶてのような雹に打たれながら、一行はとぼとぼ馬を歩かせた。スノーがバンダナで目から下を隠す。クロウもそうした。マンデーはすっかり気配を消していたが、彼女の馬がいちばんうるさかった。耳をべたっと寝かせ、蹄《ひづめ》でしきりに石を蹴る。

暗い道なき道の先に過去へと通じる扉がある。ロミオは手綱を鞍角《ホーン》に巻きつけ、体を丸めて寒さに耐えた。復讐はノスタルジックな自己陶酔なのだ。

焼け落ちた農場に行きあたった。獣柵のなかは空っぽで、母屋《おもや》といわず納屋《なや》といわず牧童長屋といわず、すっかり黒く焼け焦《こ》げている。馬車がひっくりかえっていた。木樽《きだる》があちこちに倒れていたり、壊れたりしている。空気のにおいからして、火が出たのはそんなにまえのことではないだろう。深掘り井戸《タンブル・ウィード》から水を汲《く》み上げるための風車塔が横ざまに倒れている。風が吹くと、丸くからまった枯れ草が人気《ひとけ》の絶えた農場のなかを寂しくころがった。

「火をかけられたみたいだな、兄さん」

「そうだな」

ロミオは馬を降り、井戸のまわりの木屑《きくず》を蹴散らし、石をひとつ放りこんでみた。

ほかの三人が息を殺して耳を澄ませる。

「水があるな」スノーが言った。

「ゴルゴタ山は火山だったからな」と、ロミオ。「問題はおれたちのロープが足りるかどうかだ」

「ロープをつなげよう」クロウはさっさと自分のロープを鞍《くら》からはずす。「そこにバケツが落ちてる」

そこでロミオは自分のロープとクロウのロープをつなげ、バケツの取っ手に結びつけて井戸のなかへ落とした。手応えはあったが、引き上げる途中で急に軽くなった。引き上げてみると、バケツの底がぬけていた。

「とどくぞ」ロミオはロープを弟に差し出した。「どうにかして水を汲め」

「クロウにやらせろよ」そう言って、スノーは敷地の端を顎《あご》で指した。「それより、あの小屋を見てこようぜ」

遠目には、たしかにその粗朶《そだ》造りの小屋は比較的損傷が軽そうだった。スノーの言わんとするところはよくわかる。もしかしたら今夜はあそこで夜を明かせるかもしれない。体はすっかり冷えきっているし、腹が減っていまにもガンベルトが落ちそうだ。

ロミオはうなずき、クロウがロープを受け取った。

ふたりは焼け残った杭《くい》に馬をつないでから小屋のほうへ歩いていった。人の気配はない。それでも、念には念を入れた。

「目を閉じろ」弟が言われたとおりにすると、ロミオも瞼《まぶた》を閉じた。心のなかで二十数え、「よし」

スノーが拳銃をぬき、掩護《えんご》をたしかめもせずに扉を蹴破った。小屋へ飛びこみ、さっと四方に、そして二階に銃口を走らせる。

「異状なーし」

ロミオは拳銃をホルスターに戻してあとにつづいた。目はもう闇に慣らしてある。開いた瞳孔《どうこう》はすぐにいくつかの物影を捉《とら》えた。山と積まれた干草についている黒いシミが血だということは、においでわかった。炊事用の馬車、横倒しになったオートバイ。地面にはなにかを引きずったような跡があり、追っていくと干草の陰に足のちぎれた死体がひとつころがっていた。吹きぬけになっている二階にも人の気配はない。農具や丸めた有刺鉄線が壁にかけてあった。

ふたりは死体を見下ろした。胸に大きな穴が開いている。その大きさから見て、四十四口径以上の弾を食らったのは間違いない。足が吹き飛ばされているのも、それで説明がつく。

「ほかのやつらはどうしたのかな?」と、スノー。

それはロミオも腑《ふ》に落ちないところではあった。盗賊に襲われたのだとしたら、もっと死体があっていい。ただの火事なら、だれかが残って農場を火事場泥棒から守っているはずだ。目をめぐらせたが、死人のちぎれた足はどこにも見あたらなかった。

ロミオは死体の胸の穴を凝視し、「どこかで撃たれてここまで這ってきたんだろうな」

スノーも気がついたようだ。地面に片膝《かたひざ》をつき、胸の穴に指を突っこんでなにかをすくいとる。

ロミオは革手袋をはめた弟の指先に顔を近づけた。

「憶えてるか、スノー? ほら、狼《おおかみ》に襲われるまえに見たろ」

「あの伝道師たちだろ?」

「おなじものだと思うか?」

スノーはかぶりをふったが、それが質問に対する答えなのか、見当もつかないということなのか、なんとも言えなかった。

「寄生虫にはちがいないと思う」

「だけど、あの伝道師たちは死んでずいぶん経ってたぞ」ロミオが反論する。「寄生虫ってのは宿主が死ねば死ぬものだろ？」

が、スノーは返事のかわりに背筋も凍るような悲鳴をあげ、ほとんど踊りながら手袋を脱ぎ捨てて地面にたたきつけた。

「どうしたんだ？」

「ちくしょうめ！」わめきながら手袋を踏みつける。「こいつ、おれの手に咬《か》みつきやがった！」

「見せてみろ」

スノーの手を取ると、たしかに体のちぎれた糸ミミズのような蟲《むし》が指に頭を突っこんでいる。ロミオは腰からボウイナイフをぬき、指の肉もろとも蟲をえぐり出してやった。

「兄さん、吸ってくれ！」

「冗談じゃない」

「ちくしょう！」

スノーは傷口をちゅうちゅう吸っては血を吐き出し、そのついでにこの世界を罵りまくった。

ロミオはまたぞろ死体のそばにしゃがみこみ、ボウイナイフをバターナイフのように使って胸の肉をすこし削ぎとった。窓から射《さ》しこむ蒼白い薄明かりにかざすと、刃先で蠢《うごめ》く蟲たちの口が小さな鎌《かま》のようになっているのがわかった。蟲たちは途方に暮れ、四方八方に這っていった。

「ここに泊まるのはよそう」干草でナイフをぬぐい、弟にむきなおる。「さあ、行くぞ」

スノーが罵声《ばせい》をあげて死人に鉛玉を撃ちこんだ。銃声が轟き、遠くでクロウがなにか叫び、死んだ人間がもっと死んだ。

翌日、雪が本格的に降りだした。

灰色に塗りつぶされた景色のなか、一行はゴルゴタ山に馬を乗り入れた。六・一六のあとに隆起してできた山だ。メキシコの活火山と地下の深いところでつながっていると言われている。痩せ細った黄色っぽい針葉樹におおわれ、腐葉と剝落《はくらく》した樹皮とイトスギの球果がところどころに吹き溜まっている山道を行った。巨大な岩石が道をふさいでいるところで一行はブーツからかんじきに履きかえ、馬を牽いて歩いた。遠くのほうでまた樹《き》が倒れる。

先頭を行くスノーが小高い岩棚の上によじのぼり、北の空を指さした。ロミオたちがそちらへ進路をとると、バンダナで顔をおおったスノーが木立ちのなかから出てきて合流した。クロウはマンデーを乗せた馬を牽いている。そのマンデーはといえば、いっしょに旅をするようになってから、まだひと言も口をきいたことがなかった。

「おい、クロウ」スノーがくぐもった声で訊いた。「おまえ、マンデーとはどうやって話してんだ？」

「ゆっくり話してやればわかってくれる」

スノーはうなずき、歩みをゆるめてマンデーの馬とならんだ。「オレ、ス――ノー」

「やめろ」ロミオがふりかえってたしなめる。「マンデーにちょっかいを出すんじゃない」

「いいんだ」と、クロウ。「あんたらのことは怖くないみたいだから」

ざまあみろ、という感じでスノーが冷笑し、それからは自分のやりたいようにやった。オレ、スノー、ほれ、言ってみな、ス――ノー。ブランケットで頬かむりをしたマンデーは不思議そうに首をかしげ、金色の長い髪を風雪にたなびかせて微笑《ほほえ》むばかりだった。

「痛っ！」見とれたスノーの顔面をイトスギの下枝が打った。「くそっ、鼻血だ！」

もし悪魔が人間をたぶらかすつもりなら、とロミオは思った。きっとマンデーに化けて出てくるにちがいない。

「あとどれくらいで着くんだい？」

ロミオは前にむきなおり、クロウが追いつくのを待ってから答えた。「北の尾根にちょっと開けた場所がある。あと二マイルってところだろう」

「やつら、本当にいるかな？」

「ゾンビベアーは臆病なやつだ。兄貴がそう言っていた。だから絶対に近づくなと言われた。臆病なやつが一味のボスになるには、それなりの知恵があるはずだからな。あの吊《つ》るされていた男——」

「ピザハット・モントーヤだね」

「スノーに聞いたんだな？」

「うん」

「あの馬鹿」ロミオはしつこくマンデーにちょっかいを出す弟に一瞥をくれ、「おれの二番目の兄貴を殺《や》ったのはそいつらしい。とどめを刺したのはゾンビベアーだが、そのまえにもうピザハット・モントーヤに致命傷を負わされていたって話だ。なぜだ？　なぜピザハット・モントーヤはゾンビベアーに手柄を譲った？」

クロウ・フィッシュは黙って馬を牽いた。

「つまり、ゾンビベアーはそれくらい人に好かれるってことだ。おれにはよくわからんが、とにかく兄貴はそう言っていた。臆病だが人に好かれる。人を動かして、でかいことを成し遂げて、長生きするのはいつだってそんなやつだ。逆に言えば」ひと息つく。「やつは仲間がいなきゃなにもできない」

「それもガイ・レインが言ってたの？」

「そうだ」

「だから、テディ・ベアーが古巣にいると思うんだね？　仲間が殺《や》られたから？」

「ピザハット・モントーヤはゾンビベアーの右腕だ。その右腕が殺されてまだ日が浅い。ゾンビベアーは脚をもがれたも同然だ」

「大ビートルズだってあんたの相棒だったろ？」

「大ビートルズは兄貴の相棒だ」

「アイザイアは？」

「あれはスノーの幼馴染《おさななじ》みだ」

「脚をもがれた……か」

「おまえはそう思わないか？」

「いや、おれもそう思う。臆病で人に好かれる人間は自分の命を大切にするついでに仲間の命も大切にしそうだから」

ロミオは手綱を持ったまま地面にしゃがんだ。

「どうした？」スノーがやって来て尋ねる。「なんだそれ？」

腐植土の林床に落ちていたのは短い扇形のブーツで、飾り気のないニッケルの拍車がついていた。ひろい上げてみるとずっしり重たかったが、それもそのはずで、ブーツのなかにはまだ持ち主の足が入っていた。オサムシが数匹、白く凍りついた傷口にたかっている。昨日の死体の足がここまでぴょんぴょん跳ねて来たんだぜ。そう言って、スノーがゲラゲラ笑った。

「ロミオ」クロウが指さす。「ほら、あれ」

目をむけると、折れて朽ちかけたイトスギの根元が黒ずんでいる。馬の手綱を弟にあずけてから、ロミオはそちらへ行ってみた。血のシミだった。樹皮がえぐられ、ささくれ立っている。体を折って樹のにおいを嗅《か》ぐ。あの独特で強烈な尿のにおいが鼻を衝《つ》いた。まわりの腐葉が踏みしめられ、なにかを引きずったような跡が木立ちのなかへつづいていた。

「近くに牛がいる」

すぐさま背後で撃鉄の上がる音がふたつ聞こえた。あたりを見まわす。左手は馬の足には勾配《こうばい》が急すぎるし、右手は枯れ木におおわれた千尋《せんじん》の谷。北の尾根へ行くにはこの森をぬけるしかない。どうする？　足跡から判断して、おそらく十年前にレスターと遭遇したやつよりはうんと若い。だからといって油断はできない。野生のロングホーンはいつも腹をすかせていて、むしろ若いほうが無闇《むやみ》に襲いかかってくるからだ。あのときはふたりぶんの弾をすっかり撃ち尽くしてやっと一頭を倒した。が、いまこっちには男が三人いる。スノーのとあわせれば、手榴弾だって五、六個ある。

きびすをかえして戻ろうとしたとき、不意に視界の端でなにかが蠢き、ロミオはとっさに拳銃《けんじゅう》をぬいた。

赤茶けた石灰岩の陰からぬっと立ち上がった牛は体長七フィート足らずの小さなやつだったが、それでもロミオよりは五インチ（一インチは約二・五センチ）ほどもでかい。牛は腰をため、威嚇《いかく》のうなり声を発した。

「撃つな、スノー」鋭く叱咤《しった》する。「大丈夫だ」

なにがどう大丈夫なのかはわからなかったが、迂闊なことをすれば、ほかの牛を呼び寄せてしまう。ロミオは息を殺し、牛から目をそらさなかった。未発達な頭角は曲線をつくりはじめたばかりだが、体はもう褐色の巻き毛におおわれている。七、八歳といったところだろう。尿のにおいは、若い牛ほど刺激臭が強いのだ。それにしても近すぎる。固唾《かたず》を呑《の》み、両手を挙げて攻撃の意志がないことを示しつつ、撃鉄に親指をかけた。おれの九ミリ・パラベラムじゃ、やつを倒す前にこっちが引き裂かれちまう。動けない。額を流れ落ちる汗が目に入ったが、まばたきすらできなかった。この距離なら、こいつは一撃でおれの頭蓋骨を砕くことができるだろう。

呼吸をするたびに牛の鼻は凶暴に鳴り、白い呼気が風に吹き流された。両手、そして口についた血はまだ乾ききってない。その黒目ばかりの大きな目からはなんの感情も読み取れなかった。

じりじりと時が過ぎてゆく。森がざわめき、遠雷が轟く。どこかでノハラツグミがけたたましく啼《な》いた。

「兄さん」背後からスノーのささやき声。「三歩下がったら右手に岩がある」

ロミオは目をめぐらせたが、その岩を確認することはできなかった。

「岩陰に飛びこめ。手榴弾《しゅりゅうだん》であいつを吹き飛ばす」

すり足で一歩あとずさる。牛は動かない。もう一歩身を退くと、牛が二歩大きく出た。ロミオは反射的に拳銃をむけたが、違和感に気づいたのはそのときだった。スノーが手榴弾のピンをぬいたのがわかり、自分の直感を信じて弟を制した。

「待てスノー、投げるな」

牛はこちらを見てさえいなかった。まじろぎ、手を持ち上げ、ロミオのうしろを指さす。

「おんな——おなじ——うし」

ロミオはゆっくりと体を横に開き、右目と拳銃を牛に残したまま、左目を後方に走らせた。スノーがクロウとマンデーをかわるがわる見ていた。クロウのほうは牛をにらみつけている。マンデーはなにがなんだかわかっていないようだった。

「おんな——おなじ」牛は低い声で繰りかえした。「うし——おんな——うし」

「クロウ、こいつを撃ったりするんじゃないぞ。ほかの牛があつまってきちまう」ロミオは釘《くぎ》を刺した。「こいつが襲ってこないのはマンデーがいるからだ」

「おまえ」牛が言った。「ここ——なぜ」

「おまえ、ユダの牛か？」

牛は返事をせず、じっとマンデーを見つめていた。巨大な性器が見る見る屹立《きつりつ》する。

馬たちが不安がってしきりに足踏みをしたが、マンデーにはどこ吹く風だった。梢《こずえ》を渡るリスにすっかり心を奪われている。

「おんな――おけ――ここ」

「よう、ライバル出現ってやつか？」

スノーの戯言《たわごと》を真に受けたのか、殺気立ったクロウがいまにも発砲しそうな気配を見せた。

「よせ、クロウ」と、ロミオ。「刺激するな」

「ここ――なぜ」

「ゾンビベアーってやつを捜してる」

「テディ」

「そいつだ」

「テディ――ない」

ロミオは弟と顔を見あわせた。

スノーが出張る。「おまえ、ゾンビベアーのなに？」

「ともだち――おれ――ともだち」

「へぇえ、テディ・ザ・ゾンビベアーと友達なのか。おれはスノーだ。ス――ノー」

「ス――ノー」

「おまえは？」

「おれ――アール」

「言葉はテディに教わったのかい？」

牛がうなずいた。「テディ――ピザハット――トビー――ルートビア――フィリー」

「つまり」と、ロミオが言った。「ゾンビベアーたちがこの山に自由に出入りできたのは、アール、おまえのおかげなんだな？」

アールはその質問には答えず、テディ・ザ・ゾンビベアー一味の名前を繰りかえすばかり。「みんな――ない」

「ここにはいないってことか？」

「むし――ちいさい――くう――ない――みんな」

「蟲？」

「ちいさい――むし――ちいさい――くう――テディ――ピザハット――トビー――ルートビア――フィリー」言い募るうちに、勃起《ぼっき》が収まってくる。「むし――ちいさい――テディ――くう――トビー――くう――ルートビア――むし――フィリー――くう」

「その蟲ってのは赤くてくねくねしたやつか？」

アールはロミオにむかって何度もうなずいた。

「山の麓《ふもと》の農場を襲ったのはおまえらか？」

「おれたち――くう――だけ――おそう――ない」

「ゾンビベアーはどこにいる？」

「あな」

「おれたちをそこへ連れてってくれるかい、アール？」スノーが言った。「たぶん、テディも嫌とは言わないと思うな」

森のなかで、人を食う四頭のロングホーンを見かけた。

牛たちは樹々のあいだにうずくまり、密生したイトスギのせいで雪すら降りこまない場所で屍肉《しにく》に群がっていた。ロミオたちが近づくと、全員が食べるのをやめて頭をもたげた。そのうちの二頭がすっくと立ち上がる。手前のやつはさほどでもなかったが、奥のやつは十フィート超えの大きなやつだった。左の角が折れ、右目には眼球がない。口をもぐもぐさせ、手に心臓らしきものを握っていた。

アールを先頭に、スノー、クロウとマンデー、最後にロミオが静かに馬を牽いて牛たちのそばをとおりぬけた。最接近したときは、牛たちの息遣いが顔にかかるかと思われた。横目でうかがうと、死人は顔までかじられていた。まるでマスクがめくれたみたいに顔面がめくれ、白骨の奥の金歯まで見えた。上半身は内と外がすっかり裏がえっている。湯気が立ってないところを見ると、臓器はもう凍りついているのだろう。帽子やブーツやガンベルトも落ちていたが、男か女かは判然としなかった。

どさっと雪を落とした枝がその反動で跳ね上がる。牛たちは一行を目で追ったが、一行も牛たちをふりかえらずにはいられなかった。その濡《ぬ》れた鼻面から吐き出される白い呼気は、まるで人間がなにかしくじるのを待っているかのような重みがあった。人間遺伝子由来のささやかな理性、その箍《たが》をはずす機会を、いまか、いまかと、うかがっているみたいだった。

凄絶《せいぜつ》な静けさのなかを、馬たちは耳を寝かせて淡々と行った。首筋にひどく汗をかいている。大丈夫だぞ、大丈夫だ。ロミオは馬の耳にささやきかけ、濡れた首筋を撫《な》でてやった。ごめんな、もしおれがおまえならとっくに乗り手を蹴飛ばして走ってるよ、ごめんな、ごめんな、もうすこしの辛抱だぞ、静かにいこうぜ、裁判中に屁《へ》をこく要領でさ——森は流砂のように蹄の音を吸いこみ、ひゅうひゅう音をたてて泣いた。もしくは、嗤《わら》った。

ロミオはふりかえって牛を見た。牛たちは静々と彼らの営みを再開していた。死人に群がり、肉塊を裂き、シャーベット状になった臓物を喰らう。なにもかもが秩序だっていて、まるで本を読んでいるかのように整然と行われていた。角の折れた独眼の牛だけが、いつまでもこちらを見送っていた。

こいつらはおれたちを取って食うこともできたはずなんだ、とロミオは思った。だけど、そうしなかった。そうしなかったのは、そうできないからじゃない。そうしないことに決めたからだ。こいつらは本能の奴隷《どれい》なんかじゃない。クロウの言うように、牛というより人間といったほうが正しいのかもしれないな。

一行は先を進み、凍《い》てついた沢をまわり、森をぬけて峠に出た。峠の先は下り坂で、そのむこうに雪をいただいた山頂が見える。灰色の光がつくる淡い影はもう東にむかってのびはじめていた。

「あな――テディ――あな」

アールの指さす方角には大きく裂けた岩壁があった。洞窟の前には石で囲んだだけの囲炉裏《いろり》があり、焦げた鉄鍋《てつなべ》がころがっている。なかのソフキーは完全に凍っていた。

ロミオとスノーは手綱を放し、クロウが黙ってふたりの馬をあずかった。

スノーが拳銃をぬくと、アールが手をふりまわした。「あな――むし――むし」

「知ってるぜ」スノーが言った。「その蟲ってのは死人の体んなかにいるんだろ？

大丈夫、テディがくたばってりゃなにも触らずに出てくるよ」

まえを行くロミオがふりかえり、早く来い、と顎をふる。スノーは兄のあとを追い、そのあとにアールがつづいた。

なかは外より幾分暖かく、暗さに目が慣れると、岩壁に寄せた木のテーブルが見えた。壁に飾ってあるのはヘラジカの角だ。テーブルの上には散乱したカードとウィスキーの瓶、散らかった煙草《たばこ》葉、錫《すず》のカップがいくつかあった。かんじきが落ちている。壁をくりぬいただけの暖炉もあり、蛇腹のパイプにタールを塗った煙突が天井の穴に吸いこまれていた。

「この煙突をふさいでやりゃ」と、スノー。「やつらを燻《いぶ》し出すこともできたはずだぜ」

ロミオはアールを見やったが、アールはなにも言わなかった。

「レスターに煙突をふさがせて、飛び出してくるテディ・ザ・ゾンビベアーたちを兄さんが外で狙《ねら》い撃ちすればよかったんだ」

「おれたちはここまでたどり着けなかったんだ」

「おれといっしょならたどり着けたさ。おれにはレスターにはない幸運がついてるんだ。メキシコで証明ずみさ」

「おまえの幸運はガイ兄さんがベニート・レオーネから買ったものだ」

「幸運は幸運さ。いくら金を持ってたって、買えないやつは買えないんだ」

ロッキングチェアが一脚、寝袋がいくつかころがっている。壁に打ちこんだ釘《くぎ》にガンベルトがかけてあった。

「テディ」アールが寝袋をひとつずつ指さしていく。「トビー——フィリー」

近づいてみると、たしかにテディ・ベアーは寝袋のなかで黒っぽく凍りついていた。ナイフをぬき、寝袋を切り開いてみる。赤くてにょろにょろした蟲にわっとたかられる。そんな画が見えたが、イジー・レインを殺した男はただ静かに横たわり、平安に目を閉じているだけだった。ロミオは死人になにか言ってやりたいと思った。自分のなかで区切りをつけるために。が、死にゆく者にかける言葉はたしかに価値があるとしても、すでに死んでしまった者になにを言っても、それはひとり言でしかない。だから口をつぐみ、じっとテディ・ザ・ゾンビベアーのおだやかな死顔を見下ろしていた。

スノーがのぞきこむ。「腹を裂いてみるか?」

「なんのために?」

「それもそうだな」

「もうこんなところに用はない」ロミオは立ちあがり、さっさと洞窟《どうくつ》を出ていった。

「暗くなるまえに山を下りよう」

洞窟の外では馬たちがぺんぺん草を食《は》んでいた。クロウは岩棚の縁にしゃがんで煙草を吸っている。その背中にマンデーが寄り添っていた。

「おまえがいまなにを考えてるか当ててやろうか」馬に乗りながら、ロミオはクロウにむかって声を張りあげた。「マンデーをここにおいていったほうがいいんじゃないかと思ってるんだろ？」

クロウはふりむきもせず、うわの空で煙を吹き流した。

「行こうぜ、クロウ」自分の馬に跨がったスノーが兄のうしろにつく。「力ずくでやらないかぎり、マンデーがおまえのもんになることはないぞ。牛は牛どうしがいちばんだぜ」

アールは洞窟のまえに所在なくたたずんでいた。

しばらく待ってみたが、なにも起こりそうになかった。そこでロミオは馬首をめぐらせ、弟とふたりで山を下りていった。

7

「なにぶんこんな田舎です」ルディ・ワイルドフラワーという名の若い郡保安官は嚙《か》み煙草をぐちゃぐちゃやりながら、神経質に右目をごしごし擦《こす》った。「あいつらの手配写真すらまだまわってきてませんよ」

「サンタフェ鉄道が襲われたのは知ってるんだろ？」

「ええ、まあ」

「馬が盗《と》られたことは？」

「なにがおっしゃりたいんです？　おれたちがヘマをしたとでも？」

　びっくり仰天したバードは目を丸くした。馬が四十頭奪われたあとで、馬を四十頭近く引き連れたよそ者と出くわした。なのに、みすみすそいつらをとおしてしまった。ヘマどころの騒ぎじゃない。カンザスシティなら笑い物にされ、性病持ちの女からもそっぽをむかれ、子供からは石を投げられ、犬にも吠《ほ》えられるだろう。

「なんですか？　なんでそんなふうにおれを見るんですか？」

「おまえの親父《おやじ》さんは認可畜産競売人だろ、ワイルドフラワー？」

「だれから聞いたんです？」

「そんなことはどうでもいい。念のために訊くんだが、レイン兄弟が親父さんのところに立ち寄ったなんてことはないか？」

「なんのために？」

「やつらが馬を売るつもりなら、書類やらなにやら必要になるからな」

「それはうちの親父が書類の偽造をやってるって言ってるんですか？」

「いやいや、そうじゃない。レイン兄弟の足取りを知りたいだけだ」

「いえ、そんな話は聞いてませんね」ワイルドフラワーは憮然《ぶぜん》として言った。「すくなくとも、今朝おれが家を出るときまではなにも言ってませんでしたよ」

「そうだと思ったんだ」バードは遺体安置台を顎でしゃくり、「こいつはどこかで見たことがあるような気がするんだが」

「ピザハット・モントーヤって悪党です。テディ・ザ・ゾンビベアーの一味ですよ」

死体をおおっている防水シートをつまみ上げてみると、右手の甲に薄汚い刺青《いれずみ》がある。

「もしおれがマリア様なら、自分の名前を体に彫ってくれるような男にはくらっときちまうかもしれんな」レイン兄弟はソコロを素通りしちまったか。バードは心中首をふった。「おまえはなんで保安官をやってるんだ?」

相手が目をすがめた。

「バッジがかっこいいからか?」

「賭《か》けてもいいですがね、あんな若造どもがレイン兄弟だなんてだれも思いませんよ」ルディ・ワイルドフラワーは煙草の嚙み汁を痰壺《たんつぼ》に垂らし、「もしあんたがまだしつこくそのことにこだわってるんならね」

「そのシャップスはいくらした?」ワイルドフラワーはニコチンで黄ばんだ歯をむいてにやりと笑ったが、バードがつづけてどうせ親父に買ってもらったんだろと言うと、眉間《みけん》にしわが寄った。「だれがこいつを吊るしたんだ?」

「おれにわかるわけないでしょう」

「ぜんぜん心当たりがないのか?」

ワイルドフラワーは心底うんざりしたように目をぐるりとさせ、バードは相手の目をまじまじとのぞきこんだ。

「黒ずくめの一団を見たって話もありますが、まあ、関係ないでしょう。女子供や、寝たきりの年寄りまで連れていたそうですし」

「さっきからどうしたってんだ?」

「なにがですか?」

「なんで右目だけそんなにまばたきをするんだ? 気持ち悪いからやめろ」

「ちょっと痒《かゆ》いんです、それだけですよ」

バードは目を皿にした。

「なんですか?」

返事をせず、ぐっと顔を近づける。

「言っときますがね、おれは目上の者に対する敬意ってもんを忘れたことはありませんが、それは相手がおれを馬鹿《ばか》扱いしないときにかぎりますよ」若い郡保安官は喧嘩《けんか》腰になったが、年老いた連邦保安官に両手で顔を摑《つか》まれると、おびえたように身をくねらせた。「な、なんなんですか、あんた……」

「上を見ろ」

「はあ?」

「目を上にむけろと言ったんだ!」

若い郡保安官は戸惑いながらも言われたとおりにした。

見間違いなんかじゃない。しびれを切らしたワイルドフラワーに突き飛ばされるまで、バードは相手の右目を凝視した。

「いい加減にしてくださいよ！」

ワイルドフラワーは手の甲で目をごしごし擦り、爪《つめ》でひっかき、涙腺《るいせん》から細い紐《ひも》のようなものをひっぱり出した。

「な、なんだこりゃ？」その紐を真っ赤に充血した目のまえにかざし、それからヒステリックに投げ捨てた。「くそ、なんだってこんなもんがおれの目から出てくるんだ⁉」

バードは床の上でのたくる赤い蟲を見下ろし、半狂乱でぐるぐるまわっているルディ・ワイルドフラワーを見やり、ステンレス台の死人に目をうつした。死斑《しはん》の浮いた青白い体に目を凝らす。その喉元《のどもと》がかすかに波打っているように見えた。

くしゃみを連発したあとで、ルディ・ワイルドフラワーが悲鳴をあげた。鼻孔から噴出した蟲が口髭《くちひげ》のなかに、そして壁にも数匹ついている。

バードはナイフをぬき、ピザハット・モントーヤの喉を一文字に切り開いてみた。糸ミミズのような赤い蟲が、嘔吐《おうと》する果実のようにどろりと流れ出る。ゼリー状になった黒い血に乗って。

彼らにつく蟲《グサーノ・デ・エジョス》。

刮目《かつもく》したバードの頭のなかで、ファット・ウォンの声がサイレンのようにけたたましく鳴った。

グサーノ・デ・エジョスは人体に卵を産みつけ早ければ四週間遅くとも六週間で宿主《しゅくしゅ》の命を奪う……

「た、たすけてくれ……」すがりついてくる半泣きの郡保安官を蹴り倒し、遺体安置室を飛び出す。

「コーラ！　コーラ！」

その剣幕に、保安官補たちと談笑していたコーラがたじろいだ。「どうしたの、バード？」

「そいつらから離れろ！」保安官補たちが顔を見あわせた。

「ここを出るんだ！」デスクにぶつかり、椅子《いす》を撥《は》ね飛ばし、呆気《あっけ》に取られているコーラの腕を摑まえる。「いますぐに！」

「ねえ、なにが……」

コーラの目があらぬ方向に飛んだと思う間もなく、バードの背後で遺体安置室のスウィングドアが勢いよく開いた。拳銃を持ったルディ・ワイルドフラワーがよろめき出る。意味をなさないことを口走り、仲間たちの制止を無視して発砲した。事務所の銘が入った窓ガラスが白く濁り、次いで爆発した。なんだってんだ、ルディ⁉ 保安官補たちもいっせいに拳銃をぬく。が、なにをどうしたらいいのかわからず、剣呑《けんのん》なことをわめきながら右往左往するばかり。割れた窓から風が吹きこみ、紙切れを舞い上げた。口の端から嚙み煙草の汁を垂らしながら、ワイルドフラワーがでたらめに発砲する。落ち着け、ルディ！ 姿勢を低くした保安官補たちが口々にわめいた。なんてこった、いったいどうしたってんだ⁉

銃をおけ！ 銃をおけ！ と連呼していた男が被弾して倒れる。ほかの保安官補たちの拳銃がいっせいに火を噴いた。銃弾はルディ・ワイルドフラワーを押して、押して、押して、壁に押しつける。バードはコーラを抱いてデスクの陰に身を隠した。コーラは耳をふさいでいた。くそったれ！ 銃声の残響をだれかの声が打ち破る。なんだってこんなことに⁉

硝煙が立ちこめるなか、保安官補たちは拳銃を握りしめたまま恐る恐るルディ・ワイルドフラワーに近づいた。ぶるぶるふるえているコーラの頰をひと撫でしてから、バードも彼らに加わった。

弾はワイルドフラワーの体に、そして顔面にも命中していた。バードはグサーノ・デ・エジョスにびっしりたかられている死体を想像したが、蟲はワイルドフラワーの顔に数匹くっついているだけだった。ご自慢のシャップスは尿で濡れていた。保安官補たちはといえば、蟲のことなど眼中になく、おたがいに怒鳴りあっては天を仰いだり、銃の握把《グリップ》で自分の頭をごつごつたたいたりしていた。

「死体は燃やしてしまったほうがいい。遺体安置室にあるやつもだ」

バードはそう警告したが、だれかの耳にとどいたとは思えなかった。

ソコロからラスクルーセスまで行くあいだ、ふたりはもっぱら寄生虫のことを話題にした。寄生虫たちはどこから来てどこへ行くのか？　神にいったいどんな目的があるというのか？

「そんなこと、だれにもわからないわ」

コーラは聖書を引用して、こんな災難奇禍は旧世界も幾度となく見舞われたはずだと主張した。かつてあったことはこれからもあり、かつて起こったことはこれからも起こる、太陽の下、新しいものはなにひとつないのよ（コヘレトの言葉一章九節）と嘯《うそぶ》き、バードもたぶんそのとおりなんだろうなと思った。

ふたりは道路からはずれ、風雪がしのげそうな断層の縁をその夜の寝床に決めたばかりだった。赤茶けた大地を走る幾筋もの亀裂《きれつ》のなかには幅が五ヤードほどのものもあり、馬で跳び越せないことはないが、たとえひとつを跳び越えても、つぎを跳び越えるための助走ができない。暗くなってから下手に動けば、亀裂に落ちて死ぬか、馬の肢《あし》を折ってしまうだろう。そこは亀裂を大きく迂回《うかい》し、馬を牽《ひ》いてでないとたどり着けない天険だった。四方を見渡しても、これほど安全な場所はない。思うことはだれもおなじで、その証拠に黒く燃え尽きた焚火《たきび》の跡がふたつほどあった。

馬に食べさせ、前肢をロープで結わえつけた。ふたりで体を寄せあって北風を防ぎながら熾《おこ》した火のそばで、コーラはバードのために煙草を巻いてやった。

「だが、もしあの細くて赤くてにょろにょろしたいやらしいやつらがむかしからいたとしたら」バードはくわえ煙草で焚火に枯れ枝をくべた。「むかしの蟲はもっと頑強だったんじゃないかな」

「ロマンチックね」

「ロマンチック？」

「旧世界に対する憧《あこが》れ」

「憧れか……うん、たしかにそれはあるかもしれん」

「年を取ったのよ」コーラは火にかかった鍋を木ベラでかきまわした。「おたがいにね」

ふたりはしばらく黙ってソフキーが炊《た》けるのを待った。風がかすかに狼の遠吠えを運んでくる。いま、この瞬間にも、どこかでだれかが腹を満たすための戦いを繰り広げている。森の奥深くで、廃墟《はいきょ》と化したビルのなかで、身を隠す物陰などない無辺際の荒野で、そして人間たちの体のなかで。

「まあ、どうということもないさ」バードは最後に一服して、煙草を火のなかに放りこんだ。「人間、死ぬときは死ぬんだ」

「おなじ死ぬにしても蟲に体を食い破られるのだけはごめんだわ」

「死は死さ。一瞬で終わっちまう」

「あたしはいや。もっとやりたいことがあるもん」

「死を覚悟しない生き方なんか本当に生きてるとは言えないね」

コーラはこちらをじっと見つめ、それから四《よ》つん這《ば》いになって体をすり寄せてきた。焚火の炎が彼女の顔に照り映え、眼差《まなざ》しに妖《あや》しい影を落とす。悲しそうに眉《まゆ》をひそめている。見開いた目がすこし潤んでいた。

「おいおい、ここではさすがに……」

が、思いなおしてジーンズの上から彼女の形のいい尻《しり》を撫でた。可愛《かわい》いところがあるじゃないか。死の話なんかして心細くさせてしまったのだ。

「でも、ふたりの寝袋をつなぎあわせればなんとか……」

コーラはバードの手をぴしゃりと撥ねつけ、「耳の包帯をかえるのよ」

「ああ、そうか」

コーラはウエストポーチから消毒用の軟膏《なんこう》を探り出し、バードは抗生物質を服《の》んだ。

「その軟膏には水銀が入ってると思うか？」

「死ぬときは死ぬんでしょ？」

「……」

「水銀中毒で死ぬほうが蟲に食われるよりましよ」コーラは血とリンパ液のにじんだ包帯をそっと剝《は》がし取り、傷口に軟膏を塗りこむ。「それに、あなたはもう五十六でしょ」

「歳《とし》は関係ないだろ」

「あっ！」

「どうした？」

「なにこれ⁉」

「へんな声を出すんじゃない。怖いじゃないか」コーラの狼狽《ろうばい》ぶりに、バードはいっぺんに度を失った。「いったいどうしたんだ？」

「ああ、神様！」手で口をふさぐ。「ああ、バード、あなたの耳から……」

「なんだ？」悪寒《おかん》が体を貫き、感電したように跳び上がった。「蟲か？　そうなんだな⁉　おれの耳にあの蟲が涌《わ》いてるんだな⁉」

「ああ、なんてこと……バード、落ち着いて、バード！」

「ちくしょう！」バードはその場をぐるぐるまわって耳をかきむしった。「くそったれ！　あのルディ・ワイルドフラワーのくそったれの……くそったれの感染源のくそったれのくそったれのくそったれめ！」

馬たちが驚いて嘶《いなな》き、コーラの顔がゆがむ。

「何匹いる⁉　いっぱいいるのか⁉」

それまでの人生が走馬灯のように眼前をよぎる。さしたる考えもなくナイフをぬいたが、ぬいてしまってから耳を切り落としたらどうだろうかと閃《ひらめ》いた。それ以外に選択肢はなさそうだった。

「ち、ちくしょうちくしょうちくしょう……」

　ふるえる左手で右耳をつまみ上げ、これまたふるえる刃先をあてがう。ふう、ふう、と荒い息をつきながらコーラに目を走らせると、地面にころがって大笑いしていた。

「いまの顔！」コーラは体を丸め、腹を押さえ、息も絶え絶えに笑った。「ああ、バードったら、ごめんなさい、ごめんなさい！」

「……」

「あははは！　あはははは！　くっくっくっく……あーははははは！」

「嘘《うそ》なのか？　嘘なんだな⁉」

　コーラは笑いに笑った。

「くそ！」バードは激しく地団駄を踏み、石を蹴《け》り、かといって安堵《あんど》したこともたしかだから、それをごまかすために大声で罵《のの》りまくって馬たちを怖がらせた。「二度とこんなことをするな！　わかったか⁉　今度おれをコケにしたらただじゃおかないぞ！」

　コーラは涙をぬぐい、一瞬だけ神妙な顔をつくったが、こらえきれずにまた吹き出す。

「笑うな！」

「ああ、あたしのお爺《じい》ちゃん」空気を貪《むさぼ》る合間にどうにか言葉を押し出した。「あなたのその小さなところが大好きよ」

「もう充分だろ！」

「ごめんなさい」コーラは笑いながらバードを捕まえて顔じゅうにキスを浴びせた。「ごめんなさい、もうこんなことしないから。許して、ね？　お願いお願いお願い」

「まあ、べつにいいけど」

「ああ、バード、あたしのバード」

「おれはそんなに小さい人間なのか？」

「ううん、そんなことない」

「でも、いまそう言ったじゃないか」

「小さすぎてかえって大きく見えちゃう人はいっぱいいるけど」言葉を継ぐまえに、コーラはバードと唇をあわせた。「あなたはね、あたしのお爺ちゃん、大きすぎて逆に小さく見えちゃうの」

おれはちっぽけな人間なのだろうか？　コーラとならんで夕飯のソフキーとトルティージャを食べながら、バードはそのことについてとっくり考えてみた。若いころは若いということ以外になんの取り得もなかった。年を取ったら取ったで、年寄りだということ以外、やっぱりなんの取り得もない。それをちっぽけというなら、うん、やっぱりおれはちっぽけなんだろうな。

夜半過ぎ、大地をころがる車輪の音で目を覚ました。バードは寝袋に入ったまま耳を澄ませた。一台や二台ではない。となりで眠っているコーラを見やる。それから半身を起こし、寝袋を脱ぎ、赤くくすぶっている焚火のなかから燃えさしを一本ぬいた。やかんに残っていたコーヒーを熾《おき》にかける。灰色の蒸気と火の粉が上がり、闇に溶けていった。鞍《くら》といっしょにおいてあるサドルバッグを手繰り寄せ、なかからダイナマイトを二本ばかりひっぱり出す。

馬車は南のほうからゆっくり近づきつつあった。リトルドットが目を覚まして、音のするほうへ首をめぐらせる。

山のなかで出くわす灰色熊、なんの前触れもなく起こる大地震、牛の暴走、流砂——それらとまったくおなじ密度の恐怖がバードをがんじがらめにし、瞬時に死を覚悟させた。こちらは男ひとり女ひとり。

いったん不運に狙いをつけられたら、いくらじたばたしても仕方がない。どうあがいても、苦痛と苦悩を長びかせることしかできない。だから、いつでもダイナマイトに点火できるようにした。敵を道連れにしてやろうという発想はない。そのことをバードは心密《ひそ》かに誇りに思った。死んだ祖父《じい》様がむかしよく言っていたな、食うときに感謝するのはあたりまえだが、食われるときにも感謝せにゃならんぞ、とどのつまりはおなじことだからな。バードにとって死とは馬糞《ばふん》のようなもので、踏まないに越したことはないが、万一踏んづけてしまっても他人になすりつけるべきではないのだ。

地面をたたく馬の蹄《ひづめ》。嘶き。カランコロンと金属どうしのぶつかりあう音は、さながら死者の霊魂を導く東洋の鈴の音《ね》のようだった。

コーラはまるで赤ん坊のようにぐっすり眠っている。バードは節くれ立った指の甲で彼女の頰を撫でた。コーラの頰は温かく、この世のすべての善いものをその内側に宿していた。願わくはこのまったき女が天国で目覚めますように、そして、おれもまた彼女のそばで目覚めることができますように。

やがて暗闇が砂塵《さじん》でぼやけ、夜霧のなかから騎馬の一団が浮かび上がる。男たちはつぎつぎにあらわれ、地面の割れ目の手前で馬を止め、こちらをじっとうかがった。二、三十騎、いや、もっとか。そのあとに荷馬車の隊列がついている。

彼らの異様ないでたちに、バードは息を呑んだ。全員が黒い上着を羽織っている。頭はロボットのようだった。顔からはみ出ている巨大な目に光はなく、口はまるで蠅《はえ》のように突き出ている。水道管を空気がぬけるような音が断続的に、しかし途切れることなく耳にとどいた。

ガスマスクだ。荒野を吹きぬける空っ風はなにもたらさず、なにも奪わない。なのにこいつらときたら、ひとり残らずガスマスクをつけてやがる。

男たちは静かにたたずんでいた。馬に乗った黒ずくめの男たちは、魂を狩りにやって来た死神の軍勢のようだった。先頭の馬が道を空けると、そのあいだから騎馬の男が歩み出た。見てくれはほかの男たちと寸分たがわぬが、ガスマスクはつけてない。その顔立ちは、しかし、深い影に沈んでいてしかと見ることができなかった。

「旅の人」大地の亀裂のむこう側で男が静かに呼ばわった。かすかにメキシコ訛《なま》りがある。「あなたはどこから来たのですか?」

「近づくな」バードは相手によく見えるようにダイナマイトをかざした。この状態で相手の素性を問いただすのは自殺行為に思われた。「カンザスシティだ」

「どこへ行くのですか?」

「指名手配犯を追跡中だ」

黒ずくめの男たちはおたがいに顔を見あわせた。コーラが目を覚まし、バードは彼女の頬に手を押しあて、起き上がってこないように制した。

「差し支えなければ、ご身分をうかがってもいいですか？」

「連邦保安官とプロテスタントだ」

男は仲間たちになにか言い、またこちらにむきなおる。「カンザスシティはまだ蟲《むし》が出てませんか？」

「蟲？　グサーノ・デ・エジョスのことか？」

とたん、男たちを包む闇が硬くなる。

「グサーノを知ってるんですか？」

「いや」ルディ・ワイルドフラワーの一件をここで持ち出すのはマズいという直感が働いた。「インターネットで見たんだ」

「蟲は空気感染します」

「……」

「見たところ、あなた方はまだ感染していないようです。どうでしょう、あなた方さえよければ、ぼくたちといっしょに来ませんか？」

「どこへ？」

「わかりません」男は静かに答えた。「どこか北風が絶えず吹くところへ」

「さっきも言ったが、公務中なんだ」

「死ぬときはあたしから殺して」小声でささやく。「しかし、おまえがひとりでここへ来るならコーヒーをご馳走《ちそう》しよう」掌《てのひら》にコーラのキスを感じながら、バードは男たちにむかって声を張りあげた。「世間話でもすればおたがいのことがすこしはわかるだろう。だが、全員のぶんはない」

「あなた方が追っておられる指名手配犯というのは?」

「捜査のことは口外できない決まりでね」

男のたたずまいからは、ならず者特有の、あのすさんだ印象は見受けられなかった。もしかすると、この男は人を殺したことがないのかもしれない。そうじゃなければ、おれなんかが想像もつかないくらいの数を殺してきたかだ。

馬首をめぐらせて立ち去るまえに男は非礼を詫び、そして言い添えた。「エル・プエブリートへはとうぶん近づかないでください」

それだけだった。

黒ずくめの一団は北上を再開し、またたく間に夜と見分けがつかなくなった。数十台連なった荷馬車のなかには炊事車と思《おぼ》しきシルエットもあった。金属どうしのぶつかりあうカランコロンという音は、どうやら炊事車の調理器具がたてているようだった。予備の馬たちも引き連れている。ずいぶん長く旅をしているのだ。長い長い荷馬車の隊列は、さながら黄泉路《よみじ》を行くかのようにひっそりと遠ざかっていった。最後の一台が見えなくなってからも馬の足音はしばらく聞こえていたが、やがてそれも風にまぎれ、あやふやになり、荒野の夜にすっかり呑みこまれてしまった。

コーラが起き上がり、バードに抱きついた。

バードは彼女を抱きしめ、落ち着いた頃合を見計らって火を熾し、コーヒーを淹《い》れてやった。

翌日、ラスクルーセスまであと数マイルというところで巡回法廷の一行とすれちがった。荒野の一本道をバードとコーラは南へ、巡回法廷は北へとむかっていた。すれちがうとき、バードはひと目見て御者《ぎょしゃ》の男が嫌いになったが、コーラはそうでもないようだった。それでバードはますますこの縁起《えんぎ》の悪そうな御者が嫌いになった。となりにすわっているのは白い頬髯《ほおひげ》をたくわえた老人で、御者席でこっくりこっくり船を漕《こ》いでいた。二頭立ての馬車の幌《ほろ》には連邦捜査局のロゴが染めぬいてあり、テキサス州の小さな旗が立っている。用心棒のガンマンがふたりついていた。ショットガンを鞍に横たえたガンマンが帽子のつばに触れ、バードは手綱を絞って馬を止めた。

「そのブーツの拍車」外套《がいとう》を開き、胸の銀バッジを見せる。「メキシコ風で素敵だなあ」

「保安官《マーシャル》のも」と、ガンマンも慇懃《いんぎん》に応じた。「その爪先《つまさき》の革は本物ですよね？」

もうひとりの用心棒が目礼し、バードもうなずきかける。こちらは官給のM13サブマシンガンを持っていた。つまり、巡回法廷を装《よそお》ったならず者ではないということだ。カンザスシティのピート・ガスリー判事付きバード・ケイジ連邦保安官だと身分を明かすと、ガンマンはさっさと馬を降りて馬車の荷台から郵便袋を引きずり下ろした。

「しかし、ひどい天気だ」

バードがそう言うと、ひとり目のガンマンがうなずき、南部の男らしくコーラに愛想笑いをふりまいた。「ご機嫌いかがですか、奥様？」

「わたくしもテキサスの出ですのよ」コーラは乙にとりすまし、「これからどちらへ？」

「ちょっとヴォーンという町まで」

「それから郷里《くに》へ？」

「いえ、もう二年ほど郷里へは帰ってませんよ。貧乏暇なし《ノー・レスト・フォー・ザ・ウィキッド》というやつです。奥様はテキサスのどちらで？」

「いまはアマリロに住んでおりますの」

「本当ですか？　あそこにはぼくたちの教会の支部がありますよ」

「ひょっとしてあなたも長老派？」

「ということは奥様も？」

それからふたりは共通の知人の名前を出しあっておおいに盛りあがった。バードは郵便袋をあさるもうひとりのガンマンを眺めた。手紙の束を取り出しては一通一通あらためていく。御者は煙草をくゆらせ、判事と思しき老人は涎《よだれ》を垂らしていた。

分厚い雲が低く垂れこめ、いまにも雪が降りだしそうだった。痩《や》せたイトスギにおおわれたゴルゴタ山が東のほうに見える。山全体が黄色っぽいのは酸性雪のせいだ。こういう山には野生の牛が棲《す》んでいて、リスや鳥を獲《と》ったり、迂闊な旅人を襲ったりして幸せに暮らしている。

バードはぽっくりぽっくり馬を歩かせ、郵便袋のガンマンに近づいた。「ラスクルーセスで裁判があったのかい？」

「いえ」ガンマンはちらりと目を上げ、「エル・プエブリートです」

「ニューメキシコも管轄《かんかつ》なのかい？」

「ええ」

「途中で馬をたくさん連れたやつと会わなかったか？」

ガンマンは腰をのばし、質問を鸚鵡《おうむ》返しにした。「馬をたくさん連れたやつ？」

「サンタフェ鉄道が襲われたのは知ってるか？」相手の返事を待たずにつづける。「馬を盗ったレイン兄弟がエル・プエブリートへむかっているという情報を掴んだもんでね」

「たくさんって何頭くらいですか？」

「三十頭くらいかな」

ガンマンはかぶりをふった。「おれたちはこの道をもう二日歩いてますが、そんなにたくさんの馬を連れたやつらは見かけませんでした」

「ラスクルーセスにも寄ったのかい？」

「ええ、カーツマン判事が体調を崩されたので二晩ほど」

「エル・プエブリートでなにがあったんだい？」

「ジョアン・メロヂーヤという男の仲間が三人ばかり縛り首になりました」

「ジョアン・メロヂーヤ？」

「ご存知なんですか？」

「いや、アマリロの保安官事務所でその男の首に懸賞金がかかったと聞いたんでね」

バードはすこし考えてから尋ねた。「ちなみに、エル・プエブリートで吊《つ》るされた三人の持ち物にガスマスクのようなものはあったかい？」

「さあ、どうでしょう。なぜです？」

「いや、いいんだ」

「エル・プエブリートの保安官事務所で尋ねればわかると思いますよ」

「いったいなにをやらかしたんだ、そのジョアン・メロヂーヤってのは？」

「深南部一帯じゃ知らない者はいないですよ。いくつもの町を襲って皆殺しにしたんです」

「縛り首になった三人は？」

「ろくに英語も話せないメキシコの漁師たちでしたね」ガンマンは体を折り、郵便袋から手紙の束を掴み出し、ぱらぱら宛名《あてな》をたしかめながら話を継いだ。「三人がかりでルビオという男を殺して金を奪ったんです」

「ルビオ？　その男は金髪《ルビオ》なんだな？」

「どうだったかな……とにかくルビオと縛り首の三人はどうやらおなじ村の出で、ルビオがその村の村長を殺したから仕返しをしたんだと言ってました」

「どんなやつらなんだ？」

「ならず者ですよ。本当か嘘か、ボスのジョアン・メロヂーヤはユダの牛だって噂《うわさ》です」

「ユダの牛？」

「馬鹿げてますよね」ガンマンは先まわりして言った。「しかも、へんな神通力があるとかないとか」

「ほう、どんな神通力だ？」

「なんでも人の死に時《どき》がわかるそうです」

「阿呆《あほ》らしい！」

「だからおれもそう言ってるでしょうが」

「インド人だって牛をボスとは呼ばないぜ」

「ジョアン・メロヂーヤは自分の生まれ育った農園を焼き払ったという噂もあります。使用人やカウボーイたちを皆殺しにしたと言われています」

「だったら、なおさらユダの牛じゃないな」

「ええ、なまじ頭がいいぶん、ユダの牛はふつうの牛よりもうんと臆病《おくびょう》ですからね。そんな大それたことはできませんよ」ガンマンは手紙の束を郵便袋に戻し、腰をのばした。「カンザスシティのピート・ガスリー判事気付の手紙はありませんでした」

「そうか、ありがとう」

「保安官はこの世界が良くなっていると思いますか？」

「おれは五十六だ。この世界が良くなろうが悪くなろうが、ありがたいことに、もうどうでもいい」口を開きかけたガンマンを制し、「だけど若いころは、そんなことを真剣に考えたこともあったような気がするな」

ガンマンはうなずき、帽子に手をやった。「道中お気をつけて《ゴッドスピード》」

「ああ、きみらもな」

おいらはカンザスシティへ行くぜ
カンザスシティ、待ってなよ
おいらはカンザスシティへ行くぜ
カンザスシティ、待ってなよ
あそこにゃイカレた女たちがいて
おいらもひとり手に入れるつもりさ

「それ、なんて歌？」

「『カンザスシティ』さ」

「すこし静かにしてくれる?」

「わかった」

ふたりは馬首をならべてひび割れたアスファルト道を行った。道端にヒマラヤユキノシタの白い花が群生していた。高速道路へののぼり口が大きな螺旋《らせん》を描いてのび、途中で崩れ落ちている。道路の架台だけがいくつか倒れずに残っていたが、ふたりの目のまえでそのひとつが音をたてて崩れ落ちた。

まだ陽も高いのに、人影はまばらだった。空地に両手両足のない骸骨《がいこつ》が一体。バードの知るかぎり、そんなむごい目に遭うのは馬泥棒と相場が決まっている。巡回裁判を待って縛り首なんかにするより、手っ取り早く数頭の馬に泥棒の両手両足を縛りつけて反対方向へひっぱらせる。もちろん連邦捜査制度はこんな八つ裂き刑を許しているわけではないが、むかしながらのやり方というものは、のんびりと廃《すた》れてゆくものなのだ。

「なにが気に食わないんだ、コーラ?」

「べつに」

「ずっとなにもしゃべらないじゃないか」

「なんでもないって言ってるでしょ」

外壁しか残ってない赤煉瓦《れんが》の倉庫、小さな泥造りの家々のそこかしこから視線を感じる。女たちは木の鎧戸《よろいど》を閉め、男たちはわざわざ表に出てきて唾《つば》を吐いた。盛大に煙をあげている大きな窯《かま》のそばで、十歳くらいの子供が三人、しゃがんでこちらを眺めている。ひとりは煙草《たばこ》を吸っていて、ひとりは木の棒を持っていて、ひとりはガンベルトをたすき掛けにしていた。

「あれはなにをやってるの？」

「煉瓦を焼いてるんだ」

ボウリング場を改造した宿屋を曲がると、廃ビルが両側に建ちならぶ目抜き通りに出た。カンザスシティのような大きな町とちがって、こういう辺鄙《へんぴ》な場所にある吹けば飛ぶような小さな町には、百年前のやり方で旅人を襲うやつがいないともかぎらない。そう、姿を隠して狙撃《そげき》してくるようなイカレたやつらが。だから閑散としたアスファルト道を、ふたりは駒《こま》を前後にならべて一気に駆けぬけた。

井戸のある広場に出た。井戸は折れたオベリスクのそばに掘られており、ペンキで青く塗られ、手動のポンプがついていて、馬のための水槽もしつらえてあった。女たちがそのまわりで怒鳴りあっていた。バードとコーラが馬を乗りつけても、まったく気づかない。話の具合からすると、太ったほうの女が痩せたほうの女の夫を侮辱していて、ほかの女たちがそれについてああでもないこうでもないと取り沙汰《ざた》しているようだった。ぬかるんだ地面のいたるところから白い蒸気が吹き出していた。

「ルーは夜這いの豚よ！」

太ったほうがわめくと、彼女の側にいる女たちがうなずきまくった。

「あんた、むかしからルーが好きだったもんねえ。おあいにくさま、ルーが選んだのはあんたじゃなくてあたしなのよ」

痩せたほうがやりかえす。彼女についている女たちが狂ったように笑った。

「このアバズレ！」

「なんですって！」

「あんたは痩せた驢馬《ろば》みたいだってルーが言ってたわ」

「それってどういう意味⁉」

「乗っててもつまんないけど、とにかく乗れることは乗れるんだってさ！」

全員がいっせいに相手を指さし、唾を飛ばし、おたがいの生まれた日にまでさかのぼって呪《のろ》いまくった。

平和そうな町じゃないか。そう言おうと思ってバードがふりかえると、目をきらきら輝かせたコーラが女たちの戦いを見守っていた。口をはさみたくてうずうずしているみたいだ。両軍入り乱れての乱闘にまで発展するのも時間の問題だった。

「すみません、奥様方、すこし水を分けていただけますか？」

バードは帽子を持ち上げて礼儀正しく願い出たが、だれからも一顧だにされなかった。そこで馬を降り、木桶《きおけ》に井戸水を汲《く》んでにおいを嗅《か》いでみた。硫黄《いおう》のにおいがする。馬たちはその水をがぶがぶ飲んだ。

しかし色男ってのはどこにでもいるんだな、とバードは水筒に水を汲みながら思った。天地開闢《かいびゃく》のむかしからこの世界が本当に終焉《しゅうえん》するまでの長い長い道のりをちゃんと歩きとおせるのは、テキサス産のムスタングと色男だけだ。

トラックが一台、ぬかるみを踏んで広場に入ってくる。泥を撥ねながらゆっくりとこちらへ近づき、クラクションを二度短く鳴らして停まった。摑みあい寸前までいっていた女たちが静まり、全員がトラックをにらみつけた。荷台は幌でおおわれていたが、においで積荷が馬だとわかる。だとすれば、用心棒のガンマンもなかにいるはずだ。

「やあ、ベイビー」助手席の男が窓を巻き下げて声を張りあげた。「ちょっくらフェニックスに帰っからよ」

「ルー！」太った女と痩せた女が同時に叫んだ。

頭の禿《は》げた、鼻にぶつぶつのある、赤ら顔の男だった。男はバードを見やり、それからコーラにむかってニタッと笑った。口をあんぐり開けていたコーラが憎々しげに舌打ちをした。

女たちがルーに詰め寄り、やれはっきりしろ、やれ女ったらし、やれ牝犬《めすいぬ》の子とわめき散らした。

「でも、おまえらだってわかってたはずだぜ」と、ルーがにやりと笑った。にやりと笑うと、ブーツに踏まれた馬糞のような顔になった。「おれにゃ郷里《あっち》に大事な女がいるってことはよ」

バードとコーラは顔を見あわせた。

「遊びだったの⁉」太った女と痩せた女が同時にくってかかる。「あたしといっしょになるって言ったくせに！」

「騙《だま》されるほうが悪いなんて言うつもりはないぜ。だけど人間ってのは、騙されたいから騙されるのさ」

太った女と痩せた女が異口同音に殺してやるとわめいた。おまえの金玉ひっこぬいてやるとも。

「売女《ばいた》ってのは蓋《ふた》の閉まってる便器とおなじさ。開けてみりゃなかは空っぽか、それより悪いもんしか入ってやしねえ」

ルーは運転席の男と掌を打ちつけあって呵々大笑《かかたいしょう》した。なかなか一本筋のとおった男じゃないか！ 男は度胸、女は愛嬌《あいきょう》とはよく言ったものだ。バードは発狂した女たちのあいだを割ってトラックに近づき、外套を払って胸の銀バッジを見せた。

「こんちは、保安官」ルーが運転手の胸をはたくと、運転手もおずおずと目礼をしてきた。「おれたちでなにかお役に立てることでも？」

「積荷は馬か？」

「ええ」

「見せてもらうぞ」

コーラがさっさとトラックのうしろへまわる。

「フェニックスへ運ぶのか？」バードは質問をつづけた。

「いんや、フェニックスから荷を取ってくるついでにトゥーソンまで運ぶんでさあ。片道を空っぽで走るよりいいでしょうが」

「どれくらいかかるんだ？」

「トゥーソンまでならざっと六、七時間ってところでさあ」運転手が声を張りあげ、ルーがうなずく。荷台のガンマンも何事かと顔をのぞかせた。「そっからフェニックスまでは目と鼻の先でさあ」

「馬の送り先は？」

「ええと……」ルーがシャツのポケットから伝票らしきものをひっぱり出す。「トゥーソンのアレン・マルサリスって人の牧場です」

「アレン・マルサリス」バードはこめかみをこつこつたたいた。まったく心当たりがない。「譲渡証明と畜産占有回復令状は？」

「ちゃんとありますよ」

グラヴコンパートメントを開けようとするルーを制し、「いや、見なくてもいい。で、送り主はこの町の業者かい？」

「ええ、アンガス兄弟綿花仲買会社です」

ルーがそう言うと、運転手がフロントガラスを指さした。「その道をまっすぐ行けばすぐ見つかりますよ」

「バード」

ふりむくと、険しい顔のコーラが荷台の上からうなずきかけてきた。気圧《けお》されたガンマンはショットガンを抱いたままぽかんとしている。ルーのハーレムは物音ひとつたてなかった。

「焼印があったわ」

「間違いないか？」

「はあ？」コーラの口がゆがんだ。「あたしが信用できないんならご自分の目でたしかめれば？」

「今日はやけにつっかかるな、ひょっとして……」

「月のものか、なんて訊《き》いたら撃ち殺すわよ」

「……」

「なんなんですか？」と、ルー。「書類だってちゃんとそろってんですよ、なんの不《ふ》手際《てぎわ》もないでしょうが」

「ひとつ忠告してやろう」女たちの非難めいた視線を浴びながらも、バードは気を取りなおして助手席のドアを引き開けた。「アンガス兄弟ってのはろくなもんじゃない。あんなやつらの仕事をしてたら、そのうちしょっぱいことになっちまうぞ。トラックから降りろ。馬は連邦捜査局が差し押さえる」

ルーの目が泳ぎ、女たちが腕組みをしてほくそ笑んだ。

「おまえたちが運ぼうとしている馬は盗まれたもんだ。てことは、おまえたちが持っている書類も偽物《にせもの》だってことになる。さあ、さっさとそのケツを上げて降りるんだ。これ以上お嬢さん方を待たせるんじゃない、この色男め」

「あーら、おかえりなさい、ルー・クレイグ」痩せた女がそう言うと、太った女が舌なめずりをしてあとを引き取った。「あんたのその悪戯《いたずら》息子をちょん切って便器に流してやるわ」

ほんの一瞬の隙《すき》を突いて、リトルドットがコーラのムスタングにがぶりと咬《か》みつく。そのショックでムスタングの耳がべたっと倒れた。乗り手の仇《かたき》を馬がとってくれたのだ。コーラが突進してきてリトルドットを罵倒《ばとう》したが、これで馬たちの上下関係ははっきりしたわけだ。そう、いつだって女のほうが上なのだ。

8

地平線にエル・プエブリートの町が浮かび上がったとき、ロミオは奇妙な胸騒ぎを覚えた。

　手元に残した十七頭はどれも頑強な若いムスタングだ。メキシコ人好みの派手な毛色のものばかり――斑《ぶち》のアパルーサ、茶地に白い斑紋《はんもん》の入ったオヴェロ、白地に茶の斑紋のトビアノ、ストロベリーの糟毛《かすげ》――こいつらなら充分に高値で売れるだろうし、種馬としても使える。レスターが母親を連れ、長兄のかつての仲間がやっている酒場兼宿屋で待っている。なんの問題もない。あとは国境を越え、かすかに残る国道をたどって南下すればいい。ガイ・レインとチワワで落ち合ったあとは、家族水入らずで新天地へ旅立つ。

　そもそもガイはサンタフェ鉄道を襲うことに反対だった。なにより人手がすくなすぎた。たったの四人で鉄道なんか襲っても、血の気の多い乗客に返り討ちに遭うのが関の山だ。そうならないために線路をダイナマイトで爆破し、列車に足止めを食わせ、そこへ大ビートルズが調達してきたガトリングガンにさんざんものを言わせた。不必要な殺生《せっしょう》はしないことになっていた。狙《ねら》うは列車の屋根。そうすれば弾が馬に当たることもない。が、盗んだ馬車の荷台でガトリングガンを乱射する大ビートルズの目は完全に理性を失っていた。悪魔にとり憑《つ》かれたように客車を掃射する大ビートルズを、アイザイア・ケンプがショットガンの銃床で殴り倒した。そこへ機関車の運転席から弾が飛んできた。あの勇敢な火夫がライフルで応射してきたのだ。大ビートルズが斃《たお》れ、アイザイアが肩に被弾した。ロミオとスノーは同時にその火夫に発砲した。新入りのクロウ・フィッシュを勘定に入れるつもりはなかったが、そうも言っていられない。ロミオは列車の屋根で哨戒《しょうかい》していたクロウを呼び寄せ、スノーといっしょに馬のほうをまかせた。自分と負傷したアイザイアは客車をまわって金目のものをあさった。車両のなかはおびただしい血が飛び散っていた。ちぎれた腕や足も。うめき声や泣き声や悲鳴が充満していた。だから肩から血を流し、狼《おおかみ》のように殺気立った列車強盗に逆らう者はいなかった。

ちくしょう、おまえの兄貴は狂ってるぜ。客車から客車へと移動しながら、アイザイアはひっきりなしに毒づいた。よくも大ビートルズみたいな野郎とつるんでいられたもんだぜ。

その大ビートルズも、もういない。ロミオは手綱を鞍角《ホーン》からはずし、ふりかえって馬たちのしんがりを守っている弟を眺めやった。それもこれもこの馬鹿《ばか》たれのせいだ。ハリスコ州の自治警察に捕まったスノーを救い出すためにガイは馬を売り、ベニート・レオーネに二回生まれかわってもかえせないほどの借金までこさえて賄賂《わいろ》や守り代《も》を払った。なのにこの馬鹿ときたら、刑務所のなかでも殺し屋に成り下がっていたのだ。二年後に釈放されたときにはガイは無一文になり、スノーの肩口にはベニート・レオーネの刺青《いれずみ》が入っていた。メキシコの国旗には蛇を食う鷲《わし》が描かれているが、ベニート・レオーネの紋は鷲を呑《の》む大蛇だ。そのまわりを縁取る四つの星は、スノーが刑務所のなかで殺した人の数だった。

反逆さ、とスノーは言った。レオーネ一家の覚悟だよ。

ガイはそんなスノーをとことんぶちのめしたが、スノーがナイフをぬくと、ロミオとレスターもいっしょになって末弟を完膚なきまでにたたき伏せた。そこへ母親が静かにやって来てスノーをたすけ起こし、顔の血をきれいに拭《ふ》き取ってやった。そればかりか、貴重な水をたっぷり使って末息子の全身を洗い清め、自分で縫った新しいシャツを着せた。兄弟たちは母親のやることを黙って見ていた。黙って見ていることしかできなかった。まえに母親がこんなふうに息子をいたわったとき、その息子は二週間後に殺されてしまったのだから。スノーはぶるぶるふるえながら、なすがままになっていた。

あんたは長生きしないわ、スノー。おだやかな微笑をたたえた母親は、なにもかもを受け入れていた。ハサミでスノーの長い髪を切り落とし、櫛《くし》で七三に分け、そしてイジー兄さんに言ったことと寸分たがわぬことを口にした。だからね、いつも身綺麗《みぎれい》にしとくのよ、いつ雲の上から名前を呼ばれてもいいようにね。

　スノー、てめえはたしかに強い、とガイが言った。それに運も味方につけてやがる。てめえがベニート・レオーネにくっついてたのは間違いじゃねえ。じゃなきゃ、ムショんなかでとっくに喉笛《のどぶえ》をかっ切られて御陀仏《おだぶつ》さ。けどな、そりゃレイン家の強さとは別物だぜ。

「兄さん」スノーの声がうしろから飛んでくる。「母さんがおれの髪を切ってくれたときのことを憶《おぼ》えてるか？　メキシコから連れ帰ってこられて、みんなに袋だたきにされたときさ」

「ガイ兄さんに縛られて帰ってきたな」ロミオはふりむかずに馬を進めた。「不思議だな、じつはおれもいまそのことを思い出してたんだ」

「あのとき、レスターのやつ、おれの顔を二度も蹴りやがったんだ」

「おまえは自業自得《じごうじとく》だ」

「おれはまだ生きてるぞ」

「そうだな」

「母さん、よろこんでくれるかな？」

「よろこぶわけないだろ。母さんに黙って列車を襲ったんだから」

「そうだよな」

「だけど、けっきょくいっしょに来てくれるさ」

「たったの十七頭ぽっちでガイ兄さんの借金をそっくりかえして、土地まで買えるかな？」

「足りなきゃおまえがどうにかしろ」

「でも、相手はあのレオーネ一家なんだぜ」

「知るか。もともとはおまえをたすけるための借金なんだからな」

スノーの声がとどくまで、すこしだけ間が開いた。「うん、そうだな」

ロミオは唾を吐き、砂漠の町の輪郭を見渡した。凍《い》てついたリオ・グランデを渡ればシウダー・フアレス、さらに南へ二百マイルほど行けばチワワ州の州都チワワだ。そこでガイが馬車を用意して待ってくれている。

アメリカ側のエル・プエブリートを待ちあわせ場所にしなかったのは、いまもガイの首に千ドルの賞金がかかっているからだ。なるべく賞金稼ぎの目にはとまりたくない。いちばん厄介なのは連邦保安官の皮をかぶった賞金稼ぎどもだ。連邦捜査局など賞金稼ぎの組合にすぎない。しかもほかの賞金稼ぎとちがって、お上から弾薬も情報も馬も支給される。最悪なのは、腕っこきがわんさかいることだ。テキサスのハリー・ハーディンは保安官になるまえに五十人以上殺したと告白している。乞《こ》われてブラウンズヴィルの保安官になったハーディンは、酒と賭博《とばく》に明け暮れ、空いた時間でメキシコからの不法移民を殺しまくった。最期《さいご》は酔っぱらっているときに十二歳の子供に撃たれて死んだ。ならず者のナイフを狩るルースター・ボーンズは、いまでもサンアントニオのあたりでは語り草になっている。ナサニエル・ヘイレンのナイフを見つけられたら連邦保安官にしてやると言われたルースター・ボーンズ。やつはブラッククライダーのナイフを手に入れたと言う者もいれば、そんなことはありえないと断言する者もいる。が、だれもが口をそろえて言うのは、ルースター・ボーンズは実際にナイフを千本も二千本も狩ったということだ。ユマのワイルド・ジョー・サンタナは連邦保安官になるまえは一匹狼の賞金稼ぎで、いまもそれは変わらない。ならず者のダーシー親子やスーパーマーケット・ゴードンを仕留めた。名がとおっているといえば、クロウ・フィッシュの地元、カンザスシティのバード・ケイジだ。もとは追い剝《は》ぎで、大ビートルズをショットガンで撃った。蛇のようにしつこく、ガイとイジーはこの男から逃げつづけ、けっきょくひとりが死に、ひとりがメキシコへ逃れ落ちたのだ。それだけじゃない。バード・ケイジは連邦保安官に任命されたあとも、なんの罪もない女子供も含めて、コンウェル一家を根絶やしにしたと言われている。で、メキシコ側のシウダー・フアレスを待ちあわせ場所にしなかったのは、スノーの顔を知っているやつがいないともかぎらないからだ。国境の町はとかく人の目が厳しい。ハリスコ州で服役したスノーの賞金はもうとっくに清算ずみだが、メキシコのギャングたちには関係ない。もしスノーがベニート・レオーネの息がかかっていることがばれたら、敵対する組織のギャングたちが押し寄せてくるだろう。グリーザー《メキシコ人》の団結力は並大抵ではない。

「なんだ、ありゃ？」

それはロミオにも見えていた。手綱を引いて馬を止めると、後続の馬たちもそれに倣《なら》った。

スノーが追いつく。

すでに町に足を踏み入れていたが、あたりは静まりかえっていた。ひび割れた土地にへばりついた泥造りの建物におかしなところはない。のびた日脚《ひあし》に照り輝く風見鶏《かざみどり》のプロペラだけが、カラカラと疲れた音をたててまわっている。屍肉《しにく》あさりのヒメコンドルが数羽、火の見櫓《やぐら》の上で羽を休めていた。遠目に見える教会の尖塔は曇天の下で沈黙を守っていた。

弔いの鐘は鳴らず、祈りの言葉もない。

ふたりは馬上から地面に掘られた浅い穴を見下ろした。かなり大きい。直径五十ヤードはあろうか。ガソリンのにおいがあたりにうっすら漂っている。穴の縁に散乱したおびただしい薬莢《やっきょう》はライフル用の七・六二ミリＮＡＴＯ弾だ。ヒメコンドルが二羽、のんびりとやるべきことをやっている。大きな翼をばたつかせ、ぴょんぴょん跳びはね、胸骨のあいだから腐肉を引きずり出していた。もう煙は出ていないが、空気には怨念《おんねん》のようなものが刻みこまれていた。人々の悲鳴がまるで目に見えるようだった。手で触れることさえできそうだ。風が吹きぬけ、砂塵を巻き上げる。百や二百ではきかない。穴のなかの死人たちは焼けただれ、癒着し、炭化し、幾重にも折り重なっていた。子供を抱いた死体は男か女かすらわからなかった。頭のない者、腕のない者、脚のない者。欠けてしまった肉体は弾丸のせいか、ヒメコンドルのせいか、はたまた風のせいか。

「ヤア！」スノーが夢から覚めたように拍車をかけ、一目散に走りだす。「ヤア！ヤア！」

その後塵《こうじん》を拝したロミオも馬を蹴《け》り、鞭《むち》をあて、駒を疾駆させた。十七頭のことは念頭にもなかった。

ふたりは前後して目抜き通りを駆けぬけた。轟《とどろが》駆けしながら、ロミオは教会の白壁に穿《うが》たれた無数の弾痕《だんこん》と、土塊《つちくれ》道に黒く凍りついた血溜《ちだ》まりをいくつも見た。教会のまえには丸太を組み上げた絞首台《こうしゅだい》があり、切られた輪縄の下に死体が三つならんで横たわっていた。酒瓶と花がたむけられている。死体のひとつは燃え尽きた煙草をくわえていた。

人っ子ひとり目にすることなく、ロミオとスノーは〈カサドミンゴ〉まで一気に疾走した。馬を飛び降りようと腰を浮かしかけたとき、酒場の窓を派手に破って男が飛び出してきた。スノーの馬が驚いて棹立《さおだ》ちになり、ロミオは手綱を引いて自分の馬を制した。ふたりは同時に拳銃《けんじゅう》をぬき、目を見張り、同時に叫んだ。

「レスター！」

「ロ、ロミオ兄さん？」レスター・レインは地面に這《は》いつくばったまま頭《こうべ》をめぐらせた。目は腫《は》れふさがり、鼻が折れているのは一目瞭然《りょうぜん》だった。「スノーか？」

「母さんはどうした⁉」スノーが怒鳴った。「おい、レスター、母さんはどうしたんだ⁉」

「行け、スノー！」レスターは地面をたたいて起き上がり、スノーの馬にうしろから飛び乗って腹を蹴った。「行け、行け、行け！」

スノーの馬は後肢《あとあし》を沈めたが、よく踏ん張り、嘶《いなな》きながら駆けだす。間髪いれずに〈カサドミンゴ〉から数人飛び出してきて、口々にスペイン語でなにかわめいた。

ロミオの拳銃がつづけざまに火を噴き、男たちがつぎつぎになぎ倒された。ガンベルトから手榴弾《しゅりゅうだん》をむしり取って口でピンをぬく。走りぬけざま、酒場に投げこんだ。レスターがふりかえって爆音を見た。

「馬をたのむ！」

叫ぶなり、ロミオは馬を飛び降りる。煙にまかれながら逃げ出してくるメキシコ人たちを迎撃した。

レスターがひらりとスノーのうしろから舞い降り、涎《よだれ》をふりまいて突進してくるロミオのムスタングを捕まえる。数歩並走してから馬上に跳び乗った。

馬首をめぐらせたスノーが疾風のようにレスターとすれちがう。帽子が飛び、長い髪が風にたなびいた。片手で手綱をさばき、〈カサドミンゴ〉の二階にむかってショットガンをぶっぱなす。ライフルでロミオを狙っていた男が蜂《はち》の巣になって墜落した。

「くそったれのレスターめ！」スノーが全身で叫んだ。「くそったれの役立たずめ！」

「ロミオ兄さん！」レスターは火線の外で馬を止めて声をふりしぼった。「酒場にガイ兄さんの銃があるんだ！」

銃弾を撃ち尽くしたロミオは酒場のポーチに跳び上がり、出てきた男の首をナイフの一閃《いっせん》でかき切った。血飛沫《ちしぶき》が顔にかかる。男はポーチに膝《ひざ》をつき、そのまま動かなくなった。敵の散弾が側柱を砕き、そのうちの数個がロミオの頬をかすめる。目の下に木の破片が刺さった。それを払いながら出入口の壁に背をつけると、馬を捨てたスノーがショットガンを乱射しながら酒場へ突入した。怒声を銃声がかき消す。顔の半分を血で濡《ぬ》らしたロミオは背後から弟の拳銃をぬき、飛びかかってきた敵の顔面を撃ちぬいた。二階からバタバタと数人駆け下りてくる。スノーのショットガンが先頭の男の膝を吹き飛ばすと、後続のふたりが腰砕けになって階段を滑り落ちてきた。

「モ、モメント《待て》！　ノソトロス《おれたちは》……」

　それでも、スノーはとにかくもうひとり撃ち殺した。ロミオは膝を撃ち砕かれた男にとどめを刺した。生き残ったのは口髭《くちひげ》をたくわえた男で、すでに祈りはじめていた。

「訊きたいことがある」ショットガンに弾《シェル》をこめなおす弟を追い越して、ロミオは男に銃口をむけた。「通訳してくれ、スノー。町の人間はおまえらが殺したのか？」

「ノ！　ノ！」男は首をぶんぶんふり、英語でかえしてきた。「おれたちが来たときにはもうみんな死んでたんだ！」

　スノーが先台《フォアエンド》を引いて給弾する。その冷酷な音に男はすっかり取り乱した。

「モメント、セニョール！　嘘《うそ》じゃねえ！　お、おれたち、リオ・グランデのむこうでエル・プエブリートから煙が上がるのを見た。仲間が様子を見に来た。そいつが戻ってきて言う、グリンゴ《アメリカ人》が殺されている、皆殺しだ、もう町にはだれもいない。だから、おれたち、来た」

「そいつの言ったことは嘘じゃない」

ロミオとスノーは同時にふりむいた。

「そいつらはただの火事場泥棒だよ」レスターがおっかなびっくり酒場に入ってくる。

「コンドルとおなじさ」

「で?」と、スノーが目を剥《む》いた。「てめえはなにやってたんだ、レスター?」

「お、おれは……」目を伏せる。「隠れてた」

スノーがつかつかと歩いていって兄を殴り倒す。テーブルが倒れ、酒瓶が割れた。

「か、母さんが熱を出したんだ」床の上で半身を起こしたレスターはほとんど泣いていた。「ただの風邪だろうと思った。でも、そうじゃなかった。おれはニクロサミドを買おうと思って……」

「ちょっと待て」ロミオがさえぎる。「ニクロサミドってのは寄生虫の薬だろ?」

「だから!」レスターは自分の声に驚き、目をしばたたいた。「母さんの吐いたもののなかに……いたんだ」

ロミオとスノーは顔を見あわせた。

「あんなの見たことない。子供のころ、おれたちがしょっちゅう涌《わ》かしてたやつとはぜんぜんちがう。赤いやつだ。それが何匹もいたんだ。いまならニクロサミドが効くと思っておれは……でも、どこにもなかった。ヘイゼルに訊いたら、シウダー・ファレスに行けと言われた。エル・プエブリートのやつはみんな川のむこうで薬を買うんだ」

ロミオはうなずいた。シウダー・ファアレスならいろんな薬が手に入る。性病と麻薬が蔓延《まんえん》している町では、その対策も商売になるのだ。

レスターはピーコートのポケットから錠剤の入ったビニール袋を摑《つか》み出してスノーにぶつけた。袋が破け、ニクロサミドが散らばった。スノーはただレスターをにらみつけていた。

「ヘイゼルは？」

レスターはロミオの質問にかぶりをふる。「おれがエル・プエブリートに戻ってきたときには、やつらがもう教会を占領していたんだ。何日かまえに巡回法廷の判事がやつらの仲間を三人縛り首にした。おれと母さんは見物に出かけた。町じゅうの人間が見物に来てた。タコスの屋台も出てたから、おれは母さんとタコスを食べながら縛り首を見た。三人ともメキシコ人だった。眼鏡をかけたインディオが最期に言った。

『おれたちはたしかに悪党だが、ちゃんとした目的を持った悪党なんだ』って。それを聞いて母さんが言ったよ。『ちがうわ、あの人はちゃんとした目的を見失っている善人よ』どうちがうんだとおれは訊いた。すると母さんは、『悪党は何人も人を殺すけれど、善人は何万人も人を殺せるのよ』って言った。ちくしょう、あのときまではぴんぴんしてたのに……」

レスターは嗚咽《おえつ》で言葉を失い、スノーは腕で目をごしごし擦《こす》った。

「泣くな、レスター」ロミオは弟のまえにしゃがみ、その頰をひとつ張った。「で、縛り首の仲間が復讐《ふくしゅう》にやって来たんだな？　何者なんだ？」

「ノ、ノ、復讐じゃない。カバリエロ・ネグロ……ブラックライダーだよ、セニョール」

全員の目がメキシコ人に飛ぶ。

「やつら、黒ずくめ、何十人、何百人といる」

「何者なんだ？」

「グサーノ・デ・エジョスから逃れて来た人たちだよ」

「グサーノ……なんだって？」

「グサーノ・デ・エジョス、人喰い蟲《むし》」メキシコ人の顔に悪魔のような影が射《さ》す。

「もうすぐアメリカにも広まる。ジョアン・メロヂーヤは救世主、蟲を殺し、人をたすける」

「それがボスの名か？　ジョアン・メロヂーヤというんだな？」

「ジョアン・メロヂーヤには蟲が見える、人の体のなかにいる蟲が。ジョアンはこの町を襲った。この町が蟲にやられていたから……」

スノーが出張り、メキシコ人の顔面を蹴飛ばした。

「天罰だよ」レスターの声は山羊《やぎ》のようにふるえていた。「これは天罰だ」

ぎろりと目を剝くスノー。「天罰だあ？」

「だって、ガイ兄さんもイジー兄さんもそうやって人を殺してきたじゃないか」

「んなこたぁ関係ねえんだよ！」スノーが椅子《いす》を蹴飛ばした。「天罰ってのは神が下すもんだぜ。そのジョアン・メロヂーヤってのは神かよ、ああ⁉　いいか、レスター、そうやって言い訳してんじゃねえぞ。事実はひとつ、てめえは母さんを守りきれなかった。それだけだ」

奇声をあげたレスターが頭からスノーに突っこみ、ふたりはもつれあってしばらく殴りあった。スノーの手から逃げたショットガンにメキシコ人が飛びつく。ロミオは仕方なくその背中を二発撃った。弟たちは銃声にも気づかずに殴りあった。

「おい、拳銃をかえせ」ロミオは肩で顔の血をぬぐい、虫の息のメキシコ人に話しかけた。「握把《グリップ》に鹿《しか》が彫ってあるやつだ」

メキシコ人は毒づきながら死んでいった。

カウンターへ歩み寄り、拳銃をおき、グラスに残っていた酒を捨て、新しくバーボンを注いであおる。粗末で刺々《とげとげ》しい強化酒精が喉を焼き、山火事のように体を熱くする。もう一杯注ぎ、カウンターに背をもたれて弟たちの喧嘩《けんか》を眺めやった。レスターが椅子でスノーを殴り、スノーがレスターの腹に蹴りを入れる。グラスを干し、酒を注ぐ。そして、思った。これは本当に母の死が問題なのだろうか？　どんな人間でも心の拠《よ》り所となる物語をひとつやふたつは持っている。三つや四つ持っているやつもいる。物語が多くなればなるほど人はやさしくなり、嘘が嘘でなくなり、狡猾《こうかつ》になる。問題は母の死ではなく、弟たちのこれからの在り方だ。レスターは充分に狡猾だが、スノーには狡猾さが足りない。死んでしまった物語、みんなでメキシコへ行くという物語のかわりになる物語が、ポケットに入ってないからだ。だから、あんなに悲しまねばならないのだ。そして、だからこそ危うい。こんなときに新しい物語を見つけたら、スノーはたぶん、駄々っ子のようにそれにしがみついて放さないだろう。たとえそれがたちの悪い売女のような物語であっても。

レスターをたたき伏せると、スノーはものも言わずに酒場を出ていった。すぐに蹄《ひづめ》の遠ざかる音が聞こえてきた。

ロミオは大の字にひっくりかえったレスターに背をむけ、カウンターの上に横たわるスノーのブラックホークを見やった。握把は象牙《ぞうげ》、銃身には唐草の模様が彫金されている。成金趣味の醜い拳銃だ。自分の拳銃をぬき、見くらべてみる。銃身は油っぽく黒光りし、クルミ材の握把は削れて縦筋が入っている。まるで馬の顔の鼻梁白《ストライプ》のようだ。回転弾倉《シリンダー》をふり出し、薬莢を出して外套《がいとう》のポケットにしまいこむ。シリンダーを閉じ、耳元でまわしてみる。異音はない。で、またふり出し、ガンベルトから弾丸をぬいて一発ずつ装塡《そうてん》した。

レスターがやって来て、となりにならんだ。

ロミオは弾をこめ、シリンダーを戻し、ホルスターに収める。それから落ちているグラスをひろい上げて弟に酒を注いでやった。

「スノーがなにしに出ていったかわかるか？」

酒をにらみつけたまま、レスターが小さくうなずいた。

「だったら、おまえはなんで行かない？」

「おれも行くよ」

「そうか」

「ロミオ兄さんはどうせ行かないんだろ?」.

「母さんをあのなかから探し出して、ちゃんと埋葬して、それでなにが変わる?」

「すくなくとも自分の魂を救うことができる」

「じゃあ、魂の部分はおまえとスノーにまかせよう」刺しこむようなレスターの視線を感じながら、ロミオは酒を口に放りこんだ。「魂だけじゃ手に負えないことはおれにまかせておけ」

「それはおれやスノーが女々しいってこと?」

「スノーは大馬鹿者だ。で、おまえはやさしすぎる」

「ロミオ兄さんは悲しくないのか?」

「悲しいさ」

「母さんが殺されたんだぞ!」レスターが拳《こぶし》でカウンターを打った。「なんでいつもそうやって淡々としていられるんだ?」

「だれかが冷静でいなきゃならないからだ」

ふたりは黙って酒を飲んだ。

もしも悲しみがナイフなら、涙のように流れ落ちるその鋭い刃先は大地に突き刺さり、そのまま沈み、触れるものをみんな切り裂きながら、どんどんどんどん沈んでいって、やがて地球の裏側に出てしまうだろう。もしおれが悲しそうに見えないのだとすれば、それはおれが悲しみに切り刻まれるほうではなく、悲しみでこの世界を切り刻むほうの人間だからだ。

「ガイ兄さんの銃はカウンターのなかだ」

「そうか」

レスターはグラスをおき、カウンターを離れ、酒場を出るまえにふりかえった。

「これからどうする？」

「スペイン語が話せるのはスノーだけだ」ロミオはグラスに酒を注いだ。「今夜はここに泊まって、おまえたちが落ち着いたら出かけよう」

9

土まんじゅうを足で掘ってみると、墓石がわりに積まれていた石が崩れた。墓穴はそこそこ深いらしく、ブーツで土を払いのけたくらいでは仏さんを掘りあてることはできなかった。

「どうしてひとつだけお墓があるのかしら?」

「おれにわかるわけないだろ」

足踏みをしてブーツの底についた泥を落としてから、バードはリトルドットの手綱を摑み、巨体を馬上へ押し上げ、焼け焦《こ》げた死体でびっしり埋め尽くされた巨大な穴を見渡した。耳障《みみざわ》りな音に目をむけると、ヒメコンドルが数羽、教会の尖塔の上を飛びまわっていた。

「だれの墓だろうと」と、言った。「この下で眠っているやつには愛してくれる者がいたってことさ」

「レイン兄弟の仕業ね?」

コーラはハンカチーフで鼻をおおっていたが、空気にはたしかに棘《とげ》があり、目をちくちく刺してくる。

「たしかにガイ・レインはこういうことをやるやつだった。だけど、これはレイン兄弟の仕業じゃない」

「なぜわかるの?」

「行こう」

ふたりは馬に拍車をあて、町へと歩かせた。

「むかしの村はいまとちがって小さかった」バードが言った。「たった三、四軒しか家がなくても村と呼んでいたんだ。ガイが焼き払ったのはみんなそんな村なんだ。あのころとくらべたらここは大都会さ。レイン兄弟なんぞがどうこうできる規模じゃない」

コーラが手綱を絞って馬を止める。

「どうした？」

バードがそれに倣うと、リトルドットが威嚇《いかく》するようにコーラの馬にむかって嘶いた。

「まだ犯人たちが町にいるかもしれないじゃない」

「いや、たぶん大丈夫だ」

「つまり」コーラはバードを見つめ、「あなたはあの人たちが犯人だと思っているのね？」

「きみには聞こえなかったかもしれないが、あの男はおれにエル・プエブリートには近づくなと言ったんだ」

「ガスマスクをしてたと言ってたわね？」

「毒ガスならこれだけの数だって難なく殺せるだろう」

「それじゃ、あの大量の薬莢の説明がつかないわ」

「念には念を入れたのさ」

「わざわざ穴を掘って死体を焼いたのも？」

「なにが言いたいんだ？」

「蟲は空気感染するんだって言ってたんでしょ？」

「ああ」

「ガスマスクはそのためなんじゃない？」

「どこの馬の骨ともわからんやつの言うことを鵜呑《うの》みにするのか？」

「彼らと出くわしたところからここまでは三日の距離があるのよ」コーラは納得しない。「いくら毒ガスでも、もうガスマスクなんか必要ないじゃない」

バードは肩をすくめ、「じゃあ、きみはやつらが犯人だとは思わないんだな？」

「思うわ」

「……」

「毒ガスという点が腑《ふ》に落ちないだけ」

ふたりはふたたび駒を進めた。

町は閑散としていた。聞こえるのはひゅうひゅううなる空っ風の音ばかり。教会の壁のえぐれ具合から、町を襲ったやつらは重機関銃も装備しているにちがいない。地面に散乱した薬莢もそのことを裏付けている。空気感染するという蟲については、まだ考えがまとまらなかった。あの男だけガスマスクをつけていなかったのもひっかかる。なぜやつにつき従う者たちは疑問に思わないのだろうか？　ひとりだけマスクをしない理由を、あの男はどう吹聴《ふいちょう》しているのだろうか？　自分には蟲に感染しない神通力があるとでも？

狂信者め。バードは思った。救世主気取りのペテン師のこってい牛のインド人野郎め。

絞首台に横たわっている死体にヒメコンドルが数羽たかっていた。

「気をぬくなよ、コーラ」バードは鋭くあたりに目を配った。「コンドルみたいな火事場泥棒がいないともかぎらん」

泥造りの家々にはさまれた目抜き通りを注意深く進んでいくと、また死人と出くわした。土塊道に倒れ伏しているのが三体ばかり。左手には半分朽ち果てたメキシコ風のあばら家、右手には木造の酒場。通りに面した大窓が破られ、ポーチには窓枠の残《ざん》骸《がい》にうずもれた死体がふたつころがっている。庇《ひさし》を支える柱はショットガンのせいでささくれ立ち、スウィングドアのそばにも喉をかき切られた男が目を開けたまま仰向けに倒れていた。

「この人たち、メキシコ人？」

「車《カー》をなくした《ロスト》メキシコ人をなんと呼ぶか知ってるか？」

「なに？」

「カーロスさ」

バードは馬を降りて死人の傷口をあらためた。蟲が涌いているふうではない。半分凍りついたメキシコ人たちの体をナイフで刺してみたが、結果はおなじだった。

「バード、あれを見て」

コーラの視線の先には新しい馬糞《ばふん》がいくつか落ちていた。馬はどこにもいない。

ということは、グリーザーどもとドンパチやったやつらはもうここにはいないということだ。風にあおられて軋《きし》んでいる酒場の看板には、剝げかかった字で〈CASA DOMINGO〉とある。

〈日曜日亭《カサドミンゴ》〉。むかし、ガイ・レインの仲間にヘイゼル・ドミンゴというやつがいたっけ。ヘイゼルナッツ、伊達男《ナッティ》ドミンゴ。イジー・レインが死んだあと、一味をぬけたと聞いたが。

バードは馬上に戻り、ふたりは人気《ひとけ》のない通りをゆっくりと南へむかって進んだ。蹄の音がいやに大きく響く。しばらく行くと、馬に踏み荒らされた場所があった。そこにも新しい馬糞が落ちている。

「この先にはなにがあるの？」

「リオ・グランデさ」

ふたりは駒《こま》を進めた。木造のあばら家があり、ポーチのロッキングチェアに年寄りがすわったまま死んでいた。牛の毛皮にくるまれた死人が視界の端を流れてゆく。もう死んでいるのに、まだ寒くてたまらないという風情《ふぜい》だった。

と、不意にロッキングチェアが軋み、死人が半身をよじって唾《つば》を吐いた。

コーラが胸を押さえた。「ああ、びっくりした」

「爺《じい》さん」バードは馬を止めた。「この家に住んでるのかい？」

「まあ、ぼちぼちだ」

「…………」

「昨日は風が強かったがね」

コーラが寄ってきてささやいた。「耳が悪いんじゃない？」

「爺さん！」バードは声を張りあげた。「ずっとここにいるのかい？」

「ここ以外のどこにも行ったこたぁねえよ」

「いったいなにがあったんだい？」

「サミュエル・ジョッドだ」年寄りの声は野太く、大きかった。「サムと呼んでくれ」

「だれが町の人たちを殺したんだい、サム？　ひょっとしてガスマスクをつけた黒ずくめのやつらじゃなかったかい？」

「馬を連れたやつらならメキシコへ行くと言っとったよ」

バードとコーラは顔を見あわせた。

「ひとりは髪の長い、若い男だったよ」

「レイン兄弟だ」コーラにそう言ってから、バードはリトルドットをポーチにつけた。

「そいつらはいつここをとおった？」

「なに？」耳に手をあてがう。「いまなんと言った？」

「馬を連れたやつらはいつここをとおったんだ？」

「そんなにまえじゃない」年寄りは道の先を指さし、「わしはやつらに川を渡れる場所を教えてやっただけさ。すこし行くと橋がある。まあ、橋といっても凍った川の上に板を敷いただけのものだがね。しかし、馬は氷の上は歩けまい？」

「なぜあんただけ殺されなかったんだ？」

「川を渡れる場所を教えてやっただけなのに、なんでわしが殺されにゃならんのだ？」

「そいつらにじゃない」

「ガスマスクのやつらのことか？」

「そうだ」

「人の肉は美味《うま》いのかと訊かれたよ」年寄りは痰《たん》を切って吐き捨てる。「わしに怖いものなんぞあるもんかい。ああ、美味いね、どんな肉よりも美味いと答えてやった。わしは言ってやったよ。さあ、殺すなら殺せ、わしはほかの連中のように追っ払われたりせんぞ、逃げも隠れもせん、と。すると、あいつは困ったような顔になったな。自分たちが本当に救わにゃならんのはわしのような人間なんだとぬかしたよ。このサム・ジョッドのような人間なんだと。あいつはひと目見ただけで殺すか殺さないかを決めた。殺さんと決めた者は逃がした。そのあいだにもあちこちで銃声が鳴り響いとったな。機関銃の音やらなんやらさ。火炎放射器の炎も見たよ」

人殺し野郎め。バードは帽子に手をあてがい、老人に礼を言ってから馬首をめぐらせた。くそったれの大法螺《ぼら》吹きの血に飢えたハイエナ野郎め。

コーラが横にならぶ。「メキシコへ渡るの？」

「川のむこうは管轄外《かんかつ》だ」

「あの金髪の男は立ち去るまえにこう言ったよ」サム・ジョッドはつづけた。「『あなたは運がいいです、あなたの遺伝子は選ばれたんです』なにを言っとるんだか！　それから、女子供を撃ちはじめたんだ。ほとんどが殺されちまった」

ふたりは馬を駆けさせた。

「残念なことだ。ひとつの町を瓦礫《がれき》のなかからここまで大きくするのは並大抵のことじゃない。若いころからいっしょに苦労してきた連中もみんな殺されちまった。悲しみで胸がつぶれそうだよ」

年寄りの声は荒野の一部となり、風のなかに書きこまれていった。

「ヤア！」バードは馬に拍車を入れた。「走れ、このおてんばめ！」

道が終わり、川へとつづく土手が迫ってくる。

リオ・グランデが一望できた。

手綱を引き絞り、川沿いの木立ちのなかを行く。枯れ木のあいだから垣間見《かいまみ》えるのは自動車の残骸、死体、丸太、風車のプロペラ、船の碇《いかり》、コンクリートの破片、バケツ——凍てついた川面《かわも》にはありとあらゆるゴミが落ちていた。川の真ん中でメキシコ人が数人、辛うじてゴミと見分けがつくくらいにゆっくりと動いている。両岸から板切れを敷いただけの小道が何本ものび出してきては、脈絡もなく途切れている。そのうちの比較的まともな道を、馬を引き連れた一団が固まって渡っていた。一列縦隊の馬たちをあいだにはさみ、先頭に男がひとり、しんがりにふたりついている。後ろ姿しか見えないが、最後尾《ドラッグライダー》は髪の長い男だった。

コーラがやって来て言った。「あの人たちね」

「ここから撃てるか？」

「ざっと五百ヤードってとこね」コーラはサドルバッグに差したウィンチェスターをぬく。「ここから命中させることができたら、あたしをお嫁さんにしてくれる？」

「なにを言ってるんだ、こんなときに」

「どうなの？」

「なんてこった」バードは天を仰ぎ、「たとえはずしてもきみを手放すつもりはないよ」

「よくできました」コーラはにっこり微笑《わら》い、ひらりと馬から飛び降りる。「じゃあ、これがあたしたちのウエディング・ベルね」

「ちょっと待ってくれ」

「なに？」

「レイン！」凍てついた川面を怒声が滑ってゆく。「こちらはカンザスシティ東部第二地区連邦裁判所所属バード・ケイジ連邦保安官だ！　サンタフェ鉄道を襲った廉《かど》でおまえたちを逮捕する！」

近くにいたメキシコ人が腰をのばしてこちらをうかがう。レイン兄弟は何事もなかったかのように川を渡りつづけた。むかい風がうなりながら吹き上げてくる。なにもかもが、せめぎあいながら美しい均衡を保っていた。

「聞こえないみたいね」

「このバード・ケイジは敵をうしろから撃つような真似《まね》はせん。おれは連邦捜査制度の定めにのっとってちゃんと警告を発した。それが聞こえなかったとしたら、それはあっちの責任さ」

「もう撃ってもいい？」

「鳴らせ」バードは言った。「おれたちの祝砲を」

コーラは両足を広げてしっかりと大地を踏みしめた。装塡《そうてん》口に弾を入れ、レバーを押し出して薬室に充塡する。ライフルに頰を押しつけ、唇をひと舐《な》めし、それから息を止めて引金を絞った。

谺《こだま》する銃声がさざ波のように広がる。枯れ木に止まっていた鴉《からす》たちが舞い上がり、啼《な》きながら上空を旋回した。

レイン兄弟は動きを止めたが、だれも馬から落下する気配はない。

コーラは詰めていた息を吐き、次弾を薬室に送りこむ。構え、息を殺し、撃つ。

淡々とそれを繰りかえし、ついに四発目でしんがりの男を馬から撃ち落としてしまった。

「汝《なんじ》、バード・ケイジは健やかなるときも病めるときも、わたくしコカ・コーラ・ライトを妻とし、生涯変わらぬ愛を誓いますか？」

「もちろん」

「ちゃんと言って」

「誓います」

どうやら致命傷ではなかったようだ。男はすぐさま起き上がり、まえの男の尻馬《しりうま》に跳び乗った。それからふたりして発砲したが、でたらめもいいところだった。どこから撃たれたのか、まるでわかってないようだった。先頭の男が手を大きくふりながらなにかわめき、馬たちの歩みを速めた。混乱した一頭が凍った川に駆け出し、たちまちころんで脚を折った。メキシコ人たちが色めき立つ。馬鹿なグリンゴ《アメリカ人》のおかげで、今夜は馬肉のステーキにありつけるかもしれない。ほかの馬たちはたじろぎつつ、それでもどうにか渡し板からはみ出すことなく遥《はる》かなるメキシコを目指した。

「汝、コカ・コーラ・ライトは健やかなるときも病めるときも、わたくしバード・ケイジを夫とし、生涯変わらぬ愛を誓いますか？」

コーラは装塡口に弾を押しこみ、レバーを押して充塡し、さらに三発撃ったが、だれにも当たらなかった。

「誓います」銃声の残響がまだ消えないうちにライフルを放り出し、バードを馬から引きずり下ろして唇を奪った。「ああ、誓うわ、あたしのお爺ちゃん」

リトルドットが怒ったように足踏みをした。

ここまでだ。土手の上をころがりながら、バードは新婦の唇に応《こた》えた。コーラに当てられないんじゃ、ふるえのきたおれのこのくそったれの手じゃなおさら当てられっこない。目の端に映るのは、遠ざかるならず者たちの背中。つくづくレイン兄弟とは相性が悪い。おい、ガイ。心のなかで語りかける。何度おまえさんを追いつめても、最後には決まって逃げられたっけな。

「バード」重ねあわせた唇の隙間《すきま》にコーラがささやく。「あたし、あなたが恥ずかしくないようなカンザス女になるわ」

そうだ。バードはあふれる愛を女の唇にそそぎこむ。カンザスシティへ帰ろう。懐《なつ》かしき我が家へ、ふたりの新居へ。
そして、心に歌が流れこむ。

おいらはカンザスシティへ行くぜ
カンザスシティ、待ってなよ
おいらはカンザスシティへ行くぜ
カンザスシティ、待ってなよ
あそこにゃイカレた女たちがいて
おいらもひとり手に入れるつもりさ

II

立ち去ることが意味するものは
「さようなら」
ナイフをあなたの腹に突きつければ
「どうかもう二度とそんなことを言わないで」
あなたに寄りかかるのは
「愛しています」
指を一本立てたら
「まったくもってそのとおり」
「たぶん」が意味するのは
「ノー」で
「イエス」は
「たぶん」
あなたをこんなふうに見つめたなら
「もう手遅れなんだよ」

William Stafford "Purifying The Language of The Tribe"

I

彼にはわからなかった。人として扱われるようになってひさしいが、人以下の存在と、人以上の存在がこの世界に存在する不思議は、いまも理解できないままだった。ずっと自分にはなにかが欠けているような気がしていた。それは飼育場にいたときには感じたことのない曖昧《あいまい》な感覚で、そのせいでほかの人たちが食べたり飲んだり笑ったり喧嘩《けんか》したりする世界への扉が開かないのだろうと思った。しかし、そもそも自分がそんな世界へ入りたいのかどうかすら定かではなかった。ふとした拍子に——頑《かたく》なにこちらと目をあわせようとしない女中たちの視線を背中に感じたとき、すれちがいざまに牧童《バケーロ》たちが唾《つば》を吐き捨てたとき、いかなる言語にも属さない歌が飼育場から聞こえてくるときなど、むしろむかしの暮らしのほうが気が楽だったのではないかとすら思う。死というものを知ったいまでさえ、死を恐れることができない。すくなくとも死神《ラ・ムエルテ》に指さされるその日まで、飼育場の子供《ニニョス》たちは幸せに生きることができる。

自分だけがなぜ特別なのか。なぜほかの子のように殺されなかったのか。

その日、彼は大きな手に引かれて飼育場を出た。すべてが彼に配慮されていた。彼だけのために。だから泣きもしなければ、叫びもしなかった。彼を連れ出した大きな手は闘牛士《マタドール》の荒くれた手ではなく（ヒラリオ農園では牛を殺す者を旧世界の闘牛士になぞらえてそう呼んでいた）、執事のクリスチアーノのやわらかな手だった。服を脱がされ、湯気の立つ金盥《かなだらい》に入れられ、女たちが無言で体を洗ってくれた。それから髪を切られ、きれいな服をあたえられた。はじめから終わりまで、まるで夜明けのような静けさのなかで粛々と行われたのだった。

それは、たしかに世界の終わりだった。農園屋敷の重厚な木の扉が押し開かれたとき、古い世界への帰り道が永遠に閉ざされたという意味においては。待っていたのは微笑をたたえたヒラリオ・デ・ラ・イグアラだった。首にネッカチーフを巻いたドン・ヒラリオは両手を広げてなにか言ったが、そのときの彼にはこの初老の農園主《ゴメーロ》の格調高いスペイン語など理解できるはずもなく、そのかわりにサンアンドレス・ララインサール織りの幾何学的な絨毯《じゅうたん》の上にしゃがみこんで排便をした。ヒラリオ・デ・ラ・イグアラの笑顔が強張《こわば》り、クリスチアーノがすぐさま彼をステッキでたたきのめした。彼は敵の目か喉《のど》をつぶしてやろうと飛びかかり、あっさり返り討ちに遭った。足をかけられてころばされ、ステッキで顔をすくい上げるようにひっぱたかれたが、歯は折れなかった。打擲《ちょうちゃく》されながらも、彼は本能的にクリスチアーノの攻撃はある種の理論にかなっていることを感じとった。その理論は飼育場を支配していた単純な飢えと攻撃の理論ではなく、洗練されていて優雅だった。急所をはずし、痛みだけを最大限に引き出す美しい攻撃。そのときはまだクリスチアーノが農園屋敷の執事だけでなく、ヒラリオ・デ・ラ・イグアラのためにかなり荒っぽい仕事もしていることなど、なにも知らなかった。眉間《みけん》にしわを寄せたヒラリオ・デ・ラ・イグアラがなにか言うと、クリスチアーノは肩をすくめ、使用人たちに何事かを指図した。引きずり出されてゆく彼を、糞便《ふんべん》をかたづける使用人たちが無表情に見送った。

それからの日々は、古い世界と新しい世界がぶつかりあってできる渦潮のように目まぐるしかった。新しい世界はあらゆる面で古い世界を凌駕《りょうが》し、駆逐していった。農園屋敷の地下に鎖でつながれていたのは、正味、半年くらいのものだった。そのあいだに彼は自分で服を着ること、しかるべき場所以外で排便してはいけないこと、ヒラリオ・デ・ラ・イグアラに対する絶対の服従を習い覚えた。基本的な躾《しつけ》がすむと、机とベッドと窓のある地上の部屋をあてがわれた。クリスチアーノとアレハンドロ・ゴンサレス、ときにはヒラリオ・デ・ラ・イグアラ本人が、ものすごい速さで圧倒的な情報量を彼のなかに流しこみはじめた。言語、計算、コンピュータ、礼儀作法、乗馬、民族の歴史――ある一線を越えると、自分から学ぶようになった。名を持たない自分に「マルコ」という名があたえられたように、森羅万象にはすべて名前があるのだということ、太陽や星や月は東からのぼって西へ移ろうこと、月の満ち欠けには一定の法則があること、灰色の雲が雪を降らせること、バケーロたちはバケーロたちの理論で死を選ぶこと、男どうしの戦いでは拳銃《けんじゅう》ではなくナイフを使うべきだということ。自分の両足が踏みしめているこの石だらけの凍土がメキシコだということは、皆が口をそろえて教えてくれた(どんな阿呆《あほう》でもそれだけは胸を張って教えてくれたものだ)。が、こと水没してしまった国土がどれくらいになるかということになると、だれもが好き勝手なことを言って収拾がつかなかった。北のサンルイス・ポトシ州からやって来た教区司祭は、メキシコ湾の海水がベラクルス州からユカタン半島までを水びたしにして鮫《さめ》の巣に変えてしまったと言ったが、農園の使用人頭のロレンソ・サントスはチアパス州から自分の足でベラクルス州を渡ってきたと言っていた。バケーロたちは北の空を指さし、ここから三十レグア（一レグアは約五・六キロ）も行けば海だと教えてくれた。ホンジュラスからやって来た船乗りによれば、海底に沈んだのはグアテマラやベリーズもおなじで、いまやカリブ海はカリブ海峡と呼ばれているとのことだった。ヒラリオ農園はゲレーロ州とオアハカ州の州境にあって、絶えず南東から潮風が吹きつけてくる。だとすれば、と彼は思うのだった。オアハカ州だって無事ではないのではなかろうか？

　祖国がこうした災難に見舞われた原因となると、もっと要領を得なかった。強力な爆弾が落ちたせいだと言う者もいれば、空から大きな石がたくさん降ってきたせいだと断言する者もいた。神様は暑がりなのだと言う者、人間は滅びるべきなのだと言う者、大地震や大津波――大むかし、南極大陸は熱帯にあって、それがすこしずつ移動して南極へ到達したのだと教えてくれたのは、ほかならぬヒラリオ・デ・ラ・イグアラその人だった。

「いいかい、マルコ、それを地殻変動と言うんだよ。ほかの人の言うことももっともだが、六・一六のときに起こったいちばん大きな災厄はそれなんだ」

　アカプルコの黒い海岸で、ドン・ヒラリオは彼に地図を見せてそう言ったのだった。弓なりになっている湾をぐるりと取り囲んで、いくつものホテルが建っているはずだった。フィエスタ・アカプルコ・ビジャ、アメリカーノ・スイーツ、オスタル・コスタ、コスタ・デル・プラヤ。スーパーマーケット、パパガージョ公園、サンディエゴ要塞《ようさい》の先には旧市街がある。が、いまやそれらの建造物の残骸《ざんがい》は風に吹かれて、まるで砂時計のようにさらさらと消えかけていた。彼は目をしばたたき、六・一六以前に描かれたというその黄ばんだ地図と、眼前にそそり立つ断崖《だんがい》を何度も見くらべた。黒い断崖は彼が粘土でつくる城のように、海岸線に沿ってどこまでものびていた。しかし地図によれば、そこにあるべきは太平洋《オセアノ・パシフィコ》で、目路に入るかぎり真っ青な海が広がっているはずだった。ロケッタ島はもはや影も形もない。となりに立つドン・ヒラリオの節くれ立った大きな手をぎゅっと握りしめる。旦那様は神様を信じますか？

「神はいるよ」年老いた農園主の顔はソンブレロの陰に沈んでいた。「ただ、わたしの信じる神は教会にはおらんがね」

「では、なぜ教会を建てたりするのですか？」

「わたし以外の人間が必要としているからだ」

「なぜほかの人たちは教会が必要なのですか？」

「生きているだけでは充分ではないと知っておるからだ」

「農園の家畜たちは生きているのですか？」と、彼はつづけて尋ねた。

「やつらはただの肉だ」

「使用人やバケーロたちは？」

「彼らは自分で自分のことを決めることができる」農園主は答えた。「だから家畜とくらべれば、まあ、半分くらいは生きていると言ってもよかろう」

「生きているというのはどういうことなのですか、旦那様？」

「それは難しい質問だな……わたしの考えでは、ただ息をしているだけでは生きているとは言えん。生きるためには、まずは世界のことを知らねばならん。それから、己の使命を知らねばならん。自分がどこから来て、どこへ行くのか。それを知ってはじめて、人は十全に生きられるんだよ」

「己の使命……」

彼はそのことについて考えをめぐらせた。記憶にうっすら残る飼育場の、糞尿で発酵した藁《わら》のにおいが鼻先をよぎった。夜中にこっそり忍びこんできては、牝牛《めうし》や家畜と折り重なってうめき声をあげるバケーロたち。風にのってとどいてくる楽団《マリアッチ》の演奏や笑いさざめく人々の声。特別な日のために育てられる子供たちの飼育場ではモーツァルトが流れ、飼料にはオーツ麦がたっぷりあたえられた。農園の焼印を打たれた子供たちは特別室でぬくぬくと育ち、ふざけあい、採光窓から流れこむ陽光のなかでまどろんでは、汚《けが》れのない真っ白な夢を見る。自分がどこから来て、どこへ行くのかなんて、考えたこともなかった。

「それでは、ぼくの使命はなんですか?」

「それはな、マルコ」ドン・ヒラリオが彼を見下ろすと、陽の光がその浅黒い顔の縁ではじけた。「人々を救うことだよ」

潮風は目のまえの断崖にはばまれて猛《たけ》り狂っていた。農園主と子供は石と骨と瓦礫《がれき》だらけの浜辺にたたずんでいた。ドン・ヒラリオが乗ってきた馬は流木につながれて頭《こうべ》を垂れていた。

彼は農園主をまっすぐに見上げた。「ぼくは牛腹の子《イホ・デ・バカ》なんですか?」

「そうだよ」一片の感情もまじえずにそう言うと、ヒラリオ・デ・ラ・イグアラは潮風に目を細めた。「おまえは人と牛のあいだに産まれた子だ」

「ぼくのお父さんとお母さんはだれなんですか?」

農園主はなにも答えてはくれない。

そこで、質問を変えてみた。「農園の家畜はみんな牛腹の子なんですか?」

「牛腹もいる」

「なぜぼくだけ悪魔《ディアブロ》と呼ばれるんですか?」

「それはおまえがほかの牛腹とちがうからだよ」

「どこが？」

「おまえはもう読み書きもできるし、馬にも乗れる。使用人やバケーロたちのように、これからは自分のことは自分で決めることができる。そしていま、己の使命のなんたるかも知った。それはほかの牛腹にはできないことなんだ。おまえは選ばれたんだよ、マルコ、もう家畜ではないのだ」

「悪魔に……」彼は農園主の手を握りなおした。「人を救うことなんてできるのですか？」

「できるとも」

「どうやって？」

「生きることで」

「生きる……」

「おまえは生きることで人類を救うことができるんだよ、マルコ」その低い声はまるで鋼鉄の首枷《くびかせ》のようで。「それこそが、わたしの信じる神なんだ」

神と悪魔。いったいぼくは何者なのだろうか？　彼はうつむき、すこし考えてから口を開いた。「ぼくも旦那様のようになれますか？」

「わたしのように？」

「だって、旦那様は」と、彼は言った。「人と家畜と、それから神と悪魔の上にいらっしゃいますから」

農園主は驚いたように彼を見つめ、愁眉《しゅうび》を開き、その小さな手を握りかえし、はじめて声をたてて笑ったのだった。

ヒラリオ・デ・ラ・イグアラが彼を特別扱いするのは、彼がこうしたことをとりとめもなく考える頭を生まれながらに授かったためなのか、それともたんに老いた農園主の気まぐれなのか、彼にはわからなかった。おまえはヒラリオの作品なのだと言う者もいれば、この地の伝統にのっとって悪魔と後ろ指をさす者もいた。そもそも彼がヒラリオ・デ・ラ・イグアラの目に留まったのは、ささいな喧嘩のせいだった。飼育場での争い事はなにもめずらしいことではない。昂《たか》ぶった家畜たちは相手の目に指を押しこんだり、ときには喉笛を嚙《か》み切ったりもする。しかし、それはいつでも殺意とは無縁だった。彼の場合は明らかな殺人（家畜を人と呼ぶことができればの話だが）だった。飼料を横取りしようとした大きな個体の頭を、錆《さ》びた釘《くぎ》の突き出た木の棒で殴りつけたのだ。釘はその子のこめかみに突き刺さって命を奪うことになったが、そのことは問題にされなかった。そんなことよりも、人間たちは彼の学習能力、応用能力の高さに目を見張った。この家畜は自分で釘を棒に打ちつけたのか？　だとすればこの個体の器用な手先は脳の発達を意味しているし、争い事を見越して武器を準備するという発想自体が未来を予見する力の証明になりはしないか？　言い伝えは本当だったんだ、ヒラリオ農園に悪魔が産まれてしまった！

悪魔。

じつのところ、飼育場から連れ出された彼が最初に習い覚えた言葉がそれだった。もっとも、それが知性を宿した牛腹を指す言葉だと知ったのは、ずいぶんあとになってからだが。

言葉。

言葉は秩序そのものだった。ひとつ覚えるたびに、世界がスペイン語にのっとって整理されていった。かつての仲間たちは「家畜《ガナド》」と呼ばれ、それ以外が「人《オンブレ》」だった。人は家畜を食べる。家畜は人に食べられる。四本足の乗りものは「馬《カバーヨ》」、頭に角が生えている家畜が「牡牛《トロ》」もしくは「牝牛《バカ》」、股間《こかん》に排尿管があれば「男《マスクリノ》」もしくは「牡《マチョ》」、ないのが「女《フェミニーノ》」もしくは「牝《エンブラ》」。馬に乗ったり、「拳銃《ピストラ》」を撃ったり、「酒《ビノ》」を飲んだりするのが男で、殴られたり、食べものをこしらえたり、泣いたり、子供を産んだりするのが女だ。自分たちが暮らすヒラリオ農園はゲレーロ州にあり、ゲレーロ州はメキシコにある。「水《アグア》」には飲めるものとそうじゃないものがあり、「飲料水《アグア・ポタブレ》」以外は「水銀《メルクーリオ》」がまざっているから飲んではならない。肉につくのは「寄生虫《パラシト》」で、寄生虫は「火《フエゴ》」で焼けば死ぬ。「死《ムエルテ》」はひとつの発見だった。かつて死には死の領分があり、カレンダーがあった。「二月《フェブレーロ》」のカーニバル、「四月《アブリル》」のセマナサンタ、「五月《マヨ》」のシンコ・デ・マヨ、「十一月《ノビエンブレ》」の死者の日、だれかの「誕生日《ディア・ナタリシオ》」や「祝い事《フィエスタ》」、それ以外で死が飼育場を訪れることは、つまり家畜が意味もなくマタドールの手にかかることはめったになかった。ところがいまや死はいたるところにある。地面を爪先《つまさき》で掘ればいくらでも白骨が出てくるし、コンドルが群がっていれば、そこにも確実に死がある。飼育場の死は単純だった。それはだれかの命をつなぐための死、だれかをよろこばせるための死。が、農園では正しい死とそうじゃない死があり、正しく死んだ者は正しく埋葬され、そうじゃない者は首を落とされてから野に棄《す》てられた。執事のクリスチアーノはヒラリオ屋敷から銀の燭台《しょくだい》を盗んだバケーロのエウヘニオ・ガルシーアの両手を切り落とさせ、農場から追放した。数日後、エウヘニオは農園から十レグアほど離れた場所でコンドルの餌食《えじき》になった。それでも執事はこの盗《ぬす》っ人《と》の首を落とさせたが、そうするのは死者の魂を汚《けが》すためだった。あらゆることに死の気配がつきまとっている。使用人たちが一生懸命働くのも、笑うのも、怒るのも、愛をささやくのでさえ、だれもが死にあらがっているようだった。で、死の頂点に君臨しているのがヒラリオ・デ・ラ・イグアラだ。「昼《ディア》」、「夜《ノチェ》」、「太陽《ソル》」、「星《エストレジャ》」、「風《ビエント》」、「雪《ニエベ》」、「土《ティエラ》」、「竜舌蘭《マゲイ》」、「一《ウノ》」から「千《ミル》」、そして「一万《ディエス・ミル》」から「百万《ウン・ミジョン》」、そのすべてを統《す》べるのが「旦那様《セニョール》」なのだ。

　三年で言葉を覚え、綴りを習い終え、計算ができるようになった。ほとんど読み書きのできない使用人たちにしてみれば、それは狂気の沙汰《さた》以外の何物でもなかった。なぜドン・ヒラリオはやがておれたちを破滅させることになる怪物を後生大事に育てなければならないのか？　なぜポケットのなかに毒蛇がいることに気づかないのか？

　そんなわけで、襲われたのも一度や二度ではない。一度目は彼が九つのときで、そのバケーロは胸のまえで十字を切ってから、彼に銀の銃弾を撃ちこんだ。一発、二発、三発と発砲し、口のなかでぶつぶつなにかを唱えながら四発目を撃とうとしたところで、ほかのバケーロたちの一斉射撃によって絶命した。クリスチアーノは例のごとく死んだバケーロの頭を切断しようとしたが、ほかの者たちの抵抗に遭って断念した。いずれだれかがおなじことをやっていたはずだ、というのがバケーロたちの言い分だった。三発のうちの一発は彼の額に命中していた。が、口径が小さかったせいと、ちょうど生えかけだった角の芯《しん》に阻《はば》まれたせいで、弾は頭蓋骨《ずがいこつ》にすこしめりこんだだけで止まってくれた。もっとも、あとの二発のおかげで生死の境を十日ほどさまようことにはなったのだが。

そのことがあってから、ヒラリオ・デ・ラ・イグアラは彼に射撃と格闘術を習わせた。クリスチアーノからは、とりわけナイフの使い方を仕込まれた。手斧や鉈《マチェーテ》はそれなりの重さのあるものを選ぶべきです、とクリスチアーノは口髭《くちひげ》の先をひねりながら言った。攻撃の目的は敵の体を切断し、最終的には頭部を落とすこと。ナイフどうしの喧嘩では敵を切ったり刺したりするのではなく、刃先でほんのすこしかすり傷をつけてやる要領で戦ったほうがよいでしょう。なぜなら、そのように心がけていれば大振りを避けられるし、敵との間合いも正しく取れるからです。小さな傷をたくさんつけてやりなさい。敵はやがて戦意を喪失するか、激昂《げっこう》してぞんざいな攻撃に打って出るはずです。いずれにせよ、こちらにすればしめたものです。懐《ふところ》に飛びこめれば喉を横ざまにかき切れます。心臓を狙《ねら》うなら肋骨《ろっこつ》のあいだに刃を刺しこんで上へ突き上げます。正面から抱きつかれたときは敵の背中から腎臓《じんぞう》を刺します。手首、腋《わき》の下、肘関節《ひじかんせつ》の内側、太腿の付け根には動脈が走っています。

最初の襲撃から二年ほど経《た》ったある日、クリスチアーノの教えを実践する機会は突然やって来た。ヒラリオ農園から二レグアほど西にあるアレハンドロ・ゴンサレスの診療所からの帰り道に待ち伏せされたのだ。小高い丘をあとひとつ越えれば眼下に畜舎の赤い屋根と小麦畑が見晴らせるという開けた場所で、賊はまず彼の乗っていた馬をライフルで狙撃《そげき》し、次いで石だらけの荒地に放り出された彼に銃弾を浴びせた。

「悪魔め、地獄へ帰りやがれ！」

彼は凍土の上をころがり、負傷した馬の陰に身を隠した。すると、つづけざまに数発飛んできて馬を殺してしまった。倒木の陰に飛びこみながら、彼は追ってくる弾丸から導き出せる答えをいくつかはじき出した。丘の上の廃車のあたりから狙撃している。射撃間隔が短いことから、敵の武器が連発式のライフルだとわかった。しかも彼のことを「悪魔」と呼ぶのは、彼が牛腹の子だということを知る者だけ。つまり、またしても農園のだれかだということになる。それはメキシコじゅうにはびこる「迷　信《スペルスティシオン》」──人と牛のあいだに産まれた子が妻《めと》を娶るときに悪魔が産まれるという古くからの「言い伝え《トラディシオン》」。

「出てこい、悪魔め！」

農園のバケーロたちが使っている連発式銃は集団で襲ってくる敵には有効だが、長距離の狙撃にはむかない。彼らがライフルに使う弾薬は拳銃と共用できるもので、火薬の量がすくないうえに弾頭が丸い。飛距離も命中精度も高くないのだ。しかも──

地面にへばりついたまま、ナイフに帽子をひっかけて押し上げてみる。すかさず銃声が轟《とどろ》いたが、帽子には一発も当たらなかった。帽子をかぶりなおす。しかも、射撃の腕もたいしたことはない。

身を寄せた倒木から敵が潜伏している丘までは、痩《や》せたイトスギが一本立っているだけだった。胸に手をあてると、規則正しい心音が掌《てのひら》に広がった。二年前に撃たれたときもそうだったな。ホルスターからフルオートマチックのスミス&ウェッソンをぬき取りながら、彼は思った。死を自分自身のこととして捉《とら》えることができない。飼育場にいたころ、死はいつもほかの子供の身に起こることだった。まがりなりにも死に煩《わずら》わされることがあるとすれば、それはマタドールがそっと飼育場に入ってくるときだけだが、それも順番がまわってきた子供が連れ去られるや、飼育場はたちまち平和を取り戻すのだった。死はぼくたちの通過儀礼だったんだ、死に悩まされない世界へ赴くための。ひとりでに笑みがこぼれた。なるほど、これがアレハンドロ・ゴンサレスの言っていた「逆説的《パラドヒコ》」というやつか。

短い呼吸をふたつばかり吐くと、倒木の陰から飛び出し、廃車にむかって発砲しながらジグザグに走った。弾が車体に当たって火花を散らした。応射してくる銃声がはじけ、男たちが躍り出る。空っ風がどっと吹きぬけて雪まじりの土埃《つちぼこり》を巻き上げた。

イトスギが黄色い葉をざわつかせる。彼は素早く身を翻《ひるがえ》し、車の屋根に立ってライフルをこちらにむけている男を撃ち倒した。はじけ飛んだその男がギレルモ・キンテロだということを目の端で認めながら、ということは、あとのふたりはキンテロの息子たちだということを悟る。狂ったように撃ってくるのが兄のカルロスで、被弾した父親のそばでおろおろしながら撃っているのが弟のアルフォンソ、たしか自分と同い年のはずだ。彼は地面に身を投げ出し、まずは仕留められるほうから仕留めた。三連射でアルフォンソが倒れた。

「アンチ・キリストめ！」弾を撃ち尽くすと、カルロスは拳銃をこちらに投げつけ、奇声をあげてナイフをぬいた。「この牛腹の子《イホ・デ・バカ》が！」

マルコもまた残った弾を一気に撃ち尽くしたが、廃車に新しい穴をいくつか穿《うが》っただけだった。そこで、やはりナイフをぬいて敵と対峙《たいじ》した。

ふたりはおたがいにむかって突き進み、カルロスが横なぎにナイフを一閃《いっせん》させるや、マルコは身をかがめて相手の脇腹を突いた。カルロスがあとずさる。マルコもしかるべき間合いをとった。ふたりは腰をため、その場で弧を描いて動き、相手の目から攻撃の兆《きざ》しを読み取ろうとした。そうしているあいだにもカルロスの腹から血が滴《したた》った。風が足元の砂塵《さじん》を吹き流す。コンドルが一羽、死んだ馬から数歩離れたところに舞い降りた。黒い羽毛をふくらませ、何度か羽ばたいてから、馬の腹に跳び乗った。相手が突いてくる。マルコは飛びすさりざま、さっとその手を切りつけた。

「ぼくは選ばれたのだと旦那様はおっしゃっていました。ぼくはもう家畜ではありません」

「悪魔にな！」苦痛がカルロスの顔を蝕《むしば》む。「おまえは悪魔に選ばれたんだ、マルコ！」

マルコが一歩出張《でば》り、カルロスはナイフを突き出す。腰を引いて刃先を避けながら、相手の手の甲に小さな切り傷をつけた。懐に飛びこむと、血に飢えたナイフが喉元に飛んでくる。体を開きざま、顎《あご》を切らせながら相手の左脇をちくりと刺す。カルロスが体を丸めてしりぞいた。

「知ってますか？　六・一六のあとで人間の脳が萎縮《いしゅく》してしまったことを」

カルロスが唾を吐き、ナイフを逆手《さかて》に持ちかえて突っこんでくる。やみくもにふりまわされる刃先に肩口を切り裂かれたが、マルコは動じることなく敵の脇腹と太腿に素早く小さな損傷をあたえた。カルロスはまるで痛みを感じていないかのようで、血を流しながらも、その双眸《そうぼう》に宿る凶暴な光はますます強くなるばかりだった。

「脳の萎縮」マルコはつづけた。「そのせいで多くの人の記憶力と視野が低下しました。旦那様の説明では、それはこの新しい世界で生きていくために必要なことなのだそうです。つらい過去を忘れるために、つらい現在を見ずにすむように、閉ざされた未来を思い煩うことがないように」

白い呼気を荒々しく吐きながら、カルロスはナイフを低く構え、乾いた目でにらみつけてくる。

「でも、こんな世界になってしまったのは、人が人を食べるのがあたりまえになってしまったのは、まさに人間の脳が萎縮した結果なんだとアレハンドロ・ゴンサレス医師はおっしゃいました。いつだったか、旦那様がぼくの教育についてゴンサレス医師を訪ねられたとき、ふたりでそういう話をしていたんです。ふたりはぼくのような牛腹の子が知性を授かるのは非常に稀《まれ》だと言っていました。なぜ彼らはぼくのような生き物を創《つく》りつづけるのだと思いますか？　ぼくのほうが人間より脳の容量が大きいから？　牛は寄生虫に感染しないから？　寒さに強いから？」言葉を切る。「全部正解です。旦那様とゴンサレス医師は第二、第三の六・一六がやって来ると信じているんです。地球は活動期に入りました。百万年単位で物事を見なければならない時期に入ったのだそうです」

「で、人間は滅びるってか？」カルロスは寒さと失血のせいで白くなった唇を凶暴にむいた。「ふざけるな！　創造主を気取りやがって、ヒラリオもゴンサレスも呪《のろ》われるがいい！」

マルコは返事がわりにナイフを繰り出したが、相手の刃に撥《は》ねかえされてしまった。カルロスはその攻撃を防げたことが信じられないというように目を見開いた。体のあちこちから流れ落ちる血がサーモテック素材のコートに黒い筋をつけていた。

「迷信や伝説はあなたたちが世界を認識するための方便です」踏みこんできたカルロスの攻撃をかわして後退する。カルロスは肩で息をしていた。「ぼくのことを悪魔と呼ぶのなら、あなたたちはすでに人間を超えた存在の出現を予感しているということです」

「それもヒラリオの受け売りだろ？」

「はい」

「ヒラリオが創造主なら」せせら笑う。「てめえはなんだ？　さしずめキリストか？」

「いいえ、ぼくは人間の遺伝子を保存するための容器です。それにぼくは復活できません。死んだらおしまいです。ゴンサレス医師がおっしゃっていました。知性を持つ牝《めす》の牛腹は見たことがない、と」

白眼をむきかけたカルロスは、頭をふって意識をしゃんとさせる。その顔を脂汗《あぶらあせ》が流れ落ちた。

「人の遺伝子は未来においても保存されるのかもしれません」マルコは言った。「しかし、それはもはや人としての特権を持たず、世界の一部にすぎなくなるんです」

カルロスが罵声《ばせい》をあげて躍りかかってくる。マルコにはそれが最後の攻撃になるとわかった。カルロスはマルコの首筋を狙ってナイフを走らせ、同時に脚を払った。よろめいたマルコの腹に刃先がめりこむ。恐怖を感じることはない。なかば醒《さ》めた頭で、これもやはりDUP25が欠落しているためなのだろうと考えながら、カルロスの利《き》き腕を切りつけた。いったん飛びすさったふたりは同時に足を踏んばり、すぐさま相手に飛びかかる。体を沈めたマルコの顔を膝《ひざ》が容赦なく蹴《け》り上げた。鼻がつぶれ、口のなかに血の味が広がった。追撃してくる敵の腹を蹴る。空気の塊を吐き出しながら、ふたつ折りになるカルロス。その顔をマルコは横から突き刺した。刃は相手の左頬から右頬にかけて貫通した。悲鳴が響き渡った。カルロスは両手を顔の前にかざし、血走った目を剝《む》き、よろよろと数歩あとずさった。黒い血で濡《ぬ》れそぼった頬を持て余していた。体のほかの場所をいくら切られても、これほど取り乱したりはしなかったというのに。だから、マルコはこう結論した。顔に手をかけるのは魂に手をかけるのとおなじことなんだ。カルロスは泣き笑いをし、懇願するようにこちらをうかがい、父親と弟の亡骸《なきがら》を見て奮い立った。血と唾をまき散らし、ナイフを高々とふり上げ、意味をなさない叫び声をあげて襲いかかってくる。まるでこの一撃で仕留めなければ魂の帳尻《ちょうじり》があわないと言わんばかりに。マルコも地を蹴って駆けだす。ふり下ろされる刃を横飛びでかわし、すれちがいざま、がら空きになったカルロスの腹にナイフを残してきた。ふたりの体が交差し、マルコはそのままふりかえらずに歩く。クリスチアーノの教えは正しかった。そう確信しつつ、いまや三羽のコンドルにたかられている馬にむかって歩を進めた。固い嘴《くちばし》が骨を打つ音。一羽が彼にむかってその黒い翼を広げ、ぴょんぴょん跳ねながら距離を取った。肉を引き裂いているやつがギャーギャー啼《な》きながら飛び立つ。最後の一羽も馬の体に白い糞をひっかけてイトスギのほうへ飛んでいった。

灰色の雲は氷雪を降らせていた。マルコは馬から鞍《くら》とサドルバッグ——ノートと筆記用具、そして歴史のテキストとして使っているジョアン・ギマランエス・ローザの小説が入っている——をはずし、両肩にひとつずつ担《かつ》いだ。悪魔か。きびすをかえし、丘をのぼりながら、今日の授業でアレハンドロ・ゴンサレスの言ったことを反芻《はんすう》した。ブラジルという国のセルタンゥというところで、反徒《ジャグンソ》たちを率いて何度も政府軍を撃退したという聖者アントニオ・コンセリェイロ。時は一八九六年、ゴンサレス医師の計算が正しければ、いまから三百年ほどまえの話だ。コンセリェイロを慕ってあつまった貧しい人たちのなかにも、悪魔《サタン》のジョアンと恐れられた盗賊《カンガセイロ》がいたっけ。マルコは丘をのぼり、廃車のそばで絶命している老《ビエホ》ギレルモ・キンテロのかたわらに鞍を放り出した。膝をつき、サドルバッグから鉈《なた》を取り出してその赤黒い首筋にあてがう。峰を足で踏むと、頭がごろんと落ちた。それから、アルフォンソ・キンテロにもおなじことをした。アルフォンソのほうは首が細かったから、手の力だけで事足りた。親子の頭を両手にひとつずつ持って丘を下りる。倒れ伏したカルロスはゆっくりと泳ぐように手足を動かしていた。マルコはカルロスの顔のそばに父親と弟の頭をおいた。それを見てカルロスがなにか言ったが、聞き取れなかった。

「最後に顔を見ておきたいんじゃないかと思って。それにコンドルに彼らの顔を汚されたくはないでしょ？」

カルロスの目から涙があふれ、小さくうなずいたように見えた。口から血が押し出され、石だらけの地面に垂れた。

「三人いっしょに埋めようと思います」マルコは言った。「それであなたたちの魂は救われますか？」

目をなかば閉じ、なかば開いたまま、カルロスは動きを止めた。マルコはその瞳《ひとみ》から色が失われてゆく様をつぶさに見とどけてから頭を切断し、ほかのふたつといっしょに農園に持ち帰った。老ギレルモ・キンテロの頭には髪の毛がなかったから、小脇に抱えた。バケーロたちが道を空けた。彼はまっすぐ墓地へ行き、黄色い花をつけている蠟梅《ろうばい》の樹《き》の下にキンテロの男たちを埋葬した。

そんなことがあってからも、やはり何度か襲撃を受けた。そのたびにマルコは敵の首を斬《き》り落とし、汚れないように農園に持ち帰り、おなじ樹の下に葬《ほうむ》った。

自分がなぜ特別なのか、彼にはわからなかった。

しかし首を弔うときだけは、ほかの人間たちとおなじなのだという気分を味わうことができた。そして、それはとても特別なことだった。

2

十四になったマルコは金色《こんじき》の髪と、ぬけるように白い肌と、物憂《ものう》げな青い瞳を授かっていた。ほかの牛腹とちがい、背丈は人の平均を出なかった。体感温度が人間と異なっているため、防寒用のジャケットもマフラーもサーモテックのシャツも必要としない。本当はブーツも必要ではないのだが、くるぶしから爪先《つまさき》までびっしり生えた強《こわ》い毛を隠すためにクリスチアーノに履かされた。目の粗い綿シャツの下では、たくましい筋骨が息づいていた。手で触れると、こめかみの上に硬いでっぱりがある。しかし運のいいことに、角は親指以上の大きさにはならず、髪の毛でほとんど隠れた。この歳《とし》になってものびなければ、もうのびることはないだろうとバケーロたちはささやきあった。まったく運のいい悪魔だ、と。

マスターベーションによって精子が確認されると、時を移さずに牝を、人間と牛の両方の牝を数年間にわたってあてがわれた。なんといってもマルコは奇跡の子《イホ・デ・ミラグロ》なのだから、ヒラリオ・デ・ラ・イグアラは一分一秒、そして人類を救うための精液の一滴にいたるまで無駄にしなかった。遺伝子の模型をにらみながら理論を組み立て、綿密な計画を立てたものの、実際にやることといったら、これはと思う牝をつぎからつぎに仕入れてきてマルコに交尾させることだけだった。アレハンドロ・ゴンサレスによれば奇跡は一度こっきりしか起こらないからこそ奇跡なのであって、こんな原始的な方法でもう一度知性のある個体を造ろうとしても、それは馬に言葉をしゃべらせるくらい骨折り損のくたびれ儲《もう》けなことだった。しかしドン・ヒラリオに言わせれば一度あることは二度ある、そもそも最初からあきらめていてはマルコを授かることもなかったし、マルコがここにこうして存在している以上、自分の理論は正しかったのだし、実験をつづける価値は充分にあるとのことだった。

この実験をするようになったきっかけは、ご多分に漏れず、ささいなことだった。まだ若く(男盛りの四十代だった)、それゆえ六・一六の再来と人類の行く末を憂《うれ》えたヒラリオ・デ・ラ・イグアラがテキーラで大酔したあげく、たとえ人類が滅びても牛どもは未来永劫《えいごう》生きつづけるだろうとぶちまけたのだ。それはアメリカ産のショートホーンがちらほらこの国にも入ってくるようになったころのことで、巷《ちまた》では人語を習い覚える半人半牛の噂話《うわさばなし》や、牛を孕《はら》ませたバケーロのジョークが百とおりも飛び交っていた。

「六・一六は人類の遺伝子にも地殻変動を起こしてしまったんだ」瘦身長軀《そうしんちょうく》で血色の悪い若き農園主は言いつのった。「DUP25だけじゃない、確認されとらんだけで、たぶんもっと多くの染色体がこの世界に適応するために活動をやめたり、火山のように新たに活動をはじめたりしとるはずなんだ」

アレハンドロ・ゴンサレスはその言い分を認めただけでなく、人間の老化が速くなったことや若年性認知症の増加などの例を挙げて支持さえした。そのうえでこう言って水を差した。

「だがな、ヒラリオ、ここはメキシコなんだ、アメリカのような立派な研究施設もないし、おまえさんが遺伝子のなにを知っとる？　仮におまえさんの努力が実を結んで牛から知性のある子が産まれたとしても、あっという間に迷信深い連中に殺されてしまうのがおちさ」

「迷信深い連中は幸いだ」若き農園主は静かに反駁《はんばく》した。「根拠のない信念や恐怖は人が人たる所以《ゆえん》のひとつだからな。たしかにわたしには遺伝子のことはよくわからん。しかし、わたしのように迷信すら持てない人間は恐怖遺伝子が欠落しているのだということは想像がつく。使用人たちが一心にロザリオの祈りを唱えたり、胸のまえで十字を切るのを見かけるたびに、自分になにかが足りないことを痛感する。彼らはなにを祈っているのか？　現世での苦しみからの解放か？　食われる恐怖の告白か？　食という罪の懺悔《ざんげ》か？　わたしはそのどれひとつとして感じたことがない。わたしはこの世に生まれ、この世にあるものを食らい、寿命の尽きるその日まで生きてゆく。罪のなれだけのことだ。とどのつまり、恐怖を感じられん者に信仰は持てんのだよ。そんたるかを理解できんのだから」

「おれも信仰など持たんが、自分のことを畜生だと思ったことは一度もないね」

「六・一六はたった一日の出来事ではない。数十年にわたる戦争があったし、地殻も変動した。もしかしたら、いまなお終わってないのかもしれない。しかし、どっちが原因でどっちが結果なんだ？　核爆弾が地殻変動を引き起こしたのか？　それとも、地殻変動が戦争を引き起こしたのか？　いまとなってはもうだれにもわからん。しかしラテン・アメリカに関して言えば、それでも破壊されずに残ったものがふたつある」

「軍隊と教会だな？」

「そのとおり」ヒラリオ・デ・ラ・イグアラは酒で喉を湿らせた。「これから暮らし向きがよくなっていけば、また軍隊ができて人間はまた戦争をするようになるだろう。実際、各地にはもう自治警察という名のならず者集団がいくつもできている。その裏にいるのはただのヤクザ者だ。タマウリパス州のレオーネ一家、ハリスコ州のアレナス一家」

「刑務所なんざただの目くらましだからな、自治警察が法律で無知な連中を縛りつけるための」

「新しい戦争は恐怖遺伝子不在の、すなわち罪の意識なき戦争となる。そして、今度こそ世界を終わらせる戦争になるかもしれない」

「ということは、ヒラリオ、おまえさんは世界がまだ終わってないと思っとるわけか？」

「世界は瀕死《ひんし》だが、まだ息絶えちゃいない。だから、我々はこうして酒を飲んでいられる。きみはそう思わんのか？」

「どうかな、正直、よくわからんよ」ゴンサレス医師は言った。「だが、信仰が戦争を抑止するとは思わんよ。教会はむしろ戦争の引金となって殺戮《さつりく》を正当化してきた。これは歴史的な事実なんだわ」

「そんなことはどうでもいいんだ」

その剣幕に医師が口をつぐむ。

「わたしが言いたいのは」と、若き農園主は友に目を据えた。「つぎの六・一六は千年先の話なんかじゃないということなんだ」

ゴンサレス医師は溜息《ためいき》をついただろう。あのいつもの酒に濁った目で、幼馴染《おさななじ》みである若き農園主をしげしげと見つめたことだろう。まるでめずらしい虫かなにかを観察するように。ヒラリオ・デ・ラ・イグアラは苛立《いらだ》ち、顔からいっさいの表情を消し去ったことだろう。

「それこそどうでもいいことじゃないか？」アレハンドロ・ゴンサレスが言った。

「おれたちが死んだあとなら、世界がどうなろうと知ったこっちゃないわ。おまえさんは真面目《まじめ》すぎるよ、ヒラリオ。人はなんのために生まれてくるのか？　どこから来て、どこへ行くのか？　馬鹿馬鹿《ばかばか》しい。言っとくが、そんなことをいくら考えたって答えなんぞ出やせんぞ。百歩譲って、おまえさんが夢見るような牛腹の子がたくさん産まれたとしよう。そいつらが世界終末戦争を生きのびたとして、だからなんだ？　そんなやつらを人と言えるもんかね？　たとえば人間と猿の遺伝子は非常に似かよっているが、おまえさんは猿がこの世界の主人になることを望んどるわけではあるまい？」

ヒラリオ・デ・ラ・イグアラは顔を伏せた。そして、長い沈黙のあとでこうつぶやいただろう。

「しかし、それがわたしという人間なんだ」

交尾をするときには決まってまわりに人の目があった。老農園主はいつも神妙な面持ちで現場に立ち会ったが、その現場というのは農園屋敷の地下にある研究室――そこはかつてマルコを鎖でつないでしつけた部屋でもあった――か、そうじゃなければ牛舎を意味する。牛が相手の場合、バケーロたちが三、四人がかりで暴れる牝牛を押さえつけなければならなかった。人間のときは鎖につながれるから、さほど人手を必要としない。マルコにしてみれば、人の目があることそれ自体はさほど気にならなかった。飼育場では交尾も排泄《はいせつ》も食事もみんなひとつの空間で行われていたのだから。問題はもっと根深かった。相手が人間ならなおのこと、牛の場合でもマルコが自発的に発情したことは一度たりともなかったのだ。老農園主はあの手この手でマルコをその気にさせようとした。北に薬効あらたかな惚《ほ》れ薬があれば金に糸目をつけず、南に色の道の手練《てだれ》がいれば長旅を厭《いと》わずに出かけていき虚心坦懐《たんかい》に教えを乞《こ》う。東奔西走した。あるときふと思い立って、ゲレーロ州一だと評判の腕の良い大工に木製の牛腹をつくらせた。四《よ》つん這《ば》いになったその模型のなかに人や牛の牝を押しこんでマルコにあてがったところ、意外にも交尾させることに成功した。

「本当にやりおったのか、ヒラリオのやつ！」小太りで酔っぱらいだが、博覧強記でもあるアレハンドロ・ゴンサレスは仰天した。「おまえさんがなかなか交尾してくれんから、わしが冗談でミノタウロスの話をしてやったんだわ」

老医師が愉快そうに教えてくれたところでは、ミノタウロスとはギリシア神話に出てくる牛頭人身の怪物のことだった。クレタ島のミノス王が海神ポセイドンの逆鱗《げきりん》に触れ、それが妻のパシパエに崇った。動物に恋するように魔法をかけられたパシパエは、ポセイドンから賜った白い牡牛《おうし》と情を交わすために、発明家のダイダロスに命じて牛の模型をつくらせた。で、その木製の牛のなかに入り、首尾よく牡牛とまぐわい、ついに人食い怪物のミノタウロスを産み落とす仕儀と相成るのだった。

「このミノス王の親父《おやじ》ちゅうのがあのゼウスでな」と、笑いながらつづけた。「なんと牛に化けてミノス王のお袋さんのエウロペに近づいて、プラタナスの木陰でよろしくやってしまったんだわ」

「つまり、ミノタウロスも牛腹の子だということですね」

「人の腹から産まれた牛だな」

「それで」マルコは勢いこんで尋ねた。「彼はどうなるんですか？」

「ミノタウロスか？」老医師は自分の失言に気がついてはいたが、もはやごまかしようがないことも知っていた。「ダイダロスのつくった迷宮に閉じこめられ、最後はテセウスちゅうやつに殺されちまうんじゃなかったかな」

なるほど。ぼくたちのような半人半牛がたどるのは、古今東西、この呪われた道一本だけだということか。

交易所は農園から二日ほど北上したところにあり、ドン・ヒラリオは人牛を分かたず、自ら品定めした牝をそこから買ってきてマルコにあてがうのが常だった。目利きの老農園主は食肉用に売られている牝のなかから病気に感染していないもの、性器が整っているもの、なにより知性の破壊が表面的なもの——つまり飼育環境のせいで獣のように見えるが、じつのところ健全な遺伝子を持っている可能性が高い個体を掘り出すのが上手《うま》かった。すくなくとも自分では上手いと信じていた。ヒラリオ・デ・ラ・イグアラによれば、注意深く目をのぞきこめばおのずと見えてくるとのことだったが、だれにもそれをたしかめる術《すべ》はなかった。ただし、出産したことのない牝が高値で取引されるのは事実だった。ドン・ヒラリオは自分が買ってきた牝のために小屋を建て、飼料に気を遣い、モーツァルトを流し、絶えず十人から二十人を妊娠可能状態にしておくのがもっとも効率が良いと考えていた。だからマルコは月に一度か二度、多いときは六度も模型越しに交尾させられ、牝たちは何年ものあいだ毎月のように彼の子を産み落としたが、老農園主が耄碌《もうろく》してこの馬鹿げた実験が立ち消えになってしまうまで、待望の子はついぞ産まれてはこなかった。牛にいたってはそもそも妊娠すらさせることができなかった。望まれない子供たちはアレハンドロ・ゴンサレスがモルヒネ注射で永遠に眠らせ、農園の墓地にキリスト教徒のように葬られるか、そうじゃなければ交易所で売り飛ばされた。

まともな子など産まれるはずがないではないか。ゴンサレス医師がこっそり教えてくれたところでは（もしくは、授業の合間の他愛《たあい》ないおしゃべりからマルコがひろいあつめた情報によれば）、ヒラリオ家はすでに八十年の長きにわたって人から知性を奪うことに専念してきたのだから。六・一六につづく数年間を生きのびた者は、とにかく口に入れられるものならなんでも手あたりしだいに食べた。強い人間が弱い人間を食べた。そうやって食い、まぐわい、遺伝子をつぎの世代へとつなげてきたわけだが、罪の意識が消えてなくなったわけではない。地殻変動は地球の生態系を根本からひっくりかえしたが、すべての人間の十五番染色体を破壊したわけではなかった。十五番染色体にあるDUP25、すなわち恐怖遺伝子は、依然として多くの人の信仰や愛や罪の意識にささやきかけた。これでいいのか、これでいいのか、本当にこれでいいのか。

「ヒラリオ家だけじゃないんだ、マルコ」たいしたことではない話をするときにかぎって、老医師はたっぷりもったいをつけるのだった。「だれも食いたくて食っとったわけじゃない。しかし食用の人間に近親交配を繰りかえさせとったのは、言ってみりゃ、わしらがまだ人間の心を残しとることになりゃせんか？　知性に対する敬意を失っておらんかったんだよ。生き残るためにわしらにできることは、せいぜい肉から知性を引き算することくらいだった。しかし、この十年でやっと牛が充分にいき渡るようになった。もうむかしみたいに後味の悪い思いをして肉を食わんですむわ。だからな、マルコ……」

「わかってます、先生」アメリカの古い新聞を翻訳しながら、マルコは英語で応《こた》えた。

「I know how lucky I am《どれほど幸運かわかっています》」

「おまえの知性がおまえを救ったんだ」ゴンサレス医師が言った。「悪魔？　おおいにけっこう！　馬鹿なバケーロどもの言うことなど気にするな」

「はい」

「訳せたかね？」

「むかしカバリエロ・ネグロ《ブラックライダー》と呼ばれたナサニエル・ヘイレンという人がいたそうです」古新聞に目を落とす。「彼は六・一六のあと多くの人を殺して、それよりもっと多くの人を救ったとされていますが、アメリカ各地にいろんなカバリェロ・ネグロ伝説が残っていて、深南部のほうではナサニエル・ヘイレンが信仰の対象となっている地域もあると書かれています。ヌエバ・ヨルク《ニューヨーク》にある中国人《チノ》の共同体にもカバリェロ・ネグロを祀《まつ》った霊廟《れいびょう》があるそうです。ここにデューラーという人の『黙示録の四騎士』という絵が載っていて、この絵がカバリェロ・ネグロという渾名《あだな》の由来とされています」

「その四人の騎士たちは小羊《キリスト》が解く七つの封印のうち、はじめの四つが解かれたときにあらわれるんだ」

「むかしの人たちは六・一六を封印が解かれたのだと思ったのでしょうね」

「第一の封印が解かれたときにあらわれる騎士は白馬に乗っとって手には弓を持っとるが、さて、この弓を美術表現でなんと言うかね？」

「attribute《アトリビュート》——神や聖人、その人物の素性を教えてくれる持物《じもつ》のことです」

「よろしい《ビエン》」老医師はしゃっくりで言葉を詰まらせながら、「ヴァスネツォフやファクンドゥスの四騎士画と肩をならべる、まあ、有名な絵だわ。第一の騎士は神軍に勝利をもたらす役目を仰《おお》せつかっとる。第二の騎士は赤い馬に乗って、大きな剣《つるぎ》を持っとる。こいつは人間に戦争を起こさせる役まわりだから、間違いなく第二の封印はもうとっくのむかしに解かれとるな。で、第三の騎士が黒騎士で……」

「『黒い馬に乗り、手には天秤《てんびん》、これは食糧を制限し、地上に飢饉《ききん》と荒廃をもたらすためである』」マルコは先んじて記事を訳した。「人々はナサニエル・ヘイレンをこの第三の騎士になぞらえたのですね」

「後知恵だわ。ナサニエル・ヘイレンが取って食っとったのはみんな異教徒ってか？　まったきキリスト教徒は守ってくれとったってか？　阿呆《あほ》らしい！」

「でも、絵の黒騎士はたしかに貧者への不正も象徴しているようです」

「現世のカバリェロ・ネグロはただの人殺しよ」

「だとしたら、第四の騎士のほうがしっくりくる感じがします」

「蒼《あお》ざめた馬に乗った死か」そう言って、まるで死神に献杯するかのようにグラスを持ち上げた。「しかし、わからんでもないじゃないか。こいつが出てきたらもっと多くの命が、もっとわけのわからん理由で失われるわけだからな」

「小羊はまだ第四の封印を解いてはいない、と？」

「まあ、愚かな連中はそう思いたいんだわ」老医師は鼻で笑い飛ばした。「第四の封印どころか、わしの耳にはもうラッパの音が聴こえとるわ」

自分で聖書《ラ・ビブリア》をひも解き、第五、第六、第七の封印のことを知ったのは、ずっとあとになってからだった。第五の封印が解かれると、殺されたキリスト教徒たちがいっせいに復讐《ふくしゅう》の叫びをあげる。小羊は彼らの魂を静め、第六の封印を解いて大地震を起こし星を降らせる。そしてついに第七の封印を開くと、七人の天使たちが災いのラッパを順繰りに吹き鳴らしていくことになっていた。マルコは黄ばんだ新聞紙の上で消えかけている絵をじっと見つめた。真ん中にいちばん大きく描かれている黒騎士は飾りベルトを躍らせ、人々の胃袋を支配する天秤をふりかざし、猛る馬に跨《また》がって地上の一切合財を蹂躙《じゅうりん》してゆく。地には蒼ざめた騎士につき従う黄泉《ハデス》が地上の王を食《は》み、天には騎士たちの殺戮を肯定する大天使が舞う。神の国は瓦礫《がれき》と化した地の上に到来する。おびただしい血の上に。累々《るいるい》たる屍《しかばね》の上に。

「しかしな、マルコ、人間もただ黙って神に滅ぼされるのを待ってはおらんよ」ヒラリオ・デ・ラ・イグアラのことを言っているのだとすぐにわかった。「ナサニエル・ヘイレンのような男が長生きできるはずがないんだわ」

「彼の死に方には諸説ありますが」気を取りなおして英字を追う。「貧しい者に化けた連邦政府の役人にニューオリンズで毒殺されたというのが南部一帯で信じられているようです。それが南部の分離主義者たちが自分たちの主張を正当化する口実にもなっています」

アレハンドロ・ゴンサレスはテキーラをひとすすりした。「その話、なにかに似ていると思わんかね？」

「ええ、思います」マルコは老医師を見やった。「先生とむかし勉強したブラジルの聖者アントニオ・コンセリェイロの話とそっくりですね。ちがう点はアントニオ・コンセリェイロは信仰によって貧しい人たちの魂を救ったのに対して、ナサニエル・ヘイレンのほうは肉で人々の体を救ったことです」

「そして魂は肉体に宿る」アレハンドロ・ゴンサレスが言った。「とどのつまり、このふたりに共通して言えることは、人々に希望ってやつをあたえたことさ。言うまでもないが、だれかにとっての希望は、ほかのだれかの絶望になりうる」

アントニオ・ヴィセンチ・メンデス・マシエルは、一八三五年ごろにブラジルのセアラ州で生まれた。家は牧畜を営み、家族は正直者ばかり。アントニオは父の死後も真面目に働き、かいがいしく三人の妹を養った。けれども二十歳ごろから各地を放浪して歩くようになり、しまいには家を棄てて行方知れずになった。アントニオの身になにが起こったのか、マルコには知る由《よし》もない。アレハンドロ・ゴンサレスが芝居っ気たっぷりに語り聞かせてくれる『カヌードス演義』によれば、失踪《しっそう》から十年以上が経ったある日、アントニオは消えたときとおなじように忽然《こつぜん》とあらわれた。別人のように痩せ細り、青い長衣をまとい、生皮のサンダルを履いていた。肌は陽に焼けて黒く、長くのびた髭は胸までとどき、羊飼いが持つような長い杖《つえ》を持っていた。その目に宿る強い光を除けば、どこからどう見ても生ける屍だった。アントニオはセルタンゥの小さな村々にあらわれては壊れた教会を修繕したり、赤子に洗礼を施したり、男女に結婚の秘蹟《ひせき》を行ったりした。ときおり山羊《やぎ》の乳を一杯だけ飲むほかは、けっして礼を受け取ろうとしなかった。起きているときは忙しく立ち働き、夜は地べたで寝た（「凍死なんかせんよ、当時の平均気温は現在より四十度も高かったからな。しかし人々の暮らし向きがいまよりよかったかどうかは、じつのところわからんよ。旱魃《かんばつ》や飢饉や伝染病があったし、やっぱり人を食っとったんじゃないかな」）。そして、大切な事柄について静かに話した。神の御心《みこころ》や、貧しさの美徳や、姦淫《かんいん》の罪について。その声は深く、ゆったりと流れる川のようにすべての人の心に染み渡っていった。贅沢《ぜいたく》を戒め、天国と地獄を描き出し、ミルクの川が流れる地と永遠の業火《ごうか》が燃え盛る谷の存在を証明してみせ、死について、わけても死に方について説いた。やがて人々はアントニオを本名ではなく、教え諭す人《コンセリエイロ》と呼ぶようになった。ひとりぼっちだったアントニオ・コンセリエイロのうしろには、いつしか信者たちがつき従うようになった。コンセリエイロと弟子たちは行脚《あんぎゃ》をつづけ、ついにカヌードスという町に貧者の楽園を築くのだ。

「じつを言うと」と、マルコは言った。「ぼくは『カヌードス演義』が先生の創作だとずっと気がつきませんでした」

「ほとんどが実在した人物なんだぞ」アレハンドロ・ゴンサレスは酒杯を掲げ、茶目っ気たっぷりに片目をつぶってみせた。「ジョアン・サタンや武松《ウーソン》が翼のある馬に乗ったり火の玉を繰り出したりするちゅうのは、まあ、わしの創作だがな。わしのなかの中国人《チーノ》の血がそうさせたんだわ」

「ぼくはブラジルに虎《とら》がいると本気で思っていました」

「武松の虎退治はな……」

「『水滸伝《すいこでん》』ですね」

「おまえは本当に物覚えがいい」老医師は満足げにうなずき、酒杯にテキーラを注ぎ足した。「まあ、子供ちゅうのはみんな豪傑が好きなんだわ」

しかしマルコが『カヌードス演義』を気に入っているのは、武松が素手で虎を退治するためでも、極悪非道のジョアン・サタン――生まれ故郷の村を皆殺しにし、男たちの性器を切り落として口に詰めこむだけでは飽き足らず、犯した女の顔に自分の名前をナイフで刻みつけた――が改心し、コンセリェイロのもとで修行を積んで仙術を体得するくだりでも、はたまたカヌードスに攻めてきたブラジル軍、なかでも精鋭のモレイラ・セザル隊を敗走させるくだりでもない。いわんやアレハンドロ・ゴンサレスの臨場感あふれる語り口のためでもない。

「ナトゥーバのレオンも先生の創作なのですか？」

が、ロッキングチェアに体を沈めた老医師はすでにこっくりこっくりと船を漕《こ》いでいるのだった。マルコは立ち上がり、アレハンドロ・ゴンサレスの体に毛布をかけ、静かに鞍とサドルバッグを取り上げて診療所をあとにした。

ナトゥーバのレオンは生まれつきの異形だった。馬上のマルコは思いをめぐらせた。

吹きつける粉雪は気にならなかった。背中に大きな瘤《こぶ》を背負い、足が短く、手が異様に長く、しかも骨がねじ曲がっていたために、レオンは獣のように四本足で歩かねばならなかった。なかんずく頭の大きさは尋常ではなく、しかも強《こわ》い巻き毛がびっしり生えていた。ナトゥーバ村の人たちもレオンの両親も、こんな獅子《しし》のような子は早く天に召されたほうがいいと思ったが、村人を本当にまごつかせたのは、レオンが非常に高い知性の持ち主だったことだ。ひとたびその小さくてぐりぐりとよく動く目から、そしてその左右不均等なつぶれた耳からその巨大な頭のなかへと入ってきたものは、なにひとつ忘れなかった。村人はささやきあった。あれは悪魔の子だよ、だってだれにも教わらないのに読み書きができるんだからね。レオンはサーカス団に売られた。そこにはレオンのような異形がたくさんいたが、それでもレオンは逃げ出して村に戻った。あるとき村の娘が死に、それがレオンのせいにされた。まじない師によれば娘の死は呪いによるもので、村人たちが口をそろえて言うことには、レオンが娘のために歌を歌っているところを見かけたとのことだった。娘の父親はさっそくレオンを捕え、火炙《ひあぶ》りにしようとした。聖者の一団が村へやって来たのは、いままさに火刑が行われようとしているときだった。アントニオ・コンセリェイロは父親を叱《しか》りつけた。娘の魂が地獄へ堕《お》ちてもよいのか、と。父親はレオンを放し、すすり泣きながらコンセリェイロに許しを乞うた。九死に一生を得たレオンは村を棄《す》て、生涯を聖者に仕えて過した。

聖者はもうどこにもいない。ぼやけた白っぽい太陽が行く手の丘に落ちようとしていた。馬が鼻面《はなづら》をぶるぶるふるわせる。ひょっとすると、とマルコは思った。首を刎《は》ねられたアントニオ・コンセリェイロはナサニエル・ヘイレンとしてふたたびこの世に遣わされたのかもしれない。そして、またしても人間たちに父の御許《みもと》へ送りかえされてしまったのだ。貧者の楽園は永遠に潰《つい》え、世界は巨大なナトゥーバ村と化し、アメリカのアンチ・キリストたちが創り出した異形がメキシコで火炙りになる。

そう、ぼくは異形なんだ。

雪の舞う丘の上から世界を見渡す。波打つ小麦畑、畜舎の赤い屋根、身を寄せるようにして建っている使用人長屋。その裏手には共同墓地があって、蠟梅の樹がある。教会の尖塔《せんとう》、行き場のない祈り、燃え尽きた蠟燭《ろうそく》のような讃美歌《さんびか》。農園屋敷にいる年老いた農園主は日がな一日、窓辺にすわって過去を旅している。

それがすべてで、それだけだった。

あの太陽が世界を食い尽くす黄泉《ハデス》の口ならいいのに。マルコは腕で目をごしごし擦《こす》り、何度か深呼吸をして気持ちを落ち着かせた。いまこの瞬間に第四の封印が解かれるのなら、どんなにか素晴らしいだろう。

　丘を下り、畑をぬってのびる畦道《あぜみち》を行く。仕事を終えた使用人の一団がこちらにむかってやって来る。マルコの姿を認めると、男たちは肩に担いだ大鎌《おおがま》や、干草を持ち上げるための三叉《みつまた》のピッチフォークを地面に立てかけて待った。馬上のマルコと目をあわせないようにして、畑のなかへ避《よ》けて道を空ける。だれもなにも言わない。使用人長屋のまえにいた女たちは話をやめ、瞳の奥にあるカーテンをさっと閉める。小屋から出てきたルシア・モレノは、マルコをひと目見るなり顔をしかめた。きびすをかえして家にひっこんだと思ったら、鍋釜《なべかま》を板壁に投げつける恐ろしい音が響き渡った。蓮《はす》っ葉《ぱ》のルシア・モレノは他人の目がないときを見澄まして、しょっちゅうマルコを物陰に連れこんでは顔じゅうにキスを浴びせたものだった。あたし、あんたの顔が好きよ。体を押しつけ、悪びれもせずにそう嘯《うそぶ》く。ねえ《ムチャチョ》え、あたしの胸を触ってごらんよ。なぜそんなことをしなければならないのかもわからないまま、マルコは言われたとおりにした。たったそれだけのことでだれかによろこんでもらえるのなら、お安い御用だった。教会で禁じられているはずの行為を求められたときも素直に従った。するとルシア・モレノはいつでも幸せそうに目を細め、口の端から涎《よだれ》を垂らし、最後には切なげな声をもらして体をぶるぶるふるわせるのだった。あるとき、もっと罪深い行為に及んだ。そのしなやかな指をマルコの股間《こかん》に這《は》わせ、上気した顔でささやいた。ほかの娘たちがやりたくてもできないことを、あたしはやってやるんだ。が、いくらバケーロ相手に培《つちか》った技巧を駆使しても、マルコは彼女が求めるような状態にはならなかった。遠く及ばなかった。マルコは申し訳なさそうに打ち明けた。ぼくと交尾がしたいのなら模型のなかに入ってください。ルシア・モレノの顔は屈辱で真っ赤になり、怒りで見る見るうちに紫に変色した。恨みは深く、そのせいでマルコは彼女の差し金で七回目か八回目の襲撃を受け、そのせいで六つの命が荒野の露と消えた。

納屋《なや》の脇《わき》の囲い場では、男たちが野積みの麦束を雪から守るために干草で屋根を葺《ふ》いていた。数人が大きな麦束の山にのぼり、下にいる男たちがピッチフォークで干草をすくい上げてはせっせと彼らに渡している。すでに麦束の家がいくつもできていた。彼らのかけ声や笑い声は、まるで別世界から響いてくるようだった。マルコはまっすぐにまえだけを見つめて馬を進めた。建ちならぶ高床式の穀物倉庫。鼠《ねずみ》たちはともに六・一六を生きのびた仲間なのに、人間はむかしながらのやり方で鼠を殺しつづけている。もし世界にたったひとりの人間とたった一匹の鼠しかいなくなったとしたら、それでもやはり人間は鼠を殺すのだろうか？　いや、そうはしないだろう。人間はその鼠を殺すどころか、餌《えさ》をやったり話しかけたりして家族のように可愛《かわい》がるだろう。

鼠が死ねば、涙を流すだろう。マルコは自分がその鼠になったつもりで空想をめぐらせた。すると、すこしだけ心が軽くなった。飼育場のまえの新しい血溜《ちだ》まりが湯気をたてていた。そのなかで蟲《グサーノ》が数匹のたくっている。肉を煮るにおいがあたりに立ちこめていた。ヒラリオ農園は間もなく一日の作業を終え、使用人たちやバケーロたちはそれぞれの家に帰るだろう。祈りを捧《ささ》げ、愛する者たちと笑いあいながら肉を食べるだろう。厩《うまや》で馬を仏頂面の馬丁にあずけると、マルコは農園屋敷にむかってとぼとぼ歩いた。ブーツの下で霜柱が砕ける。世界には人があふれ、鼠と和解する余地はまったくない。

薄暮《はくぼ》にたたずむ屋敷はすでに廃墟《はいきょ》のような風格をたたえていた。ずいぶんと時間が経《た》ったんだな。屋敷の門扉《もんぴ》を押し開けながら、マルコは思った。はじめてこの門をくぐった日からすでに七年の歳月が流れていた。この七年で多くのことを学んだ。人として生きるために必要な、いや、必要以上のことをたたきこまれた。けれども人に近づけば近づくほど、人は遠ざかっていく。まるで……なんと言ったかな……光の屈折によってあるはずのないものが見えたり、変形して見えたりするあの現象……そう、まるで「蜃気楼《エスペヒスモ》」のように。はじめのころは飼育場が懐《なつ》かしく思い出された。汚物にまみれた仲間たちをうらやましく思った。すくなくとも、彼らはひとりぼっちではない。みんなが身を寄せあい、暖めあいながら眠る飼育場の夜を思いながら、がらんとした自室のベッドに横たわっていつまでも天井を見上げていた。何度か我慢できなくなって、夜中にこっそり飼育場へ忍びこんでみた。屎尿《しにょう》で汚れた藁《わら》にくるまって目を閉じると、奪われてしまった時間がゆるやかに逆巻きながら体のなかへ流れこみ、いつしか暖かで安らかな波が、生も死も、魂も肉体も見分けがつかないあの懐かしい無秩序の底へと沈めてくれるのだった。クリスチアーノははじめ口で言って聞かせ、それでもドン・ヒラリオの実験の成功例が飼育場で眠ることをやめないと見るや、痛みに訴えた。見つかればまた折檻《せっかん》される。そんなことは百も承知していたが、心がざわついて仕方がない夜というのはいつも黒いコンドルのように飛来して、どうしようもなくマルコを駆り立てるのだった。

その夜も自室の窓から跳び下り、風のように静かに走った。使用人長屋は真っ暗で、犬の遠吠《とおぼ》えが小麦畑のむこうからとどいてくる。飼育場は穀物倉庫のとなりにあり、入口の扉はいつも開け放たれていた。藁と飼料と汚物の懐かしいにおい。窓から射《さ》しこむ蒼白い月光を受けて、かつての仲間たちは鉄格子の囲い場のなかで安らかな寝息をたてている。細長い飼料桶《おけ》が地面に溝のような影を落としていた。かつては鉄格子《てつごうし》のあいだから首を突き出してそこから餌を食べ、ひときれの臓物をみんなで奪いあったものだ。いたるところに落ちている糞《ふん》も心を和ませてくれる。それは生命の痕跡《こんせき》にほかならなかった。農園屋敷で暮らすようになってからずっと感じている、生きているのか死んでいるのかわからないような感覚が薄れ、体の内側から力がみなぎってくる。マルコはなかば催眠術にでもかかったかのように、ふらふらと飼育場に足を踏み入れた。扉の横にかかっている板に気がついたのは、そのときだった。それはクリスチアーノがなにかを解説してくれるときに使う「黒板《ピサラ》」という板だった。黒板にはチョークで字を書くことができる。思いかえしてみると、黒板はむかしからずっとそこにかかっていた。マルコは小首をかしげ、暗闇《くらやみ》のなかで目を凝らした。数字と記号が書いてある。これは知ってるぞ、と思った。この〈◎〉は「たいへんよくできました《ムイ・ビエン》」という意味で、アレハンドロ・ゴンサレスがおおいに酔っぱらったときにだけノートにつけてくれるしるし。〈◎〉はいくつかの数字の横につけられていた。軽い眩暈《めまい》を、はじめは気のせいだと思った。マルコは茫然《ぼうぜん》と囲い場をふりかえった。鼾《いびき》や歯ぎしり。惰眠を貪《むさぼ》る家畜たちは大きな模様のついた、ずだ袋のような服を着ている。その模様が数字だということは学習ずみだった。数字とはようするに〈1〉《ウノ》がいくつあるかをあらわしたものであり、〈1〉がひとつもなければ、それは〈0〉《セロ》と書かねばならない。マルコの心臓が早鐘を打つ。突如、飼育場にいたころの自分の数字が〈13〉《トレセ》だったことに気づく。囲い場のなかを目で探すと、いまはもっと体の小さな個体がその数字をつけていた。黒板の〈13〉には〈◎〉がつけられていない。黒板の数字と、家畜たちに割りふられた数字を見くらべる。〈◎〉をつけられた個体はどれも体格が立派で肉づきがいい。「ムイ・ビエン」という言葉は勉強ができたときだけでなく、食べ物が美味《お》しいときにも、体がとても元気なときにも使われるとても便利な言葉だ。マルコは立ち尽くし、それから扉にすがりついて堰《せき》を切ったように嘔吐《おうと》した。「虐殺《カルニセリア》」、素晴《ムイ・ビエン》らしい！「肉屋《カルニセリア》」、食《ムイ・ビエン》べごろ！　カルニセリア、ムイ・ビエン！

玄関ホールの振り子時計が鐘を六つ打った。鐘の音は四方の壁に反響しながら、静寂をいっそう深くした。マルコは階段をのぼり、擦り切れた絨毯《じゅうたん》の敷かれた廊下を渡って農園主の寝室をノックした。返事のあるはずもない。掛け金が甘くなっているドアが軋《きし》みながらひとりでに開く。車椅子《くるまいす》に乗ったヒラリオ・デ・ラ・イグアラは、暮れなずむ窓に背をむけていた。紫色に燃えながら放電する切れ切れの雲。密度を増してゆく物影が黒い霧のように部屋に充満していた。

「旦那《だんな》様、ただいま戻りました」

底なしのような口をぽかんと開けたまま、老農園主は白濁した目でどこでもないどこかを見ていた。口の端から垂れた涎が首に巻いたネッカチーフに落ち、白髪がまばらに生えた頭には老斑《ろうはん》が散っている。車椅子の下に尿の水溜りができていた。マルコは暖炉を火掻《ひか》き棒でほぐし、埋火《うずみび》に薪《まき》をくべてからヒラリオ・デ・ラ・イグアラを抱き上げた。枯れ木のように軽い老体をベッドに横たえ、パジャマのズボンを脱がせ、下半身をきれいに拭《ふ》いてやった。おむつのなかにはずいぶんまえにした冷たい大便もあった。ドン・ヒラリオの世話を焼く使用人たちは、老農園主の頭がしゃんとしている時間が短くなるにつれてぞんざいになった。ドン・ヒラリオが木の洞《うろ》のような口で不明瞭《ふめいりょう》な音を出しているそのかたわらで、下女たちは大声で男たちの噂をしては笑いあった。マルコは老人の腰からおむつをはぎとり、汚物を痰壺に捨てた。汚いとは思わなかったが、老人の排泄物には特有のにおいがあった。飼育場ではだれもこんなになるまで長生きしない。家畜たちの排泄物にはある種の勢いがあり、力強さがあった。老人の排泄物には終末の予感が溶けこんでいる。もはや世界を消化できず、庇護《ひご》が必要なのだということを訴えているような。

「今日はアメリカの新聞を読みましたよ。ゴンサレス先生にぼくは物覚えがいいと褒められました」

老農園主の尻に清潔なおむつをあてがいながら、マルコは自分の声がだだっ広い寝室に谺《こだま》するのを聞いた。壁にかかった振り子時計の刻む一秒一秒が、行き場をなくして床の上に降り積もっていく。新しいパジャマを着せてから、車椅子の掃除にとりかかる。汚穢《おわい》の染みこんだ座布団《ざぶとん》を取り除き、なまけ者の下女が車椅子の枠にかけっぱなしにしている雑巾《ぞうきん》で床の尿を拭き取る。ゆっくりと手を動かしながら、マルコはずっと以前に連れていかれたアカプルコの黒い海岸を思い出していた。クリスチアーノの折檻《せっかん》に耐えかねて何度か試みた脱走のなかで、ヒラリオ・デ・ラ・イグアラが自ら捜しに来てくれたのは、あれが最初で最後だった。あのときは横殴りの吹雪のなか、農園のすぐ脇を南北に走る道路を徒歩で南下したのだった。あてがあるわけではなかった。その道路を北上して捕まったことがあるので、今度は逆へむかったまでのこと。アスファルトの道路はところどころに大きな断層ができていたが、とにかくどこかへはつづいている。どこかへ。ここではない、どこかへ。飼育場で嘔吐してからというもの、それまで感じたことのない不安にずっとつきまとわれていた。そのせいで勉強が手につかず、うわの空に拍車がかかり、アレハンドロ・ゴンサレスにはあきれられ、クリスチアーノの鞭《むち》に力がこもった。来る日も来る日も嘔吐の意味を考えた。あの夜以降、なぜぼくはぱったり飼育場へ近づかなくなったんだろう？　あれほど窮屈に感じていた人間の洋服が、なぜいまはそれほど気にならないのか？　あの嘔吐は家畜が人間になるためには避けてとおれないものだったのだろうか？　飼育場から連れ出されたときに訪れてしかるべきだった動揺と混乱が、心の足腰が弱くなった頃合を見計らっていっぺんにのしかかってきた。そんな感じだった。人間たちは牛腹の子を心底恐れ、憎み、たとえ我が身が破滅しても殺してやろうと手ぐすね引いて待っている。ぼくは人間になれない。なのにあの嘔吐で、もう家畜にも戻れないという自覚が決定的に芽生えた。

戻りたくない。家畜には。もう二度と。

だから屋敷の銃火器庫からセミオートマチックを二挺《ちょう》と弾丸四十発を盗み出し、追っ手を足止めしてくれることを期待して、吹雪の日を選んで出発したのだった。

「すぐに夕食を持ってきます」

寝室を出、廊下を渡り、階段を下りて厨房《ちゅうぼう》へむかう。かまどにかけた鍋に背をむけて、ソレダ・ラゴが煙草《たばこ》を吸っていた。燃料にする黒いコークスの山が勝手口の外に見える。ポソーレをつくっているのだろう、鍋のなかでぐつぐつ煮こまれているのは牛の頭だった。肉が落ち、ところどころ白骨がのぞいている牛の頭は、どうかすると人間の頭に見える。農園屋敷の料理女はこの白人と黒人の混血女《ムラータ》ひとりだけだった。でっぷり太った女で、使用人たちにいろんな物品を横流ししてもとがめられないのは彼女が使用人頭ロレンソ・サントスの従妹《いとこ》だからだが、ヒラリオ・デ・ラ・イグアラの頭が怪しくなるにつれ、見る見る羽振りがよくなっていった。腰に羽飾りのついた長いスカートを穿《は》いている。浅黒い顔のなかで、唇だけが真っ赤に浮き上がっていた。ソレダ・ラゴはマルコが入ってきても動じることなく煙草を吸いつづけた。マルコはじっと待った。ソレダは鼻歌を歌い、煙草を吸い、思い出し笑いをし、やにわに怒鳴りつけた。

「なにを待ってんだい、このゴロツキ⁉」

マルコは目を伏せた。旦那様の夕食はまだかと尋ねると、ソレダ・ラゴが腕組みをしてこちらにむきなおった。失礼極まりないことでも言われたかのように目を剝《む》き、舌打ちをし、けっきょくアルミ製の碗《わん》にトウモロコシ粉をふた摑《つか》み放りこみ、それに鍋のスープをかけて調理台に放り出した。それからまた腕を組み、爪先《つまさき》で床をとんとんたたきながら、マルコが調理台の抽斗《ひきだし》からスプーンを取り出し、トウモロコシ粥《がゆ》に便通をよくするための酸化マグネシウムを小匙《こさじ》一杯すくい入れるのをじっと見つめた。あんなじじいに食べさせてやるなんて、なんてもったいないんだろうという顔で。

寝室に戻ると、ドン・ヒラリオはさっきとおなじ寝姿でベッドに横たわっていた。老人を暖炉のそばのソファに運び、涎掛けをつけてやり、スプーンでトウモロコシ粥を口にすくい入れてやった。老人はほとんど反射的に口をもぐもぐ動かした。

雪煙に視界を奪われながらも、とにかくヒラリオ農園から遠ざかることしか頭になかった。昼も夜もなく歩きつづけた。だれかがアスファルトにペンキで矢印と道のむかう先を書いていたおかげで、どうやら〈ACAPULCO《アカプルコ》〉にむかっているらしいことがわかった。腹が空《す》けば農園屋敷の厨房から持ち出したトルティージャをすこし食べたり、荒野に生えている痩せ樹《やき》の幹をはがしとり、それをいつまでも口のなかで噛《か》んでいた。いくつかの廃墟をとおりぬけた。半分崩れ落ちた大聖堂からボウガンで射《う》たれたのは六日目の夕方だった。折りよく吹いてきた突風のおかげで、矢はマルコの首にかすり傷をつけただけだった。瞬間、聴覚が研ぎ澄まされた。腰の二挺を引きぬき、直感の声に従って連射した。弾が尽きると、マガジン・キャッチを押して弾倉を捨て、新しい弾倉を握把《グリップ》にたたきこんでまた撃った。相手は銃を持ってない。そう踏んだマルコは発砲しながら突進した。矢が雪を割って飛んでくる。避《よ》けるまでもないことは、矢が切り裂く空気の音でわかった。その音から敵の居場所を割り出したマルコは、銃口をそちらにむけて連射した。瓦礫を飛び越えると、地面に断層ができていた。足をとられてころげ落ちたが、矢は飛んでこなかった。地下に半分うずもれた小部屋のなかに人影がある。体勢を整えると、マルコは敵の頭上を駆けぬけ、抜け落ちた床から地下へ飛び降りた。目を剝いた男が片腕だけでボウガンに矢をつがえようとしていた。

その眉間《みけん》を撃ちぬくまえに、ああ、この人は利《き》き腕を負傷したんだな、と思った。

「ま、待て！」男は武器を放り出した。「撃つな……おれには家族がいるんだ！」

クリスチアーノがこれを見たらまた折檻されちゃうな。マルコは拳銃《けんじゅう》のスライドを引き、薬室にちゃんと弾丸が入っていることをたしかめた。撃った弾の数はちゃんと数えておけっていつも言ってるもんな。

「な、なぜおれの居場所がわかった？」

「だって音が聞こえましたから」

「音？」

「ええ、矢の飛んでくる音が」

「嘘《うそ》をつけ！」マルコが小首をかしげると、男は急に媚《こ》びへつらうように笑った。

「だって……だって、聞こえるわけがねえ」

「なぜ？」

「こんなに吹雪いてんだぞ！」

つまり――マルコは引金を引いた。銃声が反響し、男の頭が爆発し、血が壁いっぱいに飛び散った。ぼくはやっぱり人間じゃないんだね。

それから、狙撃《そげき》用の小窓から外をのぞいてみた。遮蔽物《しゃへいぶつ》はなく、左右ともに視界は良好、それでいて大通りからは見えにくい。横倒しになった鐘楼が隠してくれる。かわいそうな旅人を取って食うにはもってこいの場所。ボウガンを取り上げ、矢をつがえる。箙《えびら》はもう空だった。近づいてくる足音が聞こえ、マルコは抜け落ちた天井——いまさっき飛び降りてきた床の穴——にボウガンをむけて待ちかまえた。足音は近づき、穴の縁から小石がぱらぱらと落ちた。のぞきこんでくる顔に矢を放つ。そのつもりだったが、すんでのところで指が止まった。階上《うえ》からこちらを見下ろす顔は雪に焼け、煤《すす》だらけで、マルコとおなじ齢《とし》のころだった。

「やあ」と、声をかけてきた。「殺しちゃったの？」

マルコは相手から目も矢もそらさなかった。にわかにもうひとつの足音が踊るように近づき、髪の長い女が顔を突き出す。女はまだ若かったが、やはりひどく汚れていて、ほつれて束になった髪の下の澄んだ目は焦点を結んでいなかった。そして、歯のない口をいっぱいに開けてあはあは笑うのだった。

階下に飛び降りてきた少年は大きなナイフで死人をぶつ切りにした。刃を太腿《ふともも》にあてがい、大きな石で峰をガンガンたたいて脚を落とす。ナイフをふり上げ、ふり下ろす。顔に血がかかっても意に介さない。そのか細い腕ではひと太刀で骨までは断ち切れず、だからナイフと石を交互にふりまわして肉を食べごろの大きさに切り分けた。

「その先に階段があるよ」そう言って、血まみれの手で招いてくれた。「上がって、あったまっていくといいよ」

肉を木の棒に突き刺し、焚火《たきび》にくべて焼く少年に、マルコは言った。「彼はあなたたちを家族だとおっしゃってましたが」

「ああ、家族だよ」と、少年がかえした。「たぶんね。家族になろうって言われたんだ」

肉汁が火に落ち、香ばしい煙が立つ。女が目を輝かせ、手をたたいてよろこんだ。

「家族を食べるのですか？」

「だって、もう死んじゃったから」少年は焼け具合を見ながらそう言った。「きみ、名前は？」

「なぜ？」

「なぜって、きみを食べちゃわないようにさ」

「ジョアン・メロヂーヤというのが彼の名前でした」マルコはヒラリオ・デ・ラ・イグアラの顎《あご》についた粥をすくい上げて口に運び入れてやる。「その夜、ぼくたちはたくさん話しましたよ。だれかとあんなにしゃべったのは、はじめてです。ジョアンと女性はたしかに親子なのかもしれません。物心ついたときからずっといっしょにいると言ってました。彼は母親が男たちに乱暴されるのを何度も見てきたそうです。ぼくが殺した男もそうした男たちのひとりだったんです。ジョアンと話していると、不思議な懐かしさを感じるんです。彼の言葉は飼育場のにおいがしました。だからかもしれませんね、ぼくが牛腹なんだと打ち明けても、ジョアンはいやな顔ひとつしませんでしたよ——もうすこし食べますか、旦那様？」

老人は口をぽかんと開けたまま、なにも応えてはくれなかった。そのくたびれた羊皮紙のような顔に暖炉の火が照り映えていた。

ジョアン・メロギーヤたちとひと晩いっしょに過したあとで、マルコはあてどない路上へと戻った。このままずっといっしょにいたいと思わせるなにかがジョアン・メロギーヤにはあった。彼のなかでは生と死が未分化だった。そう、まさにマルコ自身のように。人の脂《あぶら》でてらてら光る口を手の甲でぬぐい、音をたてて肉を咀嚼《そしゃく》するその無邪気さが、人と獣のあいだを自由に行き来できる証拠だった。それが恐ろしかった。もう二度と戻らないと誓った場所へ連れ戻されそうな気がして。たくましい馬に跨がったヒラリオ・デ・ラ・イグアラに追いつかれたのは、その日の昼前のことだった。潮騒《しおさい》が遠くに聞こえていた。

「あのとき、旦那様は笑いながら言われましたね。こんなに遠くまで来ていたか、と」老人をベッドに運び、寝仕度を整えてやる。「海を見せてやると言われました。アカプルコの海を見ながら、ご自分がなにをおっしゃったか憶《おぼ》えておいでですか？旦那様は、ぼくは選ばれたんだと言われました」

腰をのばし、ベッドに入った老人を見下ろす。ヒラリオ・デ・ラ・イグアラは目を半分閉じ、口でひゅうひゅう呼吸をしていた。そっと寝室を出る。もしも生きるということが生きのびることではなく、人間らしく生きることだとすれば、と考えた。ぼくが本当に生きていたのは、きっとジョアン・メロヂーヤと過したあの夜だけだったんだ。

「ぼくはいったいだれに選ばれたのですか？」ドアを閉めるまえに、そうつぶやいていた。「なぜこんなに苦しまなければならないのですか？」

3

それから、蟲《グサーノ》の大流行があった。

じつのところ、寄生虫はこの地方の風土病のようなものだった。使用人の子供たちのほとんどが、そして大人のなかにも慢性的に腸管に蠕虫《ぜんちゅう》を宿しているものぐさ太郎がいたが、たいていの場合、それはチアベンダゾールやニクロサミドで駆除することができた。腸管蠕虫類だけが寄生虫ではない。ランブル鞭毛虫症《べんもうちゅうしょう》はビーバーなどの感染動物の糞で汚染された水や氷が感染源で、性接触によって人から人へも感染する厄介な病気だった。便が水に浮いたり、急におならが臭くなったりするのだが、アメリカ産のキナクリンという薬で治療することができた。フィラリアにはジエチルカルバマジン。思いかえせば、マルコ自身、飼育場にいたころは糞便のなかでのたくる糞線虫の体節を何度も見たことがある。眼球にまで這いのぼってくるいやらしいやつもいた。だから、人間たちはときどき思い出したように家畜の目を検査する。ひとたび糞便や目から蟲《むし》が発見されるや、しばらくのあいだ飼料の味が格段に不味《まず》くなる。蟲と飼料の因果関係に気づいたのはずっとあとになってからのことで、それは飼料のなかにいろんな駆除薬がまぜこまれるためだった。ヒラリオ農園の使用人たちは酒ばかり飲んでいるアレハンドロ・ゴンサレスの診療所にはあまり行きたがらなかったが、蟲が出たときだけはしぶしぶ薬をもらいに出かけていく。それというのも、彼らはゴンサレス医師をドン・ヒラリオと気脈の通じた内通者だと見なしていて、人の体を切ったり、縫ったり、鉄砲の鉛弾をほじくり出したり、傷口に焼き鏝《ごて》を押しつけるほかには、このずんぐりむっくりで中国人《チノ》の血を引く男にはなにもできないと決めつけていたからだ。中国人はねずみを食べる《チノ・コメ・ラトン》と言って馬鹿《ばか》にしていた。男が怪我《けが》でもないのに診療所へ行くと、女たちは真っ先に性病を疑った。ゴンサレス医師のほうはといえば、テキーラを買うためにしょっちゅう交易所へ足を運んでいて、何度かに一度は風邪薬や硫黄軟膏《なんこう》や抗ヒスタミン剤や消毒薬といっしょに寄生虫駆除薬も仕入れてくる。蟲が出たとの報《しら》せを受けるや、老医師は自身とおなじくらい老いぼれている驢馬《ろば》のシエテ・レグアス号――それは六・一六で失われてしまった偉大なるテキーラの名前であり、ついでにメキシコ革命の英雄、山賊あがりのパンチョ・ビージャの愛馬ともおなじだった――を駆って、とことこ農園までやって来る。で、人と家畜の両方の糞便を調べて薬を処方するわけだが、その薬のせいで悪心《おしん》や頭痛を訴え出る者が続出するのが常だった。

が、その年に猛威をふるった蟲はすこしばかり勝手がちがった。薬はさっぱり効かず、まずは使用人の子供たちが、次いで大人がばたばたと死んでいった。春先から、作業中に居眠りをして怪我をする者が相次いだ。バケーロたちはいきなりばたっと倒れて、落馬したことにも気がつかずにそのまま死んだように眠った。のちにアレハンドロ・ゴンサレス医師が突き止めたところでは、どうやら頭に這い上がった蟲が悪さをしているらしかった。たった半年で農園の使用人は三分の一ほどに減ってしまった。料理女のソレダ・ラゴ、使用人頭のロレンソ・サントスも死んだ。麦青むころ、老医師はしきりに小首をかしげていた。牛馬どころか、人糞からも虫卵や体節がまったく検出できなかったからだ。なのに人は死につづけ、牛や馬は何事もなかったかのように健やかだった。悲しい讃美歌に包まれた使用人長屋のすぐとなりの厩では、新しい命がいくつか誕生した（死んだ馬丁のかわりにマルコが出産に手を貸した）。生まれたばかりの仔馬《こうま》たちはすぐさま野性の手に支えられてよろよろと立ち上がり、しばらくすると荒れ放題になっている厩のなかを好き勝手に走りまわった。奇怪なことだった。牛や馬が感染源ではないとすると、この赤い寄生虫はいったいどこからやって来たのか？　死体をいくつか解剖した結果、老医師はさらなる混乱に陥った。死後、時間が経てば経つほど蟲の数も増えるのだ。そのせいで死体を野ざらしにしても凍りつかず、それどころか体を切り開くと、かすかにぬくもりさえ感じられた。死後数週間も経つと、死体は蟲のいっぱい詰まった袋と化した。どこを切っても赤い蟲がどろりとあふれ出す。寄生虫と宿主は共生関係にあるはずなんだがな、とゴンサレス医師は言った。宿主を殺して、自分だけが死体のなかでのうのうと増えつづける寄生虫など聞いたこともないわ。

「突然変異でしょうか?」

「便利な言葉だわな」死体の腹にメスを走らせながら、老医師はマルコの意見にうなずくしかなかった。「蟲のやつら、みんなで相談してウイルスみたいに馬鹿になろうと決めたのかもしれんな」

たしかにウイルスは人を殺す。マルコは考えた。だけど、ウイルスは寄生虫よりも馬鹿なのだろうか? 生きとし生けるものの究極の目的が繁殖だとすれば、あとは手段の問題でしかない。ヒラリオ・デ・ラ・イグアラは人間の遺伝子を守るためにぼくを創《つく》った。そして、ぼくの遺伝子を守るために数えきれないほどの牝《めす》をあてがった。如何《いか》にして遺伝子を残すか。それこそが問題なのだ。ウイルスは人から人へと感染しながら自分の遺伝子を増やしていく。そのためにウイルスにはいくつかの移動手段がある。空気感染、性感染、血液感染。移動さえしてしまえば、古い家がどうなろうが関係ない。繁殖という目的さえ果たせれば、宿主が生きようが死のうが知ったことではないのだ。蟲にしてもそれはおなじこと。唐突に人間を殺そうと決めたからには、新しい移動手段を得たのかもしれない。牛や魚や昆虫を媒体とせずとも、人から人へと渡り歩けるぴかぴかの新車を手に入れたのだ。マルコはアレハンドロ・ゴンサレスに以上のようなことを言ってみた。

「いや、蟲どもにしてみりゃ、祭礼行列の神輿《みこし》みたいにただじっとしとるだけでいいんだわ」老医師は鼻で笑った。「この八十年、人の肉はそのまんま人の口に入っとったんだから」

それも感染経路のひとつだと認めないわけにはいかないが、しかしヒラリオ農園ではずいぶんまえから人肉を食することはなくなっていた。それでも蟲の被害は広がる一方だった。経口感染だけでは説明がつかないではないか。マルコは施術台にかがみこんで死人の内臓をひっかきまわしている老医師を見つめた。それは死後間もないバケーロの体で、胸に女性の名前の刺青《いれずみ》があった。

「先生は気づいていますか？」

アレハンドロ・ゴンサレスは死人の胃袋を切り取ろうとしていた手を休め、上目遣いにマルコを見た。「なんにだね？」

「最近、人の吐く息にほんのり色がついてるんです」マルコは言った。「先生にも見えますか？」

「呼気に色がついとるのかね？」

「気のせいかもしれませんが、うっすらと桃色がかって見えるときがあります」

「気がつかんかったな」

「牛の目と人の目ではものの見え方がちがうのでしょうか？」

「よくわからんが、人間の目の錐体細胞《すいたい》が反応できるのは赤、青、緑の三色だけなんだわ。錐体細胞がたくさんあれば、識別できる色も増える。ひょっとすると、マルコ、おまえの目にはわしらの見えん色が見えるのかもしれんな」

「たしかめることはできないのでしょうか？」

「そりゃ無理だろうな」老医師は体の内部がむき出しになったバケーロを顎でしゃくった。「わしの目に映る血の色とおまえの目に映る血の色はちがうかもしれんが、わしらはどちらもそれを赤と表現するからな。で？　わしの呼気にもやっぱり色がついとるのかね？」

マルコはかぶりをふった。

ゴンサレス医師は眉間にしわを刻んだまましばらく考えこみ、それから作業に戻っていった。死人の胃袋を引きずり出し、メスで裂く。内容物がどろりとこぼれたが、蟲《ロホ》は見あたらない。胃壁をすこし切り取り、サンプルとしてシャーレに入れる。用ずみの胃はバケツのなかへ捨てた。つぎに小腸と大腸にもおなじことをした。肝臓に数匹。心臓にはいなかったが、肺にはいた。膀胱《ぼうこう》を割ってみると、膀胱壁に虫卵がびっしり貼《は》りついていた。

「これを見ろ、マルコ」

マルコは老医師がメスの刃で指し示す血管に顔を近づけた。心なしか、ほかの血管よりも太い。

「ここは膀胱静脈だわ」アレハンドロ・ゴンサレスがメスを縦に走らせると、はたして蟲がぞろぞろ這い出してきた。「こいつらは膀胱で乱交パーティをやって、小便に乗ってつぎのパーティ会場へむかうようだな」

「なんという蟲ですか？」

「さあな」老医師は肩をすくめ、施術台を離れるまえに言い添えた。「たぶん住血吸《じゅうけつきゅう》虫《ちゅう》の一種だろうな」

おまるに排尿するゴンサレス医師の後ろ姿を見つめながら、マルコは頭のなかで感染経路を描いてみた。尿といっしょに排出された虫卵が土に染《し》みこみ、地下水を経由し、井戸水として人の口に入る。いかにもありえそうだが、それでも疑問は残る。なぜ蟲は人を殺すのか？　なぜ人を殺したあとも増えつづけることが可能なのか？　いくら考えても答えは出なかった。それでも、考えつづけた。馬鹿馬鹿しいほどに蟲の存在理由が気にかかった。施術台のそばには鋸《のこぎり》も準備されている。それを手に取りたいという強い衝動に駆られた。蟲は脳にまで這い上がるのだろうか？ 脳に這い上がってどうしようというのか？ アレハンドロ・ゴンサレスが戻ってくるのがあとすこしでも遅かったら、マルコは鋸で死人の頭を挽《ひ》いていたことだろう。

「見たところ、やつらはまだわしの膀胱にゃ手出しをしとらんようだわ」そう言って、茶色の液体の入ったビーカーをかざした。「テキーラが消毒してくれとるのかもしれんな。さあ、マルコ、あとでおまえの小便も見せてくれ」

窓から射しこむ灰色の光がビーカーの縁ではじけていた。マルコは目を見開いた。ビーカーのなかで、薄桃色の粒子がきらめきながらゆっくりと回転していた。

まさにその午後が、それからの七年にわたる放浪生活のはじまりだった。迷信が現実となり、悪魔が産声《うぶごえ》をあげた瞬間だった。

マルコは真実を告げるかわりに、蟲に冒されてゆくアレハンドロ・ゴンサレスを観察することにした。老医師の呼気は四日後に色づいた。それでもマルコは毎日決まった時間に診療所を訪れ、勉強をしたり、アレハンドロ・ゴンサレスの手伝いをしたりした。ふたりで死人を山のように解剖し、医学書を貪り読んだ結果、人殺しの蟲どもはマンソン住血吸虫やビルハルツ住血吸虫の仲間だろうという結論に達した。どちらも水中で虫卵が孵化《ふか》し、ミラシジウムという原虫になる。ミラシジウムは貝に侵入して変態を行い、セルカリアというつぎの段階に進化する。貝から游出《ゆうしゅつ》したセルカリアは頭腺《とうせん》から分泌《ぶんぴつ》する酵素のおかげで、人間の無傷の皮膚を貫通して体内に侵入！　人の体内で幼若虫体に成長すると、もぞもぞと肝臓まで這い上がり、そこで雌雄抱合して成虫となる。成虫が膀胱にむかうか、肺にむかうか、脳にむかうかは蟲のみぞ知るだった（「脳へ行ったやつらが眠り病を引き起こしたんだろうな」）。もちろんなにもかもただの推測にすぎなかったが、アレハンドロ・ゴンサレスはこの説明に満足しているようだった。

「地下水か井戸水か、まあ、どこでもかまわんが、やつらが変態するための媒体を突き止めにゃならんな」と、咳《せ》きこみながら言った。「蟲どもをこれ以上のさばらせとくわけにはいかんからな」

マルコは曖昧《あいまい》にうなずいただけだった。

農園では人が死につづけていた。マタドールのマリオ・バルテル＝メヒア、ふたりの愛人を持ち、農園教会の説教師でもある老《ピエホ》パブロ・セルブロ、牧童頭のアントニオ・イワクマ、老パブロ・セルブロの娘で身持ちの悪いパウリーナ。もはや死人を埋葬する者もいなかった。野ざらしの死体を食い破って出てきた蟲は、そのまま地面のなかへと逃げこんで姿をくらます。あとには人の形をした黒っぽいシミだけが残った。

バケーロたちの荷馬車に乗せてもらって農園を逃げ出す使用人はあとを絶たなかった。流れ者の集団であるバケーロとちがい、使用人はヒラリオ農園の所有物なので、逃亡がクリスチアーノに見つかればその場で殺される。が、クリスチアーノが実際に鬼籍入りにしたのはほんの数人だけだった。マルコが目にしたかぎりでは、たったのふたり。そのふたりは逃亡に際し、白昼堂々と農園屋敷に押し入って強盗を働いたのだった。クリスチアーノは彼らに警告を発し、それが聞き入れてもらえないと悟るや、疾風《はやて》のように動いて首をふたつともかき切った。すでに六十を超えていたが、その腰はしゃんとのびており、動きは竜舌蘭《アガベ》の繊維で縒《よ》ったロープのようにしなやかで揺るぎなかった。ほかの人の着物が薄汚れていく一方なのに対して、クリスチアーノはいつものパリッとした黒のお仕着せに身を包み、糊《のり》のきいた白いシャツを着ていた。革靴は顔が映るほど磨きこまれ、白髪をきちんとうしろになでつけていた。マルコは階段の上から一部始終を見ていた。玄関ホールに倒れた強盗たちを見下ろすクリスチアーノの呼吸はすこし乱れていたが、呼気は透明で、なんの色もついてなかった。クリスチアーノは逃げないのですか？　そう言って、声をかけた。老執事は腰を曲げ、死人の服でナイフの血をぬぐってから、ゆっくりとふりかえった。そして、言った。わたしは内なる他者にわたしの魂を譲り渡す気はない、と。

「内なる他者か……あの男はな、マルコ、ヒラリオのやつが連れ帰ってきたんだわ」

色づいた呼気を吐きながらアレハンドロ・ゴンサレスが教えてくれたところでは、クリスチアーノはそのむかしサンミゲル・デ・アジェンデというところの教会で絵を描いていたそうだ。聖人サン・フェリペ・ネリの生涯を何年もかけて教会の壁に描きつけていた。ヒラリオ・デ・ラ・イグアラがその教会の前で盗賊に襲われ、それをたまたまクリスチアーノがたすけたのが縁で、若き農園主はその教会に半年ほど居ついた。そのあいだ、ただクリスチアーノが絵を描くのを眺めていた。絵はもう完成間近だった。祭壇の左の壁にサン・フェリペ・ネリの誕生が描かれ、教会の壁を取り巻いてだんだん成長し、やがて農民《カンペシーノ》たちの指導者となり、ついには祭壇のすぐ右側の壁で生涯を閉じるように描かれていた。クリスチアーノは辰砂《しんしゃ》でこしらえた赤っぽい顔料や、なにかの虫を煎《せん》じてつくった青い顔料を使って絵を描いた。そのせいで、聖人の子供時代は早くも風化しかけていた。二日に一度、近所の娘が絵を見にやって来た。クリスチアーノはその娘が差し入れてくれる豆や小麦粉を食べた。ヒラリオ・デ・ラ・イグアラの背嚢《はいのう》には肉が入っていたが、クリスチアーノはけっして手をつけようとはしなかった。がりがりに痩せ、髪は腰までのび、着物もぼろぼろだったが、目には人を寄せつけない光が宿っていた。あるとき、若き農園主は疑問を口にした。なぜこんなだれも来ない教会で、だれにも愛《め》でられず、しかも描いた端から消えてしまう絵を描くのか？

「『絵を描いていると、おれのなかの他者がおとなしくなる』クリスチアーノはそう言ったそうなんだわ。『六・一六以降、内なる他者を解放できた者だけが生き残った。おれはそれが気にくわないんだ』あの男と知りあって四十年以上になるが、いまだになにを考えとるのかよくわからんよ。まるで物語のなかの……ほら、なんと言ったかな」ゴンサレス医師はソファの上に投げ出した体を大儀そうに動かし、掌《てのひら》で禿《は》げた頭を何度もたたいた。「ほら、マルコ、むかしよくおまえさんに話して聞かせただろうが」

「アントニオ・コンセリェイロ」

「そうそう、コンセリェイロ！」老医師は神に感謝するように両手をふり上げた。

「クリスチアーノはまるであのコンセリェイロのようだわ、不思議な暖かみがある」

コンセリェイロというより、クリスチアーノはまるでジョアン・サタンのようだな、とマルコは思った。改心して生涯を神に捧げたこの大悪党は、子供の時分、悪魔のロベルトの物語が大好きだった。吟遊詩人《トロバドール》や語り部《ナラドール》たちによれば、ロベルトはノルマンディ公爵《こうしゃく》の息子で、放蕩《ほうとう》と悪行のかぎりを尽くしたあげく、ついに悔い改め、自分を罰するために二本足で歩くかわりに獣のように四本足で歩き、言葉を話すかわりに吠え、かつて殺《あや》めた者たちの遺族を捜し出しては彼らの足に口づけをして罰を求めた。ついにイエス・キリストの慈悲を得たロベルトはブラジル帝国をモーロ人から守りぬき、女王を娶《めと》ったのだった。ジョアン・サタンが悪魔のロベルトに惹《ひ》かれたのは、自分をロベルトに重ねあわせていたのだろうか？　だからアントニオ・コンセリェイロと出会ったとき、あんなにも素直に神に心を開くことができたのだろうか？　コンセリェイロは悔い改めたジョアンに新しい名前をあたえた。ジョアン・アバージ、神の子ジョアン。

マルコにはクリスチアーノの言わんとすることが理解できるような気がした。飼育場にいたころの自分といまの自分――ぼくのなかにもふたりのぼくがいる。いまのぼくは飼育場のころのぼくを押し殺して生きている。飼育場にいたころのぼくはもっと自由で、残虐《ざんぎゃく》で、そして幸せだった。わたしは内なる他者にわたしの魂を譲り渡す気はない。クリスチアーノはそう言った。クリスチアーノのなかにも、たしかに残虐な獣がいるのだ。絵を描けば、その獣を飼い慣らせるのだろうか？　神様に祈りを捧げれば、いつか獣はぼくから出ていってくれるのだろうか？　いや、そうじゃない。内なる獣はじっと息をひそめ、牙《きば》をむいて出てくる隙《すき》をうかがっている。悪魔のロベルトは悔い改めたあとでモーロ人を打ち破って聖人となった。改心したジョアン・サタンだって、コンセリェイロのためにブラジル共和国軍を何度も撃退したではないか。敵の首をかき切り、木に吊《つ》るし、性器を切り取って口に詰めた。教会の壁いっぱいに絵を描いたクリスチアーノは掟破りには容赦ない。クリスチアーノも内なる獣の正しい使い道を知っているのだ。

「そういえば、コンセリェイロは最後に首を斬《き》り落とされたんだったな」アレハンドロ・ゴンサレスが言った。「まったき者がおらん世界で正しくあろうとすれば、いずれそういう目に遭うんだわ」

老医師がひどく咳きこんで赤黒い蟲を吐き出した日、マルコは往復に三日かけて交易所へ出向き、テキーラを買ってきた。交易所にはまえにもヒラリオ・デ・ラ・イグアラのお供で牝の品定めに行ったことがあったので、吹雪になっても道に迷うことはなかった。そこではメキシコじゅうの盗品が売り買いされており、そのなかには人間も含まれる。トルコ人たちが売っている女は、ほとんど顔に刺青があった。インディオたちは唾《つば》を吐き飛ばすようなしゃべり方でわめきながら往来を闊歩《かっぽ》した。中国人たちは貝殻や鉱物を泥団子に包み、熱い灰のなかに埋めて薬をつくる。その薬を使うと、たまさかに失明することもあると言われていた。マルコは行き交う人々を観察したが、呼気が色づいている者はひとりもいなかった。

酒を買った帰り道、雪のなかに行き倒れている人を見かけた。陰気な黒いコートを着たその男は、自分はローマから遣わされた列聖審問官だと言った。ナサニエル・ヘイレンの素性を洗い出し、聖性の有無を見究め、神格化するにふさわしいか否《いな》かをつまびらかにするために海を越えてこの呪《のろ》われた地へやって来たのだ、と。彼の馬はすこし離れたところでカチコチに凍っていた。

「ヨーロッパでもナサニエル・ヘイレンは有名なんですか？」

知っている人は知っている、という返答だった。

「ヨーロッパも寒いのですか？」

列聖審問官は虚《うつ》ろな目で、冬は寒い、とつぶやいた。明らかに酸素欠乏症だった。ナサニエル・ヘイレンはアメリカ人で、ここはメキシコのはずれですよと教えてやると、列聖審問官は悔し涙を流し、そうじゃないかと思ったんだ、と言い残してぽっくり逝《い》ってしまった。トランクをあらためてみると、拳銃やいろんな書類にまじって、東洋人の男女が交合している写真が四十八枚も出てきた。

診療所に帰り着いたとき、アレハンドロ・ゴンサレスはすでに文字どおり虫の息で、自力ではソファから立ち上がることもできなくなっていた。ズボンは糞尿にまみれ、尿には虫卵が浮いていた。暖炉の火はとっくのむかしにかき消え、部屋は冷え冷えとしていた。

「先生、お酒を買ってきましたよ」マルコは老医師を抱き起こした。「さあ、いつものように一杯やってください」

アレハンドロ・ゴンサレスは薄目を開け、かすかに微笑《ほほえ》み、瓶から直接酒をすすった。なにかつぶやいたが、聞き取れなかった。

「なんですか？」老医師の口に耳をつける。「なんとおっしゃったんですか、先生？」

か細い声で「六・一六からこっち」と言うのが聞こえた。「この八十年であらゆる生き物の体温が二度から五度も上がった」

「ええ、先生がまえに教えてくれました。体温が高いほうが免疫《めんえき》力も強くなる、体温調整ができなかった種は滅ぶしかなかった、と。あのとき、先生はぼくの体温を測ってびっくりしたじゃありませんか」

「そうだったな」

「もともと牛は寒さに強いのに、おまえの体温はふつうの牛より四度も高い」あのときのアレハンドロ・ゴンサレスの、ついに宇宙の真理を解き明かしたかのようなはしゃぎっぷりときたら。「だから、ぼくはこんなに寒さに強いんだとおっしゃいましたよ。ぼくは大食いじゃないのにどうやって体温を高く保っていられるのか、これからじっくり調べるとおっしゃいましたよ。熱的多呼吸《パンティング》だけでは説明がつかない、と」

「遺伝子操作のなせる業といえば、それまでだがな」

「そんなこと言わずに、ちゃんと調べてください」

「おまえがおらんあいだに、そんなことをぼうっと考えとったんだ」疲弊した金属がたわむような声だった。「人の体温が上がって、それまで人にはつかんかった蟲がつくようになったのかもしれんな」

「さあ、調べに出かけましょう。いろんな動物のサンプルが必要ですよね。狼《おおかみ》や熊《くま》、それに海に出て魚の体温を調べてみましょう」ほとんど叫んでいた。マルコはしゃべりつづけた。そうしていれば、避けられないことをすこしだけ先送りにできるような気がした。「動物だけじゃなく、植物の温度も調べてみましょう。まずはヒラリオ農園の蠟梅《ろうばい》から調べてみましょう」

返事はなかった。

アレハンドロ・ゴンサレスの体が不意に軽くなり、それからずっしりと腕のなかに沈みこんできた。

「さあ、お酒を飲んでください、先生」マルコは狼狽《ろうばい》し、老医師の口に酒を流しこもうとした。「これがいちばん温まるといつもおっしゃってたじゃないですか」琥珀《こはく》色《いろ》の液体は顎を伝って首筋を濡《ぬ》らしただけだった。それでも、マルコはアレハンドロ・ゴンサレスを抱いていた。老医師の体はいつまでも冷たくならず、そうか、これは蟲の熱なんだ、と気づいたときには、窓から青白い月光が射《さ》しこんでいた。吹雪はやみ、白銀に閉ざされた世界は静かな福音に包まれていた。

マルコはそっと、しわだらけの額に口づけをした。安らかな死から、老医師を起こしてしまわぬように。

「これ、ずっとしてみたかったんです」

それから死体を抱き上げ、施術台へ運び、服を脱がせ、メスで上体を切り開いた。蟲はそこかしこにいて、臓器のなかへもぐったり泳いだりしていた。肝臓が石灰化しているのはアルコールのせいだろう。膀胱を切り取って顕微鏡でのぞいてみる。虫卵が膀胱壁にへばりつき、乳頭腫《にゅうとうしゅ》も確認できたが、蟲の存在を示す結節《けっせつ》はやはり見あたらない。アレハンドロ・ゴンサレスは首をかしげたものだった。ようわからんわ、膀胱で産卵したあとで蟲どもはいったいどこへ行っちまうのかね？　蒼白《そうはく》な死顔を見ていると、いまにも目を開けてそう言ってくれるような気がした。マルコは長い時間をかけて臓器を観察した。臓器にはいっさい手を触れずに、ただじっと見ていた。そうやって一時間、二時間、三時間が過ぎたころ、あることに気づいた。それはこれまでの解剖では認められなかった現象だった。蟲たちはゆっくりと、ときには寄り道をしながら、散漫に上へ上へと流れていた。死体の食道を縦に切り裂き、ためつすがめつ眺める。まるでモーセに導かれたヘブライの民のように、蟲たちはどこへむかうべきかをすっかり心得ているようだった。すなわち、頭部を目指していた。その流れから取り残された蟲はひどく心細げで、混乱しているように見受けられた。無意味に体をのたくらせ、臓器から滑り落ち、たちまち動かなくなる。これまでアレハンドロ・ゴンサレスといっしょに数えきれないほど解剖したが、こんなにじっくり観察をしたのは、はじめてだった。

鋸を手繰り寄せて開頭する。頭蓋骨《ずがいこつ》を取り除く。脳に関していえば、すでに隅々まで調べ尽くしていた。蟲にとっては脳もほかの臓器と変わらんな、というのがアレハンドロ・ゴンサレスの出した結論だった。大脳を取り出す。頭蓋内にぽっかりと開いた窪地《くぼち》にマルコが見たものは、新しく到着した仲間たちを迎え入れながら、もつれあい、からみあいながら、コロニーを形成していく蟲たちだった。体から透明な粘液の糸を出して、自分たちをしかるべき場所へ封入していく。手に持った脳をひっくりかえしてみると、蜘蛛《くも》膜下《まくか》にも大きなコロニーができていた。むき出しになったコロニーは見る見る白ずみ、かさぶたのように乾いていく。なかに閉じこめられている蟲たちも、ことごとく白ずんで動かなくなった。外気に触れると死んでしまうらしい。すでに蟲のいなくなったコロニーもある。大脳を切り開いてみると、案の定、蟲たちが元気に蠢《うごめ》いていた。

仮説を立ててみた。蟲たちは膀胱で産卵したあと、脳へのぼってコロニーを形成する。そこで二度目の産卵をし、人間の呼気に乗せて虫卵を空気中に散布する。そう考えると辻褄《つじつま》が合う。人の目には映らない薄桃色に色づく呼気の説明もこれでつく。

診療所を出たマルコは、まず厩《うまや》からシエテ・レグアス号を連れ出した。老いぼれ驢馬はおとなしく手綱をつけられ、素直についてきた。驢馬の手綱を自分の斑馬《まだらうま》の鞍《くら》に結わえつけてから、マルコは馬上に体を引き上げた。農園への帰り道につらつら考えていたのは、クリスチアーノがどう出るだろうかということだった。新雪の上を注意深く馬を歩かせながら、マルコは自分のなかにジョアン・サタンやナトゥーバのレオン、悪魔のロベルト、そしてクリスチアーノの息吹《いぶき》さえ感じていた。とどのつまり、ぼくたちは狂っているのだろうか？　全世界を敵にまわしても正しいことをしようとするのは狂人だけなのか？　死は恐ろしくなかった。悪魔と罵《ののし》られた日々すら、すでに懐《なつ》かしかった。こんなに安らかな気持ちは本当にひさしぶりだった。丘をのぼったところで馬を止める。わびしい灯りがいくつかともっているほか、眼下の農園は夜とほとんど見分けがつかない。ふりかえると、雪の上にここまでやって来た足跡が点々と落ちていた。

「先生、ぼくは魂が正しければ、たとえ首を斬り落とされても、だれにも汚《けが》されることはないと思います」

馬の腹に拍車を入れる。ゆっくりと歩く斑馬のうしろをシエテ・レグアス号がぽっくりぽっくりとついてきた。荒れ放題の小麦畑をとおりぬけ、無造作に投げ出されたピッチフォークやほとんど土と化している死体をいくつかやり過ごし、粗朶《そだ》でできた使用人長屋のまえで馬を降りる。破れた階段を跨《また》ぎ越し、ポーチをぬけ、腰から拳銃をぬいて扉を蹴《け》り開けた。ベッドに横たわっている男のそばに、その妻と娘がいた。見開かれる目。マルコはまず女の頭を撃ちぬき、それから子供の顔を吹き飛ばした。銃声が小屋のなかで爆《は》ぜた。最後に男の頭を撃つと、肉片といっしょに蟲が飛び散った。きびすをかえして外に出る。となりの家の扉を蹴り開けたが、もぬけの殻だった。糞臭《ふんしゅう》が強く漂っていた。悪魔《ディアブロ》！　二軒先の小屋から男が飛び出してくる。鉈《なた》をふり上げて猛進してくるその男の眉間を、マルコは落ち着いて撃ちぬいた。まっさらな雪が朱に染まった。そのまま足を止めずに歩き、つぎの扉を蹴り開ける。また空っぽ。

そのつぎの家には銃声におびえた一家四人が抱きあってひと塊になっていた。マルコは彼らの頭を狙《ねら》って引金をしぼった。女の悲鳴が銃声にかき消される。ひとり撃ち殺すごとに心が軽く、解き放たれていくような気がした。この悪魔！　この悪魔！　わめき散らす老婆《ろうば》の声がひどく遠い。薄明かりのなかでさえ、歯のないその口元に色づいた呼気がわだかまっているのが認められた。マルコは撃ちながら思った。もしもぼくが悪魔だとしたら、悪魔というのはきっと神様とグルなんだ。凶暴な笑いが嘔吐《おうと》のようにこみ上げ、口からほとばしった。どうにもならない笑いに身をよじりながら、マルコはその家の子供たちをかたづけた。ハハハ！　アハハハ！　激しい笑いが足元をふらつかせる。門柱に摑まって息を整えていると、男が数人走ってくるのが目の端に映った。ハハハハ！　アハハハハ！　マルコはその人たちに残り弾を全部くれてやった。斃《たお》れた男たちに背をむけ、自分の馬へとってかえし、サドルバッグからショットガンをぬき取る。背後で気配がし、ふりむきざま一発放つ。鉈を持った男が胸に散弾を浴びて吹き飛んだ。鳥撃ち用の散弾《バードショット》だったせいで男は即死しなかった。くそったれ《カブロン》。雪の上に倒れたまま、口から血といっしょに呪いの言葉を吐き出す。牛腹め《イホ・デ・バカ》……殺してやる……それが鎮《しず》まりかけた笑いを再燃させ、しんと冴《さ》えた月をふるわせた。犬が遠くで吠《ほ》えた。マルコは笑いにむせながら、その男の頭を穴だらけにした。サドルバッグから鉈をぬいて腰に差す。それからまたぞろ使用人長屋を一軒一軒訪ね歩いた。動くものはなんでも撃った。近づいてくる笑い声と銃声に使用人たちは凍りついた。そして自分の番になると、すっかり観念して目を閉じる者もいた。半裸のルシア・モレノは男と抱きあっていた。待って！　撃たないで、マルコ！　マルコは撃った。女を撃ち、年寄りを撃ち、子供を撃った。風のない夜に轟《とどろ》く銃声は、雲散せずに雪の上に降り積もっていった。乱れ飛ぶ罵声《ばせい》を追いかけるようにして、男たちが襲いかかってくる。マルコのショットガンが火を噴いた。弾が尽きると、鉈を人間たちの頭めがけてふり下ろした。いつしか顔から笑みが消えていた。絶対にふりかえってはならないと警告された一本道を歩いているみたいだった。ふりかえりさえしなければ大丈夫、そうすれば悪霊にとり憑《つ》かれることはない。マルコの腕はしなやかで、ふり下ろす鉈は力強かった。ピッチフォークで突いてきた男の脳天をひと太刀で顎まで切り裂く。血や脳漿《のうしょう》といっしょに飛び散った蟲が顔にかかり、皮膚に穴を開けて体内に侵入したが、それに気がついたのは、あらかた殺し終わってからだった。白い呼気を吐きながら、マルコは血糊の滴《したた》る鉈を握りしめたまま、せまい小屋にひとりたたずんでいた。天井から吊り下がっているランプが揺れて、殺戮者《さつりくしゃ》の影を突き放したり引き寄せたりしていた。壁際《かべぎわ》に死体がふたつ、倒れたテーブルの陰にひとつ。

老人ふたりと子供がひとり。壁一面にまるで悪魔のサインのような血がかかっている。笑いすぎたあとの虚無感と自己嫌悪《けんお》に、マルコはなす術《すべ》がなかった。体のなかで猛《たけ》り狂っていた竜巻が、なにもかも根こそぎにして飛び去ってしまった。そんな感じだった。ひどい脱力感に襲われる。あとにはなにも残ってない。死でさえ残ってないような気がした。なのに窓から射しこむ月明かりが静かに照らしているのは、死以外の何物でもなかった。老婆の割れた頭から這《は》い出す蟲を見るともなしに見ていると、ふと額に小さな痛みを感じた。触れると、それは蟲だった。指でつまんだときに、蟲の体がすでに半分ほど頭のなかへ入りこんでいることがわかった。引きずり出して棄《す》てる。口のなかに違和感を感じて唾を吐くと、そこにも蟲が一匹まざっていた。頰に手を触れる。いくつか穴が開いていた。おそらく頰を食い破ったやつが口のなかへ落ちたのだ。

長くて四週間、とマルコは思った。それはこの九カ月ものあいだ、感染者たちを観察してきた老医師とマルコが出した答えだった。四週間。そのあいだにぼくの呼気は薄桃色に色づき、尿から虫卵が排出され、頭のなかが蟲のコロニーになってしまうんだ。

鉈が重い。小屋を出たマルコは、だらりと垂らした右手に血刀をぶら下げて、とぼとぼ馬と驢馬のところへ戻った。シエテ・レグアス号は口をもぐもぐさせていた。鐙《あぶみ》に足をかけ、体を馬上へ引き上げるだけのことがひどく億劫《おっくう》だった。馬の背に揺られながら、拳銃に弾をこめなおす。何発かが血で滑って手からこぼれ落ちたが、馬を降りてひろう気にはなれなかった。人気《ひとけ》のない牧童長屋をとおり過ぎる。静まりかえった畜舎のなかに赤い目がいくつかあった。牛たちは息を殺してマルコを見送った。ばらけ、ほどけた野積みの麦束がそこらじゅうに散乱していた。

月光の底に沈んでいる農園屋敷は巨大な墓標のようだった。空には満天の星。マルコは馬を降り、石造りの正面階段をのぼって、切り傷や弾痕《だんこん》にまみれた玄関扉を解錠した。真鍮《しんちゅう》の取っ手を引くと、蝶番《ちょうつがい》が軋《きし》み、月明かりが玄関ホールに射しこんだ。はじめてこの扉をくぐったときは、まだ言葉すら話せなかった。扉のむこうには人と家畜の上に君臨する神々《こうごう》しい存在がいて、生殺与奪の権限をほしいままにしていた。

屋敷のなかはほの暗く、蠟燭《ろうそく》が階段の壁にいくつかともっているだけだった。床には泥や血痕がこびりつき、馬糞くさい藁屑《わらくず》が落ちていた。振り子時計が規則正しく時を刻んでいるほかは、なにもかも死に絶えてしまったかのようだった。たった十年やそこらで、世界がこれほどまでに変わってしまうとは！　玄関扉を開け放ったまま、反響する自分の足音を聞きながら階段をのぼった。蠟燭の落とす影が目をたぶらかし、つまずきそうになる。踊り場を折れ、二階にあがったとき、暗闇《くらやみ》に閃光《せんこう》が走った。銃声が耳を聾《ろう》し、すぐ横の手すりを支える柱《バラスター》が爆発した。それで相手がショットガンを持っていることがわかった。屋敷中に反響した銃声が煙のようにかき消えるのを待って、マルコは口を開いた。

「ありがとうございます、ぼくを殺さないでくれて」

声は廊下の先に広がる闇に吸いこまれ、しじまのなかから人影を招き寄せた。

「でも、もし必要なら」マルコは銃口をむけた。「ぼくはあなたを殺します」

人影はゆっくりと輪郭をなし、蠟燭の光の縁で足を止めた。

「どうした?」拳銃《けんじゅう》を下げたマルコに、クリスチアーノはショットガンをむけなおした。「なぜ撃たない?」

「撃つ必要がないから」

「なぜ?」

「あなたは蟲に冒されていません」

クリスチアーノが光のなかへ入ってくる。その顔に表情はなかったが、銃口で話を促してきた。

「見えるんです。ぼくとゴンサレス先生はすべての感染経路を突き止めたわけじゃないけれど、どうやら蟲は空気感染もするようです」

老執事が目をすがめる。

「いまのところ有効な薬も治療法もありません。蟲につかれたらもうたすかりません。しかも虫卵は風に乗って広がります」

「だから感染者を殺したと？」

「復讐《ふくしゅう》のつもりではなかったけれど」相手が言外に言っていることを察して答えた。「殺しているとき、とても気分がよかったのは事実です」

「それは復讐だ」

「そうかもしれません」

「なぜ屋敷に帰ってきた？」クリスチアーノが言った。「旦那《だんな》様を殺しに来たのか？」

「わかりません。もし旦那様が感染していたら、そうするかもしれません。でも……わかりません」

「救世主のつもりか？」

「だって、ぼくはそのために創られたのでしょ？」

「……」

「ぼくがアカプルコまで逃げたときのことを憶えていますか？　理由はもう忘れたけ

れど、あなたにひどく打たれたあとで」

クリスチアーノはただこちらを見つめていた。

「あのとき、旦那様が捜しに来てくれたんです」マルコは静かにつづけた。「ぼくたちは海岸でいろんな話をしました。旦那様は言われました。わたしの信じている神は教会にはいない、と。農園に教会を造ったのは自分以外の人間がそれを必要としているからだとも。ぼくは、どうしてほかの人には教会が必要なんだと尋ねました。生きているだけでは充分ではないから、と旦那様はお答えになりました。あのときは旦那様の信じる神様がなんなのかわかりませんでした」

「いまはわかるとでも？」

「人を生かすすべてのものが旦那様の神様なのではないかと思うんです。人類を救う可能性のある、あらゆるものが」言葉を切る。「そして、ぼくの神様は旦那様なんです」

クリスチアーノの目がわずかに泳ぐ。

「ぼくが旦那様を選んだわけではありません。旦那様がぼくを選んでくれたんです。ぼくはそのことに感謝していますが、おなじくらい憎んでもいます。よくわからないけれど、信仰とはそういうものなんじゃないかと思うんです。神に選ばれたら、受け入れるしかないんです。旦那様が人類を救うようにとぼくをお創りになったのなら、ぼくはそれを受け入れるしかありません。ああするしかなかったんです」

突然鐘を打ちだした階下の振り子時計は、まるで沈黙のための祝砲のようだった。九つ鳴った。そのあいだ、ふたりは所在なくたたずんでいた。壁の蠟燭の炎が、うつむいたクリスチアーノの顔を影のなかに沈めていた。マルコは老執事がかつて教会の壁に描いたという聖人の絵に想《おも》いを馳《は》せた。タマリンドの樹《き》の下で、サン・フェリペ・ネリが髭面《ひげづら》の農民たちや羊に囲まれている。子供たちがいる。赤ん坊を抱いた女も。大悪党や、もしかすると牛腹の子だっているかもしれない。だれもが後光射す聖人の話に耳を傾けている。不意に謎《なぞ》が解ける。そう、その絵そのものが人間なのだ。ぼくたちのなかには聖人がいて、子供がいて、女がいて、悪党がいる。そして、ぼくたちの魂はいつも聖人を真ん中においておかなくてはならないのだ。

こぼれそうになる笑いを嚙《か》み殺し、マルコはきびすをかえして階段を下りた。クリスチアーノはショットガンを構えなおしたが、撃ってはこなかった。冷えきった厨房《ちゅうぼう》へいき、棚からトウモロコシの粉が入った袋とフェイジャン豆をすこし取った。ほんのすこしだけ。どこで蟲に体を食い破られるにせよ、それまで食いつなげられればそれでいい。そうだ、また海を見にいこう。運がよければ、狂人の母親を連れたジョアン・メロヂーヤにまた会えるかもしれない。

屋敷を出ると、斑馬がシエテ・レグアス号の背に首をもたせかけて眠っていた。マルコは馬と驢馬を牽《ひ》き、自分たちの足跡がまだ残っている雪の上を引きかえした。牧童長屋をのぞいてみたが、やはりだれもいなかった。倉庫のなかにも死体はない。畜舎へ入ると、おびえた牛たちがあとずさりした。マルコは鉄格子《てつごうし》の獣柵を開けてやったが、思いなおしてまた閉めた。牛たちにひと言あやまった。道々、落ちている死体をひろい上げては使用人長屋のポーチに横たえた。死体は全部で十一あった。それから小屋をひとつひとつまわって火をつけていった。乾燥した粗朶はまたたく間に燃えあがり、夜空に火の粉を飛ばした。シエテ・レグアス号が悲しそうに嘶《いなな》いた。逆巻く炎はマルコの体を温めたが、心の冷えはいつまでもとれなかった。そこには他者がいて、聖人の御前にひざまずき、涙を流していた。

4

四週間経《た》っても呼気はまったく色づかず、尿も透明で、体調を崩すようなこともなかった。体重が大幅に減ったのは、単純に食べる量が減ったせいだ。毎日、朝一番の尿を採取して顕微鏡でしつこくのぞいた結果、ヒラリオ農園を発《た》って二カ月目にしてマルコは自己診断を下した。

蟲《むし》には感染してない。

それがただたんに運がよかっただけなのか、それとも種としての特権なのかはわからない。あの夜、たしかに数匹が顔から体内に侵入したのだ。その蟲たちがいまどうしているのかは知る由《よし》もない。コロニーをつくるのに失敗して、脳みその肥やしになってしまったのかもしれない。

アカプルコから海岸線に沿って移動し、すでにミチョアカン州、コリマ州をぬけてハリスコ州に入っていた。北上するのは自然なことに思えた。ずいぶんまえにヒラリオ農園にやって来た教区司祭の話が本当なら、アカプルコから南へ下れば、たちまち海で行き止まりになるはずだった。

ミチョアカン州では蟲のせいで混乱に陥っている集落をいくつも目にした。辻説法師たちが蟲は人が人を食ってきたことへの当然の報いだとがなりたて、神の御心《みこころ》を説いていた。それがコリマ州になるとその数はぐんと減り、ハリスコ州にいたってはほとんどだれも蟲のことなんか知りもしなかった。人々は酒を飲んだり、笑ったり、ギターを弾いて歌を歌ったりしていた。はじめのうち、マルコは行く先々で井戸水や人々が飲料水を得ている池や川の水を調べた。しかし、すぐに無駄だと悟ってやめてしまった。水のなかにはいろんな菌や虫がわんさかいて、いったいどれが殺人蟲の原虫であるミラシジウムなのかを特定するのは不可能だったからだ。ミラシジウムはなんらかの生物に寄生して、つぎの段階のセルカリアに変態する。老医師のところから持ってきた本によれば媒体となるのは貝だが、どこをどう探してもそんなものは見あたらなかった。氷の張った川辺には食べると美味《うま》い苺《いちご》がなっていることもあったが、貝と似たものでさえ見つからなかった。だとしたら、ミラシジウムはいったいどうやって変態を行うのか？　アレハンドロ・ゴンサレスとの解剖と観察の日々で、このちっぽけな原虫が変態を行うのはまず間違いないことが確認されていた。診療所でマルコと老医師は死体の膀胱を水に浸してみたが、ほんの数時間でビーカーのなかが泳ぎまわる粒々でいっぱいになり、二十四時間経たないうちにみんな死んでビーカーの底に沈積していった。人を殺すやつってのはたいがい弱っちいんだわ。老医師は顕微鏡をのぞきながらそう言ったものだ。こいつらがあのにょろにょろした蟲になるまでには、まだまだ面倒くさい手続きがありそうだな。

それとくらべれば、鼻腔《びくう》に産みつけられて呼気とともに空気中に排出される虫卵のほうは目視できて楽だった。蟲は空気感染する。そのことにふと疑問を感じたのは、シエテ・レグアス号を従えてコリマ州の海岸をぽっくりぽっくり歩いているときだった。新たな可能性に虚を突かれ、馬が歩みを止めてぺんぺん草を食《は》んでいることにもしばらく気がつかないほどだった。感染者の呼気にはおしなべて薄桃色の粒子がまぎれこんでいる。いままでそれが感染経路のひとつだと信じてきたけれど、呼気に含まれる虫卵が人畜無害ではないとなぜ言いきれる？　馬上のマルコは心臓が腹の底にすとんと落ちてしまったような戦慄《せんりつ》に見舞われた。もしも虫卵まじりの呼気を吸いこんだくらいでは感染しないのだとしたら？　虫卵は人の体温では孵《かえ》らず、セルカリアになって人体に侵入しないかぎり、なんの危険もないのだとしたら？　充分にありえることだった。これはじっくり考えてみなければならない。感染者の呼気を吸いこむまえに、すでにセルカリアが体内にもぐりこんでいた可能性だってあるじゃないか！

あの夜、虐殺の夜、マルコは農園に居残った使用人たちを全員感染者だと決めつけていた。それというのも、もし蟲が空気感染するのなら、そして農園から二レグアも離れた高地に住んでいる老医師でさえ感染をまぬがれないのなら、ほぼ毎日死人を出しているところに暮らす人々が殺人蟲に冒されていないと考える理由はなかったからだ。

でも、本当にそうだろうか？　油じみた潮風を受けながら、火の粉を飛ばし、黒煙を上げて使用人長屋を焼き尽くす炎の熱さに汗が吹き出す。殺された人たちは本当に蟲を世界じゅうにまき散らすだけの存在でしかなく、ぼくが殺さなくてもやっぱり死んでいたのだろうか？　あの暗がりと混乱のなかでは、彼らひとりひとりの呼気を見究める余裕などなかった。あのなかには、もしかすると死ななくてもよかった者がいたかもしれない。クリスチアーノの呼気におかしなところはなかった。だからといって、老執事が蟲にやられてないことにはならない。あらゆる病には潜伏期があるのだ。それに、ヒラリオ・デ・ラ・イグアラだ。あのとき、ぼくは旦那様が感染しているかもしれないなどとは考えもしなかった。自分の使命に気づいて有頂天になっていた。人類の救世主たる使命。狂ったような自分の笑い声が耳のなかで鳴った。ああ、やっぱりあれは復讐だったのだ！

ほとんど恍惚《こうこつ》ともいえる状態で、それからの数日は過ぎていった。熱に浮かされたようにぶつぶつひとり言をつぶやき、寝食も忘れ、馬と驢馬《ろば》にやさしい言葉のひとつもかけずに、ただただまえへまえへと進んだ。マンサニーヨという町を過ぎると、なにかあてがあるわけでもなく海に背をむけ、漠然と内陸部を目指した。老いぼれ驢馬は文句ひとつ言わずについて来てくれたのだが、どこだかわからない人煙《じんえん》まれな荒地を行っているとき、長々と横倒しになった無蓋貨車から飛び出してきた男たちに棍棒《こんぼう》で打ち殺されてしまった。ひとりがマルコにライフルをむけているあいだに、残りの男たちは一丸となってシエテ・レグアス号を解体《ばら》した。どうやらインディオのようだった。火を熾《おこ》して驢馬肉を炙《あぶ》りだした。どの顔も浅黒いうえに雪の照りかえしで焼けていて、おまけに煤《すす》で汚れていた。シエテ・レグアス号を口いっぱいに頬張った男がやって来てマルコに銃をむけると、それまでライフルをむけていた男が焚火《たきび》に突進して肉に挑みかかった。もはや万事休すとでも思ったのか、マルコの乗った斑馬は首をふったり、嘶いたり、蹄《ひづめ》で土をひっかいたりした。五人のインディオが入れかわり立ちかわりやって来てはマルコに銃をむけ、順番を守っておおいに食事を楽しんだ。そのうちに火を囲んで合唱しだした。その歌の意味がさっぱりわからなかったから、おそらくは彼らの生まれ故郷の歌なのだろうと見当をつけた。ひとりがマンドリンを弾きだすと、歌詞がスペイン語に変わった。インディオたちは自分の身に起こった出来事を歌にしているようだった。おなじ節回しにめいめいが思い思いの詞をつけて順繰りに歌っていく。九月二十七日に仔豚《こぶた》が五頭生まれたこと、叔母さんに誘惑されたこと、お祖父《じい》さんが亡くなったこと、死者の日に愛《いと》しいあの娘《こ》が白人にかどわかされたことなどをしっとりと歌いあげた。インディオたちは気さくで、マルコにも肉を勧めてくれた。肉は食べないんです。マルコの丁寧な物腰に彼らはひどくうろたえた。だったら、せめて火にあたるといい。いちばん年嵩《としかさ》の男がそう言った。

ひとりがギターの弾きくらべで悪魔を打ち破った友達のことを歌い終えると、つぎの男が蝗のせいで全滅した村の名前を挙げ連ねた。

「あなたたちの村はどのへんですか？」

「チアパス州のサンクリストバル・デ・ラスカサスだよ」答えてくれたのは、いちばん年嵩の男だった。「山間《やまあい》の小さな村さ」

「あのへんは海に沈んだと聞きましたが」

男は、またか、という顔で焚火に唾を吐いた。「いや、いまでもちゃんとあるよ」

「蝗のせいで村人が死んだのですか？」

その質問に対する答えは歌のなかにあった。つぎの男が声をふりしぼって歌った。

四年前、村いちばんの美しい娘が蝗に腹を食い破られた、悲しいことだ、悲しいことだ。さらにつぎの男が、人の死に絶えた村に咲く名もなき白い花のことを歌い、それを引き継いでいちばん年嵩の男が、蝗はメキシコを這い上がり、やがてどこもかしこも花だらけになるだろうが、咲き誇る花も愛《め》でる人がいなければなんの意味があると歌で問いかけた。

マルコはインディオたちの歌をじっと見つめた。歌声のなかに薄桃色の粒子はまざっていないが、この人たちは空気中の虫卵を吸いこんだはずだ。もしこの人たちを解剖して蟲が見つからなかったら、空気感染説はくつがえされることになる。背中を冷たい汗が流れ落ちた。だとしたら、ヒラリオ農園の使用人たちはなんのために死なねばならなかったのか？　彼らをひとり残らず殺して腹を切り裂きたいという抑えがたい衝動を感じた。手がふるえたほどだった。それがインディオたちにも伝わったのか、いつしか歌がやみ、汚れた顔が無表情にこちらを見つめていた。焚火のなかで木が爆ぜ、火の粉が飛んだ。食い散らかされたシエテ・レグアス号があたりに落ちている。インディオたちは無言で肉を食べ、残った肉を手際よくナイフで切り分けて平等に雑《ざつ》嚢《のう》にしまいこんだ。それからマルコには理解できない言葉でささやきあい、いっせいに立ち上がり、斑馬には手をつけずにどこかへ歩いていってしまった。

二度目に盗賊に襲われたのはそれから十四日後のことで、無駄と心得つつ、チャパラ湖という大きな湖の水を調べているときだった。貝らしきものといえばタニシだけで、アレハンドロ・ゴンサレスの年代ものの顕微鏡では、やはりどれが原虫でどれがそうでないかを見分けることはできなかった。湖畔にすわりこんであまりにも顕微鏡に没頭しすぎたため、忍び寄る足音に気づくのが遅れてしまった。斑馬のただならぬ嘶きにふりむいたとたん、ライフルの銃床で顔を殴られた。ソンブレロをかぶった敵は三人で、斑馬の手綱を捕まえているのはまだ髭も生えていない子供《ニーニョ》だった。あとのふたりはにやにや笑いながらこちらに銃口をむけていた。マルコが立ち上がろうとすると、ふたたび殴り倒された。クリスチアーノに殴られたときでさえ折れなかった奥歯が折れ、口のなかに血の味が広がった。銃を持っているふたりはどちらも麦藁のように痩《や》せ細っていたが、マルコを殴ったのはより痩せているほうだった。

「やっちまえ、ファン《ア・ボル・エジョス・オエ》」色づいた呼気を盛大に吐きながら、痩せている男がより痩せているほうをせっついた。「ここならだれにもバレやしねえ」

「まあ、待てよ」より痩せた男が言った。「こんな色男《グアポ》、めったにいねえぞ。見なよ、まるで女《チヨチヨ》みてえじゃねえか。馬といっしょにドニャ・アドリアーナが買いあげてくれるかもしれん」

「老いてますます盛んってのはあの婆《ばあ》さんのためにある言葉だな」

痩せた男たちが黄色い歯をむいて笑った。痩せている男の呼気が空気中を漂い、より痩せたほうの鼻に吸いこまれていく。より痩せているほうが笑いにむせてすこし咳《せき》をしたが、その咳は無色透明だった。子供の呼気におかしなところは見受けられないが、この男たちといっしょにいるのだから、すでに虫卵を吸いこんでいるにちがいない。

マルコは子供に声をかけた。「あなたたちは人を食べますか?」

子供はびっくりして拳銃を突き出し、痩せた男たちの顔から笑いが消えた。

「頭がおかしいのか、てめえ」

苛立《いらだ》たしげにそう言いながら、痩せている男がライフルを構えなおして出張《でば》る。より痩せている男が止める間もなく、その男は銃床でマルコのこめかみを狙ってきた。上体を引いて攻撃をかわしざま、マルコは人差し指と中指で敵の眼球をすくい上げた。弾力のある膜を突き破る、あの爽快《そうかい》な感触が手に広がった。生ぬるい房水が指先から掌を伝い、腕に流れ落ちる。それがマルコのなかで眠っていた飼育場時代の記憶を呼び覚ました。飼料をめぐっての争いで、まえにもこんなことがあった。あのとき、ぼくは相手の眼窩《がんか》の温かさにびっくりして腕をひっこめてしまったんだっけ。相手の頭蓋骨を二本の指先に感じながら、マルコは痩せている男を片手で吊り上げた。男は失禁しながら体を激しく痙攣《けいれん》させた。く、くそったれ《チンガーダ》! より痩せているほうが腰砕けになってわななき声をあげる。そいつを放しやがれ! ようやく彼がライフルの存在に思いあたったときには、すでに仲間の体を投げつけられていた。ふたりはもつれあってひっくりかえった。銃声が湖畔に谺《こだま》する。馬を押さえていた男の子があとずさりしながらさらに数発撃った。人でなし《ケ・ベスティア》! 銃弾は楓《かえで》の樹や土をえぐっただけだった。

それから、一目散に森のなかへ逃げてしまった。灌木《かんぼく》につまずいてころぶと、起き上がってまた走った。痩せた男は両手で顔を押さえ、脅したりすかしたりしながらのたうちまわっていた。より痩せたほうがライフルを手繰り寄せようとしている。マルコは彼の顎《あご》を蹴飛ばしてからそのライフルをひろい上げ、銃口を眉間《みけん》に押しあてた。より痩せている男が動きを止めた。

「立ってください」

男は立つどころか、しくしく泣き出した。だから、彼の股間《こかん》のすぐまえに一発撃ちこんでやった。それでやっと雪兎《ゆきうさぎ》のように跳び起きた。

マルコは銃口で指し示しながら言った。「ぼくの馬のほうへ行ってください」

相手はふらふらと言われたとおりにした。

「サドルバッグのなかにビーカーが入ってるので、それを出してください」

「……ビーカー？」

「ガラスのコップみたいな容器です」男が指示に従うと、つづけて命じた。「そのなかに放尿してください」

「……」

「放尿《オリナール》」

より痩せた男は眉《まゆ》を八の字に下げてへらへら笑い、あちこちに目を走らせ、何度も唾を呑《の》みこんだ。この数分間でより痩せてしまったように見えた。しかしマルコが冗談を言っているわけではないことを悟ると、すっかり気落ちしてジーンズのジッパーを下ろし、ビーカーのなかにきれいな尿を放出した。

ビーカーをもらい受けたマルコは、黄金色に輝く尿を沈みゆく夕陽にかざしてとっくりと観察した。指につけて擦《こす》りあわせ、粘度を見た。念のため顕微鏡にもかけてみたが、やはり虫卵は見あたらなかった。その一部始終は文字どおり盲目的な罵詈雑言《ばりぞうごん》のなかで、そしてより痩せた男のおびえきった目に見守られながら行われた。マルコは念のために尿を捨てずにとっておくことにし、ビーカーを慎重に平らな岩の上においた。より痩せた男を縛り上げ、サドルバッグから鉈と油布に包んだ手術道具をひっぱり出す。倒れ伏した痩せた男のほうへ近づく。この悪魔、地獄へ堕《お》ちろ、すぐに仲間がやって来ておまえをばらばらに切り刻むからな、と脅し文句を際限なくならべたてられた。マルコは鉈を男の首にあてがい、峰を足で蹴って頭を落とした。銃で撃って臓器を傷つけたくなかったのだ。より痩せた男はまるで自分の首が落とされたような悲鳴をあげたが、マルコは頓着《とんちゃく》せずに作業を進めた。てきぱきと死人のコートのボタンをはずし、ベストを開き、その下に七枚も着こんでいるサーモテック素材のシャツを切り裂いて裸の胸を露出させた。メスを腹に走らせる。ほとんど骨と皮だけの体だったおかげで、脂肪に手こずることなく大腸と小腸を取り除くことができた。肝臓をそっくり切りとって死人の胸においておく。膀胱《ぼうこう》の位置はとっくに確認ずみだったので、腕を突っこんでひっこぬいた。そのあいだにも、縛られた男は悲鳴をあげつづけて森の鳥たちをおびえさせた。膀胱を半分に割ると、はたして薄桃色の虫卵が壁にびっしり貼《は》りついていた。念には念を入れて死人の顔にもメスを入れる。左の頬骨のすぐ下に刺しこみ、鼻の下をとおって反対側の頬骨まで切る。鼻をつまんで持ち上げてみると、やはり鼻腔にも虫卵がたっぷり産みつけられていた。肝臓は調べるまでもなかった。出たり入ったりしている蟲たちは、外気に触れると白濁して死んでいく。マルコは立ち上がり、枯れ枝をみつくろって火を熾し、そこへ死人の膀胱と頭をくべて虫卵を焼いた。煙は風のない夕焼け空へ立ちのぼり、やがてほどけて消えていった。それから、縛られた男のほうへ歩いて行った。両手に血まみれの鉈とメスを握りしめて近づいてくるマルコを見て、より痩せた男は大声で笑いだした。目を見開き、口の端から涎《よだれ》を垂らしながら、息を継ぐのももどかしげに大笑いした。湖にいた白い鳥がその笑い声にびっくりして飛び去ってしまったほどだった。男を肩に担《かつ》ぎ上げ、馬の背にうつ伏せにのせる。斑馬が鼻面を鳴らして文句を言った。マルコは手綱を引き、数日前に泊まった無人の小屋を目指して湖畔をまわった。

マルコを安堵《あんど》させたことには、それから三日と経たずに被観察者の呼気が色づいたことだった。蟲たちはまず尿にまじって、それから呼気にまぎれて体外に放出される。採尿したとき、飲まず食わずでさらにいっそう痩せてしまった男はまだ蟲を涌《わ》かしてはいなかった。それがいまや、めろめろ泣いたり、かと思えば耳をふさがずにはいられないほど笑ったりしながら、蒸気機関車のように虫卵をまき散らしている。たしかに、採尿時にはすでに蟲が体内に侵入していて、ただたんにまだ膀胱へ到達していなかっただけという可能性はぬぐいきれない。しかしマルコにしてみれば、これで九分《くぶ》九厘《くりん》空気感染が証明できたように思えた。だって、これ以上なにができる？　健康な人間を捕まえてきて、しばらく監禁して未感染ということを確かめてから、感染者といっしょに閉じこめる？　そんなの、ただの人殺しだ。が、こうも思った。汚《け》がれなき魂は天国往《ゆ》きの列車に乗るための切符だが、他人の魂を救うために自らの魂を汚す者には特別席が用意されているはずだし、すでに地獄往きが確定している悪党には事欠かないご時世じゃないか、と。そんなことを何時間も考えているうちに、外が人の気配でいっぱいになった。窓からのぞくと、手に手に得物を持った数十人が小屋のまわりを幾重にも取り巻いていた。ほとんどが牧童《バケーロ》のような格好――麦藁のソンブレロ、ジーンズに革のオーバーズボン、銀細工をほどこしたブーツ——をしていた。先頭にいるのはあのとき逃げた男の子に間違いなく、斑馬を指さしながらなにかわめいていた。すると人垣が割れ、担ぎ棒を渡した安楽椅子《あんらくいす》を八人の男に担がせた、恐ろしく太った女があらわれた。黒人だった。あいつの馬だよ、ドニャ・アドリアーナ。男の子の興奮した声がとどく。へんなしゃべり方をする、金髪の弱っちそうなやつさ。

さらにいっそう痩せてしまった男が、表の活気に元気づけられてけたたましく笑った。これだけの人数を相手にどうこうできるものではない。マルコはもはやこれまでと覚悟を決め、武器を持たずに小屋を出た。朝の空気は澄み渡り、湖面にはミルク色の霧が流れていた。楓の森は朝露にしっとりと濡れ、小鳥たちのさえずりが心地よい。何人かが猟銃をむけてきた。おはようございます《ブエノス・ディアス》と声をかけると、男たちはうなずいたり目礼したりした。恐ろしく太った女が玉座からじっとこちらをうかがっている。案内役の男の子は彼女の太い腕にとりつき、こいつだよ、こいつがフアンとアルバロを食っちまったんだ、と涙ながらに訴えたが、太った女は彼に平手打ちを食らわせて黙らせた。

「あんた、牛腹の子《イホ・デ・バカ》だね？」

それを聞いて男たちは動揺したが、マルコがうなずくと、いまにも発砲しそうな気配を見せた。

「勝手に撃つんじゃないよ」太った女が体にみあった太い声でたしなめる。それからマルコを頭のてっぺんから足の先まで睨《ね》めまわした。「どこから来たんだい？」

「南のほうからです」

「うちのファンとアルバロを食べたのかい？」

「ひとりは小屋のなかでまだ生きています」色めき立つ男たちをマルコは制した。「でも、もうじき死にます」

太った女が目をすがめた。

「食べるために殺したわけではありません」マルコは言った。「ぼくは肉を食べないので」

「驚いたね」太った女が鼻で笑った。「あんた、ちゃんとしゃべれるんだね。あたしゃ牛腹はみんな馬鹿《ばか》だと思っていたよ」

男たちがいっせいにうなずく。

「このへんじゃあね、人の言葉をしゃべる牛腹は殺すことになってるんだよ」

「どこもおなじですね」

「それはちがうね。アメリカのほうじゃ、あんたみたいなのをユダの牛って呼んで働かせてるそうだよ。力持ちだし、牛どもが言うことを聞くからね。あっちじゃ神様だって金勘定をしてるのさ」

マルコは黙って話を聞いた。

「あんたが指二本でアルバロの体を持ち上げたって聞いて、あたしゃピンッときたね。牛腹じゃなきゃ、そんな芸当はできないからね」自分の勘の良さを連れの者たちに認めさせてから、太った女は真顔に戻ってつづけた。「食いもしないのに、なんでアルバロをバラバラにしたんだい？」

「蟲《グサーノ》の生態を調べるためです」

「蟲？」

そこでマルコは南から北上する形で蟲のことを話してやった。チアパス州のインディオたちの歌のこと、ゲレーロ州のヒラリオ農園で自分が実際に見てきたこと、ミチョアカン州の竜舌蘭《アガベ》畑にうずもれていた死人たちのこと、蟲たちの先兵はすでにコリマ州まで来ていること、これまでの観察結果から蟲は九十九パーセント空気感染すること、自分には人の呼気から吐き出される虫卵が見えること。すべてを包み隠さず話しているうちに雲間から陽が射し、湖上の霧が晴れていった。そして、こう締めくくった。

「ぼくが殺した男はこの州ではじめて出会った感染者です」

太った女は輿《こし》の上で沈黙を守ったが、口をあんぐり開けて話を聞いていた男たちはわれがちに騒ぎ立てた。めいめいが自分の経験をマルコの話に照らしあわせて言いたい放題のことを言った。アルバロのやつはメキシコシティから帰ってきたばかりじゃねえか、メキシコシティといやあゲレーロ州のすぐ近くだぞ、いやいや、この牛腹は自分可愛《かわい》さにでたらめを言っとるにちげえねえ、そうさ、そうに決まっとる、そんな蟲の話なんか聞いたこともねえや、いや、そうとも言いきれんぞ、ここしばらくあっちのほうから手紙がとどいとらんじゃないか、神様はなんでこんなことをしなさるんだろう、メキシコがお嫌いなんだろうか——太った女が金の腕輪をはめた腕をさっとふり上げると、騒動がぴたりとやんだ。

「つまり、あんたは自分を育ててくれた農園の使用人をみんな殺して、ご丁寧に火までつけてきたってことだね？」

隠し立てすることもないと思い、マルコはうなずいた。男たちは猟銃を構えなおしたり、胸のまえで十字を切ったりした。

「あたしの考えを言うよ」太った黒人女の声が判事のハンマーのようにふり下ろされた。「もしあんたの話が本当なら、その農園は燃やされて灰になるよりほかないね」

男たちがうなずき、またひとしきり意見が乱れ飛んだ。わしもドニャ・アドリアーナに賛成じゃ、ドニャ・アドリアーナの言うことを聞いとりゃ間違いないわい、その蟲はいったいなんちゅう蟲だろうな、いずれにせよやつらにつく蟲《グサーノ・デ・エジョス》さ、おれたちの村まで来るもんか、これは不信心なやつらへの天罰なんだ、しかし万一のことがあるじゃないか。

「それだけ言うからには」ドニャ・アドリアーナは手を挙げて男たちを静めた。「証明できるんだろうね、牛腹の子？」

「証明？」

「ガエル！」案内役の男の子が呼ばれた。「ガエル、あんた、いつからアルバロたちとつるんでるんだい？ あたしゃ、あいつと関わりあうんじゃないと言ったはずだがね」

男の子がたじろいで言い訳をはじめたので、ドニャ・アドリアーナはまたひとつビンタを張った。

「この子は感染してるかい？」と、マルコに言った。

「いいえ。感染しているとしたら、そろそろ呼気に兆候があらわれますので」

「牛腹は感染しないんだね？」

「いまのところは」

「このなかに感染者はいるかい？」

マルコは固唾《かたず》を呑む一同を見渡して首をふった。男たちが安堵の溜息《ためいき》をもらし、急に上機嫌になったり、強気になったり、首からさげたロザリオにキスをしたり、アルバロの名前を唾といっしょに吐き出したりした。

「証明するのは簡単です」マルコは背後の小屋を指した。「あの男の腹を裂けば蟲がうようよ出てきますから」

ドニャ・アドリアーナに意見を求められた皆の衆が我れ先に口を出した。ファンには気の毒じゃがここは身から出た錆《さび》と思ってもらわにゃのぉ、でもやつのお袋はうちのお袋の親友なんだぜ、おまえのお袋もファンのお袋もアバズレじゃ、なんだと、てめえ、生かしちゃおけねえ、わしらの若いころはしょっちゅう人間《チョチョ》をバラしとったもんよ、最近の若いのはまったく気骨に欠けるわい、くそじじいども、さっきの牛腹の話を聞いてなかったのかよ、てめえらがそうやって人を食ってきたから蟲が涌いて出たんじゃねえか、なにぬかすこの洟垂《はなた》れが、食わにゃそもそもおまえなんぞ生まれとらんわ。売り言葉に買い言葉で殴りあいにまで発展しそうな雲行きだったが、そこはドニャ・アドリアーナがそつなく百出《ひゃくしゅつ》する意見をまとめあげ、けっきょくファンには泣いてもらうことで結審した。

「では、みなさんは鼻と口をふさいでいてください」

全員が言われたとおりにした。バンダナを顔に巻いたり、バンダナを奪いあったり、バンダナを持って来なかったことを呪《のろ》ったりした。

顔の下半分を蝶《ちょう》の刺繍《ししゅう》のハンカチでおおったドニャ・アドリアーナが目でうなずきかけてくる。マルコは小屋のなかへとってかえし、さらに痩せてしまった男を表に連れ出した。さらに痩せてしまった男は皆の衆を見て正気に戻った。ひとりひとりの名前を呼んでは、早くたすけてくれと訴えたが、マルコはその後頭部に狙いをつけて一発撃ちこんでやった。頭を吹き飛ばされた男のまわりに皆の衆があつまってくる。

「殺しておかないと、みなさんが彼の呼気を吸いこむことになるので」

マルコがそう告げると、男たちはもっともだというように強くうなずいた。立派な口髭をたくわえた老人《ビエホ》がマルコの肩を親しげにたたく。

「あんた、名はなんというのかね？」

マルコが目を白黒させていると、若い男《ホーベン》たちが老人に食ってかかった。爺《じい》さん、牛腹に名前なんかあるわけねえだろ、なにぬかす、だれでも名前がなきゃならんのだ、なきゃひとつつければええ、じゃなきゃ神様が名簿をつくるときに困るじゃろうが、へぇえ、牛腹も天国に行くのかよ、あたりまえじゃ、この罰当たりが、生きとし生けるものはみんな神様がお創《つく》りになったんじゃからな。それから、みんなしてマルコの返事を待った。

「えっと、ぼくは……」

名前を訊《き》かれたのは、これで二度目だった。ぼくを食べてしまわないために名前を訊くのだとジョアン・メロヂーヤは言った。名前を尋ねるのは関心がある証拠なんだ。マルコにしてみれば、生まれてこのかた、こんなにたくさんの人間に関心を示されたことはついぞなかった。だからこの際、古い名前を棄ててもいいような気がした。ヒラリオ農園では最悪な罵《ののし》り言葉と肩をならべていたこの名前を。

「えっと……ジョアンです」と、口走った。「ジョアン・メロヂーヤと言います」

「ジョアンだって？　あんた、ブラジルから来たのかい？」

「いいえ、メキシコの生まれです。この名前は……たったいま自分でつけました」

老人が、ええ名だ、垢《あか》ぬけとると言うと、若者たちもうなずいた。

衆人環視のなか、マルコはどぎまぎしながらも見事に死人を縦横に切りさばき、肝臓や心臓、膀胱に巣食う蟲や虫卵を白日のもとにさらした。詰めかけた男たちは押すな押すなの大騒ぎで、ドニャ・アドリアーナは持っていた杖《つえ》で彼らをひっぱたいて場所を空けさせねばならなかった。マルコは幸せな気分で死人の頭を割り、脳をひっぱり出し、蟲のコロニーを披露した。人々は感嘆の吐息をもらし、ジョアンの言ったことは本当だ、こんな蟲にたかられちゃおしまいだ、と口々に言った。

一度運に見放されると、やることなすこと裏目つづきになることがあるが、逆に一度運がつくと良いことがつづく。このときもそうだった。体内で成長した蟲は人を殺しはするが感染はしないことを図らずも突き止めたのだ。怪我《けが》の功名と言うほかない。

マルコがファンの脳みそを細切れにしていると、若者がひとり、無鉄砲な好奇心から手をのばして死人の腸《はらわた》から蟲をつまみ上げたのだ。死にかけていた蟲はたちどころに息を吹きかえし、掌《てのひら》を食い破って若者の体内にもぐりこんでしまった。絶叫した若者が尻餅《しりもち》をつき、蟲が体に入った！　蟲が体に入った！　と、わめき散らした。男たちはおたがいに顔を見あわせ、ドニャ・アドリアーナに命じられるまでもなく、棍棒や鉄パイプをふり上げた。マルコが止めなければ、その朝が若者の命日になったはずだ。

「待ってください、まだ感染したと決まったわけではありません。しばらく観察させてください。この小屋は虫卵だらけなので、どこか人気のないところへ隔離したいのですが」

人々は納得し、小屋に火を放ち、身も世もないほど泣きわめいている若者をひったてて行ってしまった。

「これからどうするんだい、ジョアン・メロヂーヤ？」輿の上からドニャ・アドリアーナが尋ねた。

「蟲は着実に北上してきています。西海岸ではすでに多くの村がやられてしまいました。ぼくは東へ行こうと思っています」

「なぜ？」

「蟲が空気感染するとしたら、風向きによっては被害が出てないところもあるかもしれません。そんな場所を見つけて、感染してない人たちを連れていこうと思います」

「グアナファト州、タマウリパス州」

「リオ・グランデを越えてテキサス州。ええ、東海岸を見てこようと思います」

「で？」と、ドニャ・アドリアーナが言った。「感染者を殺し、村に火をつけてまわるのかい？」

「必要なら」

「あたしの村にも？」

「はい」

「なぜ牛腹のおまえがそんなことをしなきゃならないんだい？　人間をたすけたっていいことなんかないだろうに」

「ぼくはそのために創られたので」マルコは言った。「それに、人をたすけることと殺すことをいっぺんにできるので」

太った黒人女はマルコをその黄色く濁った目でじっと見つめ、担ぎ手たちに輿を方向転換させた。

「まあ、しばらく村で休んでいくといいよ」

そんなわけで、マルコ改めジョアン・メロヂーヤはそれからの一年三カ月と六日、ドニャ・アドリアーナ・グランデの食客となったのだった。

さて、蟲が体に入りこんだ若者だが、その朝から数えて二十日後に死んでしまった。名前をホセ・ルド＝トレンテラと言い、ジョアンが監禁小屋を離れたわずかな隙《すき》に、天井の梁《はり》にロープをかけて首を吊《つ》ったのだった。呼気は正常だからと口を酸《す》っぱくして言ってきたのに、残念なことだった。しかしせっかくなので、ドニャ・アドリアーナと数人の立会いのもとで解剖をした。体の表と裏をひっくりかえし、臓器をひとつひとつ丁寧に切り分けて調べたが、蟲一匹、卵一粒見つけられなかった。粉雪がちらつく灰色の午後にホセ・ルド＝トレンテラは村の共同墓地にねんごろに埋葬されたが、会葬者たちは自殺をしたということでホセの魂は地獄へ堕《お》ちるだろうとささやきあった。

（下巻につづく）

奥田英朗著

噂の女

男たちを虜にすることで、欲望の階段を登ってゆく〝毒婦〟ミユキ。ユーモラス&ダークなノンストップ・エンタテインメント！

金城一紀著

対話篇

本当に愛する人ができたら、絶対にその人の手を離してはいけない——。対話を通して見出されてゆく真実の言葉の数々を描く中編集。

海堂尊著

ナニワ・モンスター

インフルエンザ・パニックの裏で蠢く霞が関の陰謀。浪速府知事《ドラゴン》&特捜部《カマイタチ》vs厚労省を描く新時代メディカル・エンターテインメント！

桐野夏生著

残虐記

柴田錬三郎賞受賞

自分は二十五年前の少女誘拐監禁事件の被害者だという手記を残し、作家が消えた。折り重なった虚実と強烈な欲望を描き切った傑作。

北森鴻著

凶笑面

—蓮丈那智フィールドファイルI—

封じられた怨念は、新たな血を求め甦る——。異端の民俗学者・蓮丈那智の赴く所、怪奇な事件が起こる。本邦初、民俗学ミステリ。

窪美澄著

ふがいない僕は空を見た

山本周五郎賞受賞・R—18文学賞大賞受賞

秘密のセックスに耽る主婦と高校生。暴かれた二人の関係は周囲の人々を揺さぶり——。生きることの痛みを丸ごと包み込む傑作小説。

天童荒太著
幻世《まぼろよ》の祈《いの》り
家族狩り 第一部
高校教師・巣藤浚介、馬見原光毅警部補、児童心理に携わる氷崎游子。三つの生が交錯したとき、哀しき惨劇に続く階段が姿を現わす。

中村文則著
迷 宮
密室状態の家で両親と兄が殺され、小学生の少女だけが生き残った。迷宮入りした事件の狂気に搦め取られる人間を描く衝撃の長編。

長崎尚志著
闇の伴走者
―醍醐真司の博覧推理ファイル―
女性探偵と凄腕かつ偏屈な編集者が追いかけるのは、未発表漫画と連続失踪事件の謎。高橋留美子氏絶賛、驚天動地の漫画ミステリ。

西川美和著
その日東京駅五時二十五分発
終戦の日の朝、故郷・広島へ向かう。この国が負けたことなんて、とっくに知っていた――。静謐にして鬼気迫る、〝あの戦争〟の物語。

貫井徳郎著
灰色の虹
冤罪で人生の全てを失った男は、復讐を誓った。次々と殺される刑事、検事、弁護士……。復讐は許されざる罪か。長編ミステリー。

帚木蓬生著
蠅の帝国
―軍医たちの黙示録―
日本医療小説大賞受賞
東京、広島、満州。国家により総動員され、過酷な状況下で活動した医師たち。彼らの慟哭が聞こえる。帚木蓬生のライフ・ワーク。

平野啓一郎著

決　壊（上・下）

芸術選奨文部科学大臣新人賞受賞

全国で犯行声明付きのバラバラ遺体が発見された。犯人は「悪魔」。'00年代日本の悪と赦しを問うデビュー十年、著者渾身の衝撃作！

福田和代著

タワーリング

超高層ビルジャック発生！　外部と遮断されたビルで息詰まる攻防戦が始まる。クライシス・ノヴェルの旗手が放つ傑作サスペンス。

誉田哲也著

ドルチェ

元捜査一課、今は練馬署強行犯係の魚住久江、42歳。所轄に出て十年、彼女が一課に戻らぬ理由とは。誉田哲也の警察小説新シリーズ！

舞城王太郎著

ディスコ探偵水曜日（上・中・下）

奇妙な円形館の謎。そして、そこに集いし名探偵たちの連続死。米国人探偵＝ディスコ・ウェンズデイ。人類史上最大の事件に挑む!!!

松岡圭祐著

ミッキーマウスの憂鬱

秘密のベールに包まれた巨大テーマパーク。その〈裏舞台〉で働く新人バイトの三日間を描く、史上初ディズニーランド青春成長小説。

真山　仁著

黙　示

小学生が高濃度の農薬を浴びる事故が発生。農薬の是非をめぐって揺れる世論、暗躍する外国企業。日本の農業はどこへ向かうのか。

ブラックライダー（上）

新潮文庫　ひ－38－1

平成二十七年十一月一日発行

著者　東《ひがし》山《やま》彰《あき》良《ら》

発行者　佐藤隆信

発行所　株式会社新潮社

郵便番号　一六二―八七一一
東京都新宿区矢来町七一
電話　編集部（〇三）三二六六―五四四〇
　　　読者係（〇三）三二六六―五一一一
http://www.shinchosha.co.jp

価格はカバーに表示してあります。

乱丁・落丁本は、ご面倒ですが小社読者係宛ご送付ください。送料小社負担にてお取替えいたします。

印刷・錦明印刷株式会社　製本・錦明印刷株式会社

ISBN978-4-10-120151-1　C0193